中公文庫

殺戮の罠

オッドアイ

渡辺裕之

中央公論新社

目次

登場人物紹介

朝倉俊暉……………K島の駐在勤務を経て、警視庁捜査一課の刑事に復帰

国松良樹……………自衛隊中央警務隊所属。陸曹長
後藤田昌義…………自衛隊中央警務隊隊長。一等陸佐
中村篤人……………自衛隊中央警務隊所属。一等陸曹

桂木修………………警視庁捜査一課課長
佐野晋平……………警視庁捜査一課十二係
野口大輔……………高島平警察署刑事組織犯罪対策課
戸田直樹……………サイバー犯罪対策課

北川朗人……………朝倉の特戦群時代の同僚。退官後、沖縄でバー経営
田村康弘……………対馬警備隊副隊長。三等陸佐
平岡雄平……………第一空挺団第一普通科大隊第一中隊隊長。三等陸佐

ヘルマン・ハインズ……海軍犯罪捜査局（NCIS）特別捜査官

殺戮の罠

オッドアイ

フェーズ０：死者の洗礼

八神修平《やがみしゅうへい》は、縁側の雨戸が軋《きし》む音で目覚めた。

枕元の時計を見ると、午前二時を過ぎている。

「台風か」

溜息《ためいき》を漏《も》らした八神は、ゆっくりと立ち上がった。

日本列島に沿う形で北上していた台風三号が、銚子《ちょうし》沖から北東に抜けつつある。八神が住む福島県のいわき市四倉《よつくら》も台風の直撃は免れたものの、凄《すさ》まじい暴風雨が吹き荒れていた。

「行くか」

布団に座ってしばらく考えていた八神は腰をあげると、浴衣《ゆかた》からグレーの作業服に着替え、玄関の三和土《たたき》に立った。

「こんな時間に行かなくても、明日の朝じゃ、駄目なの？」

後から慌てて起きてきた妻の清美《きよみ》が、不安な表情を見せる。

「この風じゃ、稲も菊もやられてしまう」

八神はズボンの上から防水パンツを穿《は》いて腰を下ろすと、長靴に足を通した。

「あなたが行っても自然が相手じゃ、どうにもなりませんよ」

清美が咎《とが》めるように言うと、首を横に振った。

「分かっている。だが、何もせずに朝起きて、倒れた稲や菊を見るのは嫌なんだ。雨風に一生懸命耐えている稲穂の姿を目にしておけば、被害を受けても納得できる。無駄は承知の上だよ」

「気を付けてくださいね。あなたみたいな人が、川に落ちるんですから。ニュースにならないようにしてくださいよ」

冗談を言って清美は、八神の肩にレインコートを掛けた。

「年寄り扱いするな」

鼻息を吐いた八神はレインコートに袖を通すと、防水キャップを被《かぶ》った。

玄関の引き戸を開けると、大粒の雨が音を立てて庭に叩《たた》きつけられている。

八神は小走りで庭を横切り、作業小屋の前に停めてある軽トラックに乗り込んだ。十年使っているが、乗り心地は変わらない。だが、ワイパーだけはこのところ動きが悪い。すぐにエンジンをかけて家を出ると、脇道の暗闇を進んだ。街中と違い、街灯は表の通りにまばらにあるだけである。

六十メートルほど進み、土手沿いの道に出た。田圃《たんぼ》は、川向こうにある。八神は十二町ある田圃の四分の三で米を作り、残りを休耕田とはせず菊の栽培をする水田耕作で、生計を立てていた。一町は百アール、つまり一万平方メートルである。

八神はもともと東京で仕事をしていたが、東日本大震災の翌年に実家へ戻り、年老いた親の家業を手伝いはじめた。風評でなかなか立ち直ることができない生まれ故郷を見かねてのことだ。三年前に相次いで両親を亡くし、農家として一人立ちしている。

土手沿いの道を百メートルほど進むと、土手を越えるスロープを上る。この先に橋があるのだ。

「うんっ？」

車を停めた八神は、ポケットからハンドライトを出すと、車を降りた。

黒いセダンが橋の上に停まっているのだ。しかも、車のライトで見た限りでは、誰も乗っていないように見える。嵐の夜に橋の上へ置き去りにするなど、おかしい。運転手は川に落ちたのかもしれない。そもそも小さな橋なので、車が邪魔で通り抜けられないのだ。

八神はハンドライトでセダンの車内を照らし、無人であることを確認すると今度は川にライトを向けた。いつもより一メートル以上水位が上がっており、流れも速い。

「むっ！」

八神は振り返って身構えた。

いつの間にか野球帽を被った黒ずくめの男が背後に立っていたのだ。雨音で分からなかった。車の後ろに隠れていたのだろうか。

「……」

男は野球帽のつばから雨を滴《したた》らせ、無言で立っている。

「AAV7《セブン》」

男は意味不明なことを口走った。

不審に思った八神は、男の顔をライトで照らした。

「おまえは！」

その驚愕《きょうがく》の表情が、次の瞬間凍りついた。

背後から別の男が注射器を握りしめ、八神の首筋に押し付けたのだ。

「ううっ！」

膝《ひざ》が震えだした。何か薬物を注入されたらしい。

背後に立っていた男は八神の前に回り込み、鳩尾《みぞおち》を蹴《け》った。

「うっ！」

くの字に体を曲げた八神は、仰向《あおむ》けに川に落ち、濁流《だくりゅう》に飲み込まれた。

フェーズ１：始動

１

バージニア州スタッフォード郡、七月七日、午前八時二十分。

人気《ひとけ》のないモーテルの駐車場に一台の白いバンが停められた。

バンのバックドアが開けられ、ＦＢＩと印字されたボディアーマーを着用した四人の男と一人の女が次々と車を降り、バンの陰に並んだ。

右端に黒人の男、その隣りはインド系の彫りの深い顔をした男、真ん中はブロンドの白人の女、その隣りは黒髪のラテン系の男、左端に一際《ひときわ》逞《たくま》しい体格のアジア系の男が立っている。

「犯人は、ミゲル・ファリス、メキシコ人。一〇六号室に連れの女と一緒にいる。出入口は、表のドアだけだ。速やかに逮捕したいが、凶悪犯《きょうあくはん》につき、抵抗が予想される。油断するな」

黒人のリーダーが他のメンバーに指示すると、腰のホルスターからグロック19Mを引き抜いた。

それを合図に残りの四人もグロックを抜き、トリガーに指をかけないよう人差し指を伸ばして構え、頷《うなず》く。

銃口を下に向けて通路を進み、五人は一〇六号室のドアの左右に分かれた。

「FBIだ。ミゲル・ファリス、殺人および麻薬の売買で逮捕する。ドアを開けろ」

黒人のリーダーはドアを拳《こぶし》で叩いた。テレビドラマではFBIがいきなりドアを突き破って突入するシーンがよく見られるが、緊急を要しない場合は警告を与える。もっともこれは、警告を与えたという事実を残すことが目的である。抵抗されればいつでも射殺できる理由になるからだ。

部屋はひっそりと静まりかえり、反応はない。

リーダーの合図で、ラテン系の男がポケットからピックガンを取り出し、ドアを解錠した。シリンダー錠の鍵穴に先の尖《とが》った先端を差し込み、トリガーのようなスイッチを入れると、ものの数秒で解錠できる優れものだ。

リーダーに続き、ラテン系、白人の女、インド系、しんがりにアジア系が突入する。

「フリーズ！」

足を踏み入れた五人が、一斉《いっせい》に銃を向けた。

「撃つな！」

銃口の先、ベッド脇に両手を挙げた肌の浅黒い男が立っている。連れの女の姿はなく、シャワールームから水の流れる音がする。

黒人のリーダーがインド系の男と白人の女を見てシャワールームを指差すと、ラテン系の男とともにメキシコ人を壁に押し付け、後手《うしろで》に手錠をかけた。

白人の女がシャワールームのドアを開けた。小麦色の肌をした女が、下着姿でバスタオルを手に立っている。彼女もメキシコ人なのだろう。

「すまないが、出てきてくれ」

インド系の男がにやつきながら、グロックを手前に振ってみせた。

震えながら頷いた女は、胸に巻こうとしてかバスタオルを持った右手を動かそうとした。

銃声。

メキシコ人の女がその場に崩れた。

「何！」

驚愕したインド系の男と白人の女が振り返ると、アジア系の男が銃口から微《かす》かに煙を吐くグロックをホルスターに仕舞うところだった。

「シット！　何やっているんだ。貴様のせいで台無しだ！」

鋭い舌打ちをしたリーダーが、大声で喚《わめ》いた。

「ふん」

鼻先で笑ったアジア系の男はシャワールームに入ってシャワーの水を止めると、倒れている女のバスタオルを剝《は》ぎ取《と》った。

「なっ！」

近くに立っていたラテン系の男が、声を上げた。メキシコ人の女は銃を隠し持っていたのだ。

「タオルを上げた瞬間に銃口は、マヘッシュ、おまえの心臓に向いていた」

インド系の男を見て苦笑を浮かべたアジア系の男は、女の頰《ほお》を軽く叩いた。女は首を左右に振って両眼を開いた。失神していただけのようだ。女の胸には赤い血ではなく、緑色の蛍光ペイントが広がっている。アジア系の男の銃に入っていたのは、実弾ではなく、ペイント弾だったらしい。

ペイント弾の弾頭は樹脂製だが、当たればそれなりに衝撃がある。女は下着の下に肌色のボディアーマーを着ていたので怪我《けが》はしなかったが、弾丸が心臓へもろに当たったために、衝撃で失神してしまったのだろう。五人の使用しているグロックは実弾用の銃と区別するべく、スライド部分とマガジンが緑色にペインティングされている。

彼らはクワンティコのFBI本部にある多目的施設、〝ホーガンズアレイ〟で訓練を行っていたのだ。銀行、宝石店、住宅、モーテルなどが立ち並び、ハリウッドの舞台制作スタッフの監修のもと、一九八七年に作られた模擬市街地である。

「訓練終了だ。外で結果を聞いてくれ」

拘束されていたメキシコ人男性が、自ら手錠を外しながら言った。彼は教官の一人らしい。

五人のメンバーは、モーテルの部屋から駐車場に出た。

「あっさりと捕まったのは囮《おとり》だったようね、マーカス」

白人の女がリーダーとアジア系の男を交互に見ながら一人頷いている。

「下着姿の女の方が、凶悪だったとは油断したよ。一人でも負傷した時点で、失格なんだ。危なかったたな」

マヘッシュも相槌《あいづち》を打った。

FBIナショナル・アカデミーで行われる訓練は、過去の事件を参考にしてプログラムされている。現実の世界なら、誰かが負傷していただろう。

「そうらしいな」

マーカスと呼ばれた黒人のリーダーは、決まり悪そうに頭を掻《か》いた。

モーテルの駐車場に、テレビ局の中継車のような窓のない大型バンが入って来た。訓練の間、少し離れた場所に停められていた教官の車である。五人の前に来ると、後部ドアが開き、サングラスを掛けた白人の中年男がノートパッドを手に降りてきた。内部にはモニターが沢山あり、モーテル内部に多数仕掛けられた監視カメラの映像が映し出されている。

「Dチーム、合格だ。だが、朝倉《あさくら》がいなければ不合格だったことは、頭に入れておくんだな。今回、Dチームの成績は一位だが、個人成績は朝倉がトップで他の四人は合格ラインにまだ達していない。ここを卒業できなければ、不合格者として君らの所属部署に通知される。恥をかくだろうな。せいぜい頑張ることだ」

男はわざとらしく口元を歪《ゆが》めて笑った。彼は主任教官として、訓練の様子を監視し、採点していたのだ。訓練生の闘争心を煽《あお》るために、わざと憎まれるような態度にしているのだろう。

Dチーム五人の内訳は、黒人の男と白人の女が米国内の市警察、インド系はインド、ラテン系はスペインの警察、朝倉俊暉《しゅんき》は日本の警視庁から参加している。

「デビッド・ボウイのおまえだけ、合格圏内かよ」

マーカスが朝倉を見て不満げな表情をみせた。

朝倉はもともと、創設期の自衛隊特殊作戦群に所属していたが、十四年前の日米合同訓練における不慮の事故で頭部を負傷し、後遺症で左眼の視力が著しく落ちたため退職した。その後、警察官に転身している。左の瞳は色素を失い、銀色に光って見えるオッドアイとなった。二〇一六年にこの世を去ったロック歌手、デビッド・ボウイも交通事故でオッドアイとなったので、黒人の男はそれをからかっているのだ。

「そうらしいな」

朝倉は渋い表情でマーカスの口真似《くちまね》をし、周囲の笑いを誘った。

2

ワシントンD.C.のペンシルベニア通りに面するエドガー・フーヴァー・ビルには、FBIの行政部門の本部がある。ポトマック川を挟んで対岸にある広大なクワンティコ海兵隊基地の一角にはFBIの捜査部門を中心としたクワンティコ本部があった。米国の犯罪を扱ったテレビドラマで、クワンティコと言えばFBI本部を指すのはそのためだ。

また、FBI候補生のための教育機関であるFBIアカデミーは、クワンティコ本部から十一キロ北西のスタッフォードにあり、日々厳しい訓練が行われている。

混同されやすいのだが、FBIが国内外の法執行機関の幹部、あるいは幹部候補生のために運営している〝FBIナショナル・アカデミー〟は、FBI部外者のために行われる訓練プログラムである。訓練は主にFBIアカデミーの施設で行われ、対象者はアカデミー内にある宿泊施設に泊まることになる。

プログラムでは法律、行動科学、法科学、テロ対策、通信などの座学や実践的な訓練が十週間に渡って行われ、将来の法執行機関のトップに立つ人材を育てると同時に、国境を越えたパートナーシップを築くことを目的としている。

四年前、朝倉は警視庁一課の刑事としてある殺人事件の解決に大きく寄与した。だがその過程で、当時捜査を指揮していた沖山宏明《おきやまひろあき》の逆鱗《げきりん》に触れてしまったのだ。彼は誤った捜査方針で現場を混乱させた責任を問われ追放されたが、朝倉も沖山の親戚だった警視庁の幹部、只野克典《ただのかつのり》から睨《にら》まれ、K島の駐在勤務へと追いやられていた。

しかしその後、朝倉は密命を受け、極秘の任務をいくつも成功させている。昨年の夏は、虫《むし》が島《しま》に潜入捜査するため駐在警察官として派遣されていた。陸自中央警務隊の国松良樹《くにまつよしき》や中村篤人《なかむらあつと》らとともにこの島で密《ひそ》かに行われていた中国の工作活動を暴き、数十人にも及ぶ中国人工作員を逮捕、あるいは保護したのだ。その実績が評価され、只野が汚職で逮捕されたタイミングで、朝倉は警視庁捜査一課に返り咲くことができた。

虫が島では銃撃されて負傷したため、都内の警察病院に入院して治療を受け、復帰後は七ヶ月ほど古巣である一課の十二係で勤務をした。ようやく一課勤務に慣れてきたころ突然上からの命令で昇級試験を命じられ、現場に出ることも半《なか》ば禁じられて猛勉強を強いられた末、警部補から警部に昇進している。

その直後に〝FBIナショナル・アカデミー〟への参加を命じられたのだ。あとで分かったことだが、昇級試験を受けさせられたのは、〝FBIナショナル・アカデミー〟の規定により、警部補では参加できなかったためらしい。

プログラムに参加して九週間経《た》っているが、自衛隊と警視庁で実務経験を積んできた朝倉にとって内容に目新しさはなく、淡々と訓練をこなしている。他の参加者は三十代前半のキャリア組がほとんどで、語学や法律などの座学には高い能力を見せるが、格闘技や銃の腕は訓練不足と言わざるを得ない者が多い。

朝倉は格闘技や武器の扱いだけでなく、テロ対策に関しても、陸自の空挺団《くうていだん》と特殊作戦群で厳しい訓練を受けているので、ＦＢＩの教官と同等もしくは、それ以上の高い能力があった。

一方、捜査技術や知識は警視庁の一課で鍛《きた》えられてきたので、講義に退屈するほどだったが、プロファイリングの講義においては、異常犯罪を得意としたＦＢＩの行動分析課に所属する現役特別捜査官の話が聞けるため、有意義な時間を過ごせる。

今回のプログラムでは百人以上の参加者が、数名ずつのチームに分かれて訓練を受けているが、朝倉はチーム内だけでなく、プログラム参加者全体の中でもトップの成績を収めていた。

〝ＦＢＩナショナル・アカデミー〟に警視庁が提出した書類には、朝倉の経歴は自衛隊と警視庁としか書かれていない。だが陸自の超エリート集団である特戦群出身だと知れば、ＦＢＩ側も納得するだろう。もっとも、守秘義務があるため、朝倉は警視庁の採用試験でも特戦群については語っていない。警視庁の担当者が知る由《よし》もないのだ。

只野が汚職で逮捕され、警視庁に戻されてからというもの、待遇が急に良くなり、正直言って戸惑っている。只野の圧力に屈してきた警視庁幹部らは、朝倉に対して罪滅ぼしをしているつもりなのかもしれない。

午後七時、朝倉はチームの仲間とともにFBIアカデミーから車で十五分ほどの距離にあるスタッフォード郡最大の街アキアハーバーに来ていた。目当ては、日本にも出店している〝アウトバック・ステーキハウス〟である。

FBIアカデミーには職員や候補生専用のレストランもあり、三食とも敷地から出ることなく食事をすることができる。だが、代《か》わり映《ば》えしないメニューに飽きてしまうので、訓練が比較的早く終わった日は、仲間と誘いあってアキアハーバーまで食事や買い物に出るのが、半ば習慣化していた。食事にはうるさくない朝倉もFBIアカデミーのレストランに飽き飽きしており、アウトバック・ステーキハウスで分厚いステーキを食べるのを楽しみにしている。

「何にする? 俺は、センターカット・サーロインステーキの十二オンス(約三百四十グラム)だ」

最初にマーカスが店員へ注文を告げた。彼はニューヨーク市警に勤務しており、Dチームのリーダーを務めている。口は悪いが、性格まで悪いわけではない。

チームの五人は、隣り合った二つのテーブルに分かれて座っていた。皆ジーパンにTシヤツか、朝倉のように上下ともスポーツウェアを着ている。気取ったレストランではないので、格好を気にする必要はない。そもそも街の中でドレスコードが必要とされる店などないのだ。

　朝倉はマーカスと同じテーブルに座っている。朝倉はサブリーダーで、彼とはウマがあった。訓練中に朝倉をデビッド・ボウイと呼ぶのも、仲がいいからである。

　チームには、他にインド人のマヘッシュ、スペイン人のミゲル、米国人女性のクリスがおり、この三人ともうまくいっていた。すでに九週間も厳しい訓練を一緒に受けてきた仲間である。

「俺は、スロー・ロースト・プライム・リブステーキの十六オンス（約四百五十グラム）」

　朝倉は店で一番サイズが大きいリブステーキを頼んだ。それに飲み物はビールである。店員は、注文を聞くとすぐにビール瓶を手に戻って来た。

「ところで、俊暉。おまえは職務で、人を撃ったことがあるのか？」

　店員からバドワイザーのボトルを受け取ったマーカスが、声を潜《ひそ》めた。米国でも、誤解されれば通報されかねない質問だからだろう。

「なんでそんなことを聞くんだ？」

　ハイネケンを飲みながら、朝倉は首を捻《ひね》った。

「〝ホーガンズアレイ〟で、おまえは躊躇《ちゅうちょ》なくメキシコ女に扮した教官を撃った。ペイント弾と分かっていても、相手が下着姿の女なら普通は躊躇するもんだ。それにボディアーマーを服の下に着ていることは分かっていても、顔に当たったら大変なことになる。正直言って、俺だったら迷っているうちに撃たれただろう」

マーカスはボトルを傾けながら答えた。

「警察官になる前、自衛隊でさんざんペイント弾を使用した訓練は受けている。実弾はともかく、ペイント弾で仮想敵を銃撃することに躊躇はない。逆に俺もさんざんペイント弾で撃たれたもんだ」

朝倉は笑って誤魔化した。

自衛隊ではペイント弾を使った訓練はない。朝倉は四年前の連続殺人事件から立て続けに三件の重大事件の捜査に携わっており、いずれの事件でも銃を使用しなければならない場面に遭遇している。やはり銃の腕は、実践で鍛えられるものだ。

「日本の自衛隊は、優秀なんだな。おまえほどの腕がある警察官なら、〝FBIナショナル・アカデミー〟に来る必要はなかったんじゃないのか？」

マーカスは、肩を竦《すく》めて見せた。

「正直言って最初はそう思ったが、FBIの特別捜査官の講義は、ここじゃなければ聞けない。それにアカデミーの目的の一つは、グローバルコミュニケーションだ。仲間と一緒にうまいステーキを食って、ビールを飲むことも重要な任務だぞ。違うか？」

訓練ではチーム単位で行動するが、講義は個別に参加するため、他の聴講生や講演者とも話す機会がある。朝倉は他の分野の経験者と知り合うことも有意義だと思っていた。

「確かにそうだ。みんな聞いてくれ。俊暉が、俺たちクソ野郎と飲み食いすることは、意義があると言っている。俺たちも合格圏内に入るために乾杯しようじゃないか。クソ野郎に乾杯！」

マーカスがビール瓶を握る右手を高く上げた。いかにも米国人らしいノリの良さである。

「クソ野郎に乾杯！」

隣りのテーブルの三人も、マーカスの言葉を真似て威勢《いせい》良く応じた。

3

目の前に三センチほどの厚さがあるローストビーフのプレートが置かれた。大きな肉の塊《かたまり》をじっくりとローストしたスロー・ロースト・プライム・リブステーキ。米国では定番のメニューである。

朝倉はさっそくナイフで切り分け、プレートに載っている小鉢のソースに漬けて肉を口の中に放り込んだ。ローストビーフ独特の凝縮された肉の旨味《うまみ》がにじみ出てくる。

「うまい！」

朝倉の口から思わず日本語が漏れた。

「うまそうに食う男だ」

隣りに座っているマーカスが呆《あき》れている。

「サバイバル訓練を経験したことは、あるか？」

肉を飲み込んだ朝倉は尋ねた。食事前にサバイバル訓練時の飢餓《きが》状態を思い出すことは、よくある。この店のローストビーフは本当にうまいのだが、あの辛《つら》さを思い出せば結局なんでもうまく感じるものだ。

「俺は、軍隊経験がないんだ」

ステーキを頬張りながら、マーカスは苦笑して見せた。

「食料は何も持たないで、人里離れた山の中で激しい軍事訓練をさせられるんだ。飢餓状態になる三日目に、ようやく狩猟の許可が下りる。そこで、蛇《へび》やカエル、トカゲ、食えるものならなんでも捕《と》って食べる。爬虫類《はちゅうるい》なら、ご馳走《ちそう》だな」

朝倉はフォークに刺したローストビーフをゆっくりと口に入れ、咀嚼《そしゃく》してみせた。

「やめてくれ。ステーキがまずくなる。訓練で、わざわざ極限状態を知る必要などないだろう」

マーカスが首を左右に振って、ビールを飲んだ。

「ＦＢＩのプログラムにサバイバル訓練がないのが、本当に残念だ」

ビールで口の中の肉を流し込んだ朝倉は、にやりとした。そう言ってはみたものの本当の極限状態は、訓練では味わえない。なぜなら、死の一歩手前でそれを知ることになるからだ。

十六オンスのローストビーフは、数分で胃袋に消え、二本目のハイネケンも残りわずかになっている。朝倉はプレートに残っているマッシュドポテトをフォークできれいに掬《すく》い取《と》って口に入れた。

「うん？」

ポケットのスマートフォンが振動した。一課の刑事になってから、呼び出し音は消す癖がついている。尾行中に、うっかり音が鳴っては困るからだ。自衛官時代には、訓練時に携帯やスマートフォンを身につけることがなかったので、気にする必要もなかった。スマートフォンの画面に表示された電話番号は記憶にない。だが、朝倉の電話番号を知り得る者は限られている。

「ハロー？」

なかなか切れないので、朝倉は仕方なく電話に出た。

――ハロー！　ヘルマン・ハインズだ。

ハインズは海軍犯罪捜査局（ＮＣＩＳ）の特別捜査官である。四年前の連続殺人事件で捜査協力をして以来、友人として付き合っていた。以前聞いた電話番号とは違っているので、新しいスマートフォンにでもしたのだろう。もっとも一年近く連絡を取り合っていなかった。

「ハインズか。久しぶりだな。どうした？」

――夕食が終わったら、飲まないか？

「なっ、俺が米国に来ていることを知っているのか？」

朝倉は右眉《みぎまゆ》を吊り上げた。〝FBIナショナル・アカデミー〟に参加していることを知っているのは、警視庁でもごく僅《わず》かな幹部だけだ。

――私は毎日クワンティコに来ている。それにアキアハーバーに住んでいるんだぞ。先々週末に偶然君に似た人物を街で見かけた。今日も買い物の途中で、レストランに入る君を見たんだ。二度は、偶然とは言わない。なんせ君は目立つからな。遠くからでも分かったよ。今度はFBIと合同捜査でもしているのか？

一八三センチの身長は、日本ならともかく米国で目立つほど高くはない。もっとも逆三角形の鍛え上げた体にオッドアイの異相は通行人に振り向かれることも度々《たびたび》ある。

NCISの本部がクワンティコにあることを忘れていた。FBI本部とも七キロ程度しか離れておらず、FBIアカデミーとの中間地点に位置する。それにアキアハーバーには海軍だけでなく、FBI関係者の住宅もあると聞く。ハインズの家があってもおかしくはない。

しかも〝アウトバック・ステーキハウス〟は、〝海軍連邦信用組合《ネイビー・フェデラル・クレジット・ユニオン》〟があるビルに入っていた。この辺りはハインズにとって日常生活圏なのだろう。

「そういうわけじゃ、ないんだ」

朝倉は口ごもった。別に極秘任務に就いているわけではないが、〝FBIナショナル・アカデミー〟に参加していることは、口外してはならないと厳命されている。警視庁でプログラムに参加できるのは、年に一人か二人。本来なら、優秀なキャリア組が受けるべきで、朝倉のような異色の履歴を持つ警察官が来るべきではないからだろう。また、その点でも、身分不相応な厚遇に朝倉は戸惑いを覚えている。

――なるほど、理由はだいたい分かった。

ハインズは一人で納得している。仕事でもないのに海兵隊基地のある街に来る用事など、そうそうない。事情を察したようだ。

「店を出るときに連絡をする」

朝倉は電話を切ると、何食わぬ顔でスマートフォンを仕舞った。

4

午後八時十五分、朝倉たちは〝アウトバック・ステーキハウス〟を出た。他の仲間は

〝ブラファートン・センター〟へ買い物に行くらしい。〝ガリソンビル・ロードを隔《へだ》てて反対側にある商店街で、歩いても二、三分の距離である。

ステーキハウスの前で五分ほど待っていると、アウディのＡ３スポーツバックが目の前に停まった。

「乗ってくれ」

ハインズがウィンドウを下げて顔を見せた。

頷いた朝倉は、助手席に乗り込んだ。

「久しぶりだな」

ハインズはちらりと横目で朝倉を見ると笑った。二年近く会っていなかったが、白髪《しらが》が増えて年をとったように見える。というか、疲れている様子だ。

「捜査は抱えていないのか？」

朝倉はウィンドウを開けた。日中は二十八度まで気温が上がったが、日が暮れてから十七度まで下がっている。エアコンをつけるよりも、外気を入れたほうが快適なのだ。

「今は三つのチームの面倒を見ている。分かるだろう？」

溜息混じりにハインズは答えた。

以前は数人の部下を持ち、チームリーダーとして活動していた。三つもチームを見ているというのは、昇進して管理職になったということだ。溜息の理由は、現場に出られずデスクワークばかりで飽き飽きしているからだろう。毎日クワンティコの本部に通勤しているという意味が分かった。

「……」

無言で頷いた。同情したところで気休めにもならない。

「この街には、しゃれたバーはない。私の自宅で飲もう」

「いいね」

朝倉も仲間とバーを探したことがあるが、どのレストランも郊外型か、あるいは広大な駐車場に囲まれたショッピングモールなどの中にあるタイプで、概してファミリー向けである。路地裏の店や、夜の繁華街などもない。健全で味気のない街なのだ。

「横須賀に勤務していたころが懐かしいよ」

ハインズはしみじみと言った。

横須賀なら飲食店は多い。特に本町の国道16号線と並行する裏通りの本町商店会、通称〝どぶ板通り〟は迷彩服の米兵で賑《にぎ》わう。また彼らを取り締まるMPの姿も多く見かけるスポットだ。

十分後、ハインズはアキアハーバーの外れ、アキア川近くの住宅街にある一軒家の前で、車を停めた。周囲は芝生の手入れの行き届いた庭付きの住宅ばかりで、それなりに所得の高い住民が多いのだろう。

ハインズは車をガレージには入れずに家の鍵を開けた。帰りに朝倉を送って行くつもりらしい。

「気を遣わないでくれ。私一人だ」

リビングの照明を点《つ》けると、中央のソファーを朝倉に勧めた。ずいぶん前に離婚したと聞いたことがあるが、未《いま》だに一人暮らしらしい。

「ほお」

部屋を一通り見渡した朝倉は、少々硬めの革のソファーに腰を下ろした。

テレビはなく、ソファーとテーブル、そして出入口の反対側に小さなバーカウンターがある。壁には写真や絵画の類《たぐい》もない。殺風景で生活感のない部屋である。おそらく来客用のスペースだろうが、招く客はごく限られているに違いない。

「くつろぐ部屋は、他にあるんだろう?」

「腕利《うでき》きの刑事には、お見通しか。私の書斎は地下室にある。いつもそこで酒を飲みながら本を読む。この部屋は、あくまでも来客用だ。書斎は友人と過ごすには、少し狭い。バーボンでいいか?」

苦笑したハインズがテーブルの上にグラスを二つ並べ、朝倉が頷くとブッカーズを注いだ。飲んだことはないが、高級バーボンだということぐらいは知っている。

「再会に、乾杯!」

ハインズがテーブルを挟んで一人用のソファーに座り、グラスを掲げた。彼のグラスの酒は、指一本分程度である。後で車を運転するので、飲み過ぎないようにしているのだろう。朝倉のグラスには、優にその三倍の量が入っている。

「乾杯！」

朝倉もグラスを取って高く上げると、一口飲んだ。甘い香りが口の中に広がり、バーボン特有の刺激があるが、荒々しさは感じない。普段飲み慣れているジャックダニエルやワイルドターキーとは違う、熟成されたまろやかさがあった。だが、アルコール度数が高く、喉《のど》がじんわりと焼ける。ボトルを見ると、六十三度と書いてある。貧乏警察官には縁がない酒のようだ。

「ふう」

ハインズが大きな息を吐き、首を大きく回した。緊張がほぐれたらしい。

「デスクワークで、疲れたか？」

「来る日も来る日も、報告書や始末書の処理だ。たまに現場に出ると、部下に煙たがられる。君と一緒に捜査していた頃が、一番楽しかったよ。……すまない。愚痴を言うつもりで、君を呼んだわけじゃないんだ。話題を変えよう。〝ＦＢＩナショナル・アカデミー〟に参加しているんだろう？」

ハインズがおかしげに尋ねた。訓練内容を知っているのだろう。朝倉には似合わないとでも思っているに違いない。

「否定しても仕方がない。そういうことだ。退屈な訓練が多いがな」

朝倉は二口目のバーボンを飲み込み、いかに退屈か説明しはじめた。

するとハインズはゲラゲラと笑いだした。自分で面白い話をしているとは思わないのだが、教官以上にうまくできてしまった話や、やり過ぎて叱られたことなどを聞かせると、腹を抱えて笑っている。普段よほど窮屈な思いでもしているのだろうか。

「久しぶりに笑ったな。俊暉、おまえはネイティブ並みに会話できるが、たまにおかしな発音をするので、笑える。わざとやっているのか？」

ひとしきり笑ったハインズは、尋ねてきた。話の内容よりも発音を笑っていたようだ。

「おまえが、塞《ふさ》いでいるからわざとおかしな発音をしたまでだ」

発音には自信があっただけに、少々むかついた。

「すまん、すまん。実は帰還兵問題で、確かに塞いでいた。基地の内外で問題を起こすのは、だいたい彼らだ。自殺者も多い。海兵隊と陸軍は突出しているんだ」

ハインズは渋い表情で言った。

アフガニスタンやイラクからの帰還兵の中には、身体的な障害はもちろん、心的外傷後ストレス障害（ＰＴＳＤ）に悩まされている兵士や退役軍人が増え続けている。

四年前、日本でハインズと出会うきっかけとなった連続殺人事件の犯人もそうであった。

自衛官を次々に斬首するという残虐な事件を起こし、当時捜査一課十二係の刑事だった朝倉も捜査に携わった。米国ではこの障害を持った兵士が何万という数に上り、犯罪に関わるケースも多い。

また、二〇一四年の米退役軍人省の発表によれば、一日平均二十人の元兵士の自殺者が出たそうだ。多くはベトナム戦争経験者らしく、高齢化で家族や友人を亡くし、心の支えを失ったためらしい。今後、アフガニスタンやイラクからの帰還兵が高齢化すれば、同様の悲劇が繰り返されるだろう。

「おまえに必要なのは、息抜きだ」

朝倉はブッカーズのボトルを手に取ると、ハインズのグラスになみなみと注いだ。

5

午前五時六分、朝倉は、夜明け前の暗闇を昨夜と同じスポーツウェアで走っている。ハインズの家で飲み明かし、気が付けば午前四時を回っていた。というかハインズが酔いつぶれたので時計を見たら、夜明け前だと知ったというのが、本当のところである。酒を飲みながら四年前の事件について話が弾み、ついつい度を越してしまったのだ。

事件は沖縄の米軍基地を発端とし、後に東京でも起きた。捜査上の縄張りがあるため、犯人の米兵を追って東京に現れたハインズと朝倉は当初、険悪な雰囲気であった。だが、犯人逮捕への強い意志により、朝倉はハインズだけでなく、中央警務隊の国松とも協力するようになる。もっとも、そうした警視庁の捜査から逸脱した行動が、当時捜査を指揮していた沖山宏明の逆鱗に触れ、後の離島転属へと繋《つな》がるのだ。

朝倉は三年間の離島勤務の経験談を、ハインズはこの数年で対処した難事件や奇怪な事件の経験談を披露して大いに盛り上がったが、私生活の話題に触れることはなかった。それだけ、お互い仕事漬けだということなのだろう。

朝倉のプライベート上の唯一の話題といえば、K島で親しくしていた漁師の孫で、村役場に勤務する中田幸恵《なかたさちえ》と一年以上交際していたことだ。だが、すでに昨年の秋に別れていたため、ハインズには話さなかった。彼女は村役場の観光課に勤務していたのだが、仕事に限界を感じたらしく、都内の旅行代理店に転職し、毎日遅くまで働くようになっていた。結局そのまま、お互い忙しく疎遠になっていたのだ。

そういうわけでハインズとも仕事の話に終始し、朝を迎えた。酔っ払いに車で送ってもらおうとは、最初から考えていなかったので、走って宿舎に戻る途中なのだ。

〝FBIナショナル・アカデミー〟では外泊が禁じられているとは、聞いていない。プログラム中に抜け出す馬鹿もいないため、あえて注意されなかったという可能性もある。朝食前にチームでランニングをするため、遅くとも午前六時半までには宿舎にいなくてはならない。

朝倉は休むことなく走り続ける。二人でウィスキーのボトルを一本半空けてしまったが、二日酔いにはなっていない。

アキアハーバーの住宅街から商業地区を通るガリソンビル・ロードを抜け、北に向かうオンビル・ロードに入っていた。

ハインズの家からFBIアカデミーまではおよそ十六キロ。すでに十キロ近く走っている。毎朝、チームで三キロ走るが、朝倉はいつも早く起きて一人で十二キロ走っている。今日はいつもより、少し余分に走るだけだ。それに体に残っているアルコールを抜くには、走って汗をかくに限る。

オンビル・ロードはひたすら上り坂になるので、ペースを若干落とした。疲れたからではない。アカデミーまでのペース配分を考えてのことだ。

建物が少なくなり、道路は深い森を抜けて行く。やがてアキア川を渡り、道路の名前はMCB2となる。MCBは、Marine Corps Base（海兵隊基地）の略である。五十メートルほど先の道路の中央に車専用の検問所が見えてきた。これより先は海兵隊基地である。

朝倉は車に乗っていないので、そのまま検問所の脇を通り抜けた。

「ストップ！」

大声で呼び止められた。

振り返ると、二人の警備の兵士が銃を抜いている。一人は黒人で、もう一人は白人、二人とも二十代前半らしき若い兵士である。

朝倉は両手を上げて立ち止まった。

「いきなり、なんなんだ？」

朝倉は武器を携帯していない。兵士らの態度は大袈裟《おおげさ》過ぎる。

「フリーズ！」

兵士が銃口を向けて近寄ってくる。

「俺は、日本の警察官だ。ランニングしていた。ＦＢＩアカデミーまで帰る途中だ」

朝倉は手を上げたまま、落ち着いて答えた。

「こんな時間にランニング？　怪しいぞ、こいつ。目付きも異常だ」

白人の兵士が朝倉の頭部に銃口を突き付けると、黒人兵士がすかさず朝倉のボディーチェックをした。

「ＩＤは、ジャケットの左のポケットにある」

オッドアイの異相ではよく誤解を受ける。毎度のことなので、朝倉は弁明しようとも思わない。

黒人の兵士は朝倉のジャケットからＩＤを抜き取った。ＦＢＩから発行されているナシヨナル・アカデミーの受講生のＩＤで、クワンティコ海兵隊基地の出入りが自由にできる通行証にもなっている。

「俊暉・朝倉？　待てよ。こいつ、指名手配されている男じゃないか！」

　ＩＤを確認した兵士が、声を荒らげた。

「何！　サム、手錠を掛けろ！」

白人の兵士が、伸ばしていた右指をトリガーに掛けた。

サムと呼ばれた兵士は朝倉の腕を後ろに回し、興奮した様子で手錠を掛ける。手柄を上げたつもりにでもなっているのだろう。

「何かの間違いだ。調べてくれ！」

朝倉は目の前の兵士を睨みつけ、一歩前に出た。誰かと勘違いされたのだろう。

「反抗するのか！」

眉間《みけん》に皺《しわ》を寄せた白人兵士が、怒鳴った。

「うっ！」

　突然全身が痺《しび》れた。

「貴様！」

　朝倉が振り返ると、黒人の兵士がスタンガンを握っていた。少々身体が痺れるが、この程度で気絶するほど柔《やわ》ではない。朝倉は体を捻り、スタンガンから伸びるワイヤーを引きちぎった。

「オーマイガー！」

黒人の兵士が両眼を見開き、後ずさりしている。

ガッ！

耳元で鈍い音がした。

「……」

後頭部に衝撃を覚えた朝倉は、ゆっくりと前のめりに倒れた。

6

激しい銃声が轟《とどろ》き、目の前の地面が土煙を上げる。

「ゴー！　ゴー！」

指揮官に背中を叩かれた朝倉は、M4カービンを手に駆け出した。

足元を銃弾が飛び跳ねる。

朝倉は護岸を数メートル走り、壊れた車の陰に転がり込んだ。

戦闘服の袖《そで》で汗を拭《ぬぐ》って振り返ると、後方にいる指揮官が手を盛んに前に突き出している。進めと命じているのだ。

頷いた朝倉は車の陰から飛び出した。

轟音《ごうおん》。

閃光《せんこう》に包まれた体が、吹き飛ばされ、護岸から落下する。

「うっ！」

頭部に激痛を覚えた朝倉は、両眼を見開いた。

白いカーテンに囲まれたベッドに横になっている。どこかの病院に収容されたらしい。

カーテンが開けられ、白人の医師が入ってきた。三十代半ばだろうか。朝倉の呻《うめ》き声《ごえ》をたまたま聞きつけたのだろう。

おそらく陸軍病院に違いない。

「気が付いたようだね。君は三時間ほど気絶していたのだ。念のためにMRIの検査をする」

ポケットからペンライトを出すと、朝倉の瞳にライトを当てて医師は覗《のぞ》き込《こ》んだ。

「あの爆発は、模擬弾ではなかった」

十四年前、ハワイにおいて行われた日米演習で朝倉は負傷した。爆発の規模から、模擬弾ではなく本物の爆弾だったのではないかと疑っている。米軍側の発表では、爆薬の量が間違っており単純なミスだとされていた。事故当時の様子を体現するような鮮明な夢を見たことで、故意か過失かは定かではないが、改めて模擬爆弾と実弾がすり替わっていたに違いないと確信したのだ。

「爆弾？　……ひょっとして、君は爆弾で負傷してオッドアイになったと思っているのか？　日本から医療記録を取り寄せたが、オッドアイの原因は交通事故だと書いてあった」

医師は朝倉の呟《つぶや》きに腕組みをして首を捻った。

特戦群に所属していたことはもちろん、日米合同訓練で負傷したことも極秘扱いになっている。そのため、朝倉の医療記録は交通事故として記載されているのだ。爆弾で負傷したことを口にするべきではなかった。

「うん？　ここは？」

朝倉は改めて周囲を見渡した。病院らしいが、十四年前に入院していたハワイの陸軍病院とは違う。どうやら記憶が十四年前に飛んでいたようだ。

「ここは、クワンティコのメディカルセンターだ。君は、今朝、ゲートの兵士に乱暴を受けて脳震盪《のうしんとう》を起こしたようだ。少し混乱しているのだろう」

医師は首を左右に振ってみせた。

「乱暴？」

朝倉は首を傾《かし》げた。ジョギングでアカデミーの宿舎に戻る途中だったことと、おぼろげだが、二人の警備の兵士と言葉を交わした記憶がある。

「どうやら、後頭部に衝撃を受けて、記憶が飛んでいるらしい。脳震盪にはありがちな症状だが、精密検査をする必要があるね」

医師は渋い表情で言うと、看護師を呼んで車椅子を用意させた。

「頭を少し打っただけですよ。大したことはない」

苦笑した朝倉はベッドから足を下ろした。これまでにも頭部を殴られて気絶したことは、一度や二度ではない。

「うん！」

だが立とうとすると、足に力が入らず、床に膝を突いた。

「だから、言っただろう。君は脳震盪を起こしたんだよ。頭部に異常がない場合でも、最低半日は安静にしていなければならない」

医師が苦笑した。半日は大袈裟だが、一時間ほど休憩したほうがよさそうだ。

「分かりました。すみませんが、ＮＣＩＳのハインズ特別捜査官を呼んでもらえますか？」

朝倉はベッドの手すりに摑《つか》まりながら車椅子に座った。昨夜の記憶を辿《たど》るために、ハインズから話が聞きたいのだ。

「ハインズ特別捜査官なら、廊下で君のことを待っているよ」

医師は看護師に朝倉の車椅子を押すよう指示をした。

「目が覚めたか。本当に大丈夫か？」

医師の言った通り、廊下に出るとハインズがおり、車椅子を見て目を丸くした。

「混乱しているだけだ」

ハインズを見た朝倉は首を傾げながら正直に答えた。彼がここにいる理由が分からないからだ。

「被害者の君から事情を聞こうと思ってね。問題を起こした二人は、海兵隊員なのだ。本来は部下が扱うべき案件だが、被害者が君だと聞いてやって来た。日本からの客だけに気を遣っているのだよ。日米関係が気まずくなっても困るからね。私が知り合いで本当によかった」

意味ありげにハインズは言ったが、朝倉が早朝にどこから来たのか証言されるとまずいからだろう。そのため部下に捜査をまかせずに自分で動いているに違いない。

「そう言えば、あの二人は、俺が指名手配されていると言っていた。誰かと勘違いしたのだろう」

徐々に記憶が戻ってきた。

「昨夜、君が宿舎に帰らなかったため、海兵隊基地の各ゲートに、君を見つけ次第ＦＢＩナショナル・アカデミーの責任者へ至急連絡するよう伝達されていたんだ。君に乱暴した兵士は、それを指名手配と勘違いしたらしい。もっとも故意にそういうふりをした可能性もある。それで、君に事情を聞く必要があるのだ。彼らは、君を拘束した上で背後から殴りつけている。悪質だよ。むろん、君が抵抗したからだと、彼らは言っているがね」

ハインズは二人の蛮行に腹を立てているらしいが、それよりも外泊したことで担当教官が怒っていないか気になる。

「検査の前に、担当教官に連絡してもいいですか？」

振り返った朝倉は医師の顔を見た。叱られても仕方がないが、所在と状況だけでも連絡しておくべきだろう。

「君は連絡しなくても大丈夫だ。ＦＢＩアカデミーの担当教官には、私から事情を話し、緊急連絡の要件も聞いている。君に帰還命令が出たようだぞ」

ハインズが代わりに答えた。ＦＢＩアカデミーのプログラム終了前に、帰れということらしい。

「帰還命令？」

朝倉は困惑した表情で聞き返した。

フェーズ2：帰国

1

東京、桜田門。七月十日、午前八時十八分。

桜田通りをスーツ姿で走ってきた朝倉は、警察庁が入っている中央合同庁舎第2号館ビルの前で歩き出し、ネクタイの緩《ゆる》みを直した。

K島の駐在警察官として勤務していた頃は制服があったので、手持ちの服といえばスポーツウェアだったが、一課の勤務に戻ってから、急いで二着のスーツを新調している。

昨夜は西新橋のビジネスホテル〝ホテル・ホープ〟に宿泊した。昨年の九月に東京へ戻り、刑事時代から世話になっていた西新橋の居酒屋〝こぶしの花〟の二階に再び下宿していた。だが、米国滞在中に老朽化で雨漏りが酷《ひど》くなり、大規模な修繕をすることになったため、荷物を引き払ってしばらくはビジネスホテル住まいになりそうである。西新橋から警視庁は近いので、運動を兼ねて走ってきたのだ。

一昨日までFBIナショナル・アカデミーのプログラムに参加していたのだが、帰還命令が出たために終了まで一週間を残して急遽《きゅうきょ》切り上げ、昨日の夜に日本へ帰って来た。異動の辞令が出たためというが、それほど急ぐ理由までは教えて貰《もら》えなかった。

クワンティコのメディカルセンターでMRIの検査を受けた朝倉は、脳に異常なしと判断されて宿舎に戻った。訓練中の仲間とは簡単な別れの挨拶を交わしただけで、慌しく荷物をまとめて宿舎を引き払っている。多少心残りもあったが、命令である以上従わなければならなかったのだ。

第2号館ビルに近い警視庁の第二玄関から入った朝倉は、階段を使って二階に上がり、小会議室の前で立ち止まると、腕時計で時間を確認した。昨夜、一課十二係の係長に確認したところ、一課の大部屋ではなく、小会議室に八時半に来るように言われている。新しい部署への辞令がそこで渡されるのだろう。

一課に復帰してとりあえず古巣の十二係で勤務していたが、朝倉の新しい所属先が決まるまでの暫定的《ざんていてき》な処置だとは聞かされていた。どこの課でもそうだが、欠員がでなければ入ることはできない。おそらく受け入れ先の準備をするためにFBIナショナル・アカデミーへ行かされていたという事情もあるのだろう。

ただ、この後も一課にいられるとは限らない。警部補から警部になったことで所轄《しょかつ》の次長・課長になる可能性もある。だが、本庁でなくとも現場で働きたいという希望は一課の課長である桂木《かつらぎ》に打診してあるので、刑事として働くことはできるだろう。

朝倉は、ドアをノックした。

「入ってくれ」

聞きなれた桂木の声である。

「失礼します」

一課の課長は、一捜査員にとって雲の上の存在である。朝倉はいつもながら緊張した面《おも》持《も》ちでドアを開け部屋に入った。

警視庁内にはブリーフィング用の会議室はいくつもある。指定された二階の部屋は二十畳《じょう》ほどで、エレベーターホールから遠く奥まっているため、他の職員の目を気にする必要がない。極秘の会議に適していた。

「早かったな。座ってくれ」

正面に座っている桂木が、むっつりとした表情で席を勧めた。まるで面接会場のように奥の壁際にテーブルが一列に並べられ、その前に折《お》り畳《たた》み椅子が一つだけ置かれている。

「はい」

頭を下げた朝倉は折り畳み椅子に座った。桂木の表情からすると、あまりいい話ではないのだろう。FBIナショナル・アカデミーの訓練を途中で切り上げさせられたのも、朝倉になんらかの落ち度があったのかもしれない。

「君の処遇だが、私一人で話を進めるべきではないので、少し待ってくれ」

桂木は自分の腕時計で時間を確認している。

「はあ」

朝倉はいささか気の抜けた返事をした。桂木は刑事部の中でも絶対的な力を持っている。それでも単独で判断できないというのなら、彼のさらに上司である部長が出てくる可能性があった。朝倉は未だ直接話をしたことがない人物かもしれない。

午前八時二十五分、ドアがノックされた。

「どうぞ」

桂木は低い声で応じた。

振り返ると、出入口に警察官とは違う、カーキ色の制服を着た中年の男が顔を見せた。

「………！」

朝倉は慌てて起立し、頭を下げた。

「また、驚かせてしまったね」

制服姿の男は笑顔を浮かべて、軽く敬礼してみせた。防衛省中央警務隊の隊長、後藤田《ごとうだ》一等陸佐である。

「また、驚くようなことなのですか？」

朝倉は頬をぴくりと動かした。

これまでにも桂木と後藤田が同席したことはあった。警察官でありながら、自衛官としてのキャリアを持つ朝倉に、特別な捜査の依頼をしてくる場合である。しかし一課で刑事としての勘を取り戻しつつある今、またそのような仕事をするのは正直言って気が進まない。

「私が順序立てて話そう。我々刑事部は、昨年虫が島での任務を終えた君を、単純に一課へ戻せばいいと考えていた。だが、君の働きと経歴に着目した官邸が動き、待ったをかけてきたのだ」

桂木が大きな溜息を漏らしたのに対して、隣りに座る後藤田は口元に微かな笑みを浮かべている。ただの愛想笑いかもしれないが、また警察から出向という形になるのだろうか。

「私は、一課というか、刑事に戻れないのですか？」

朝倉は桂木と後藤田を交互に見た。虫が島では警部補として活動したが、中央警務隊と極秘で合同捜査を行うため、同時に二等陸尉の身分も与えられていた。

「単純に言えば、そうだ。だが、正確に言えば、警察官の枠を越えるということになりそうだ」

「はい？」

桂木は不可解な回答をし、後藤田と頷きあっている。

朝倉は身を乗り出し、首を傾げた。

2

警視庁小会議室で、三人の男が顔を付き合わせている。

「警察官の枠を越える？」

朝倉は改めて桂木に問いただした。

「この四年間、グアムでNCISに協力した事件を除いて、君は三件の事件を中央警務隊と合同で捜査している。そのうち二回を警察官として、残りの一回を自衛官として対処し、いずれの事件も解決へ導いた。君の捜査能力だけでなく、警察官と自衛官、二つの組織における経験が事件解決に非常に有効だったことは言うまでもない。政府が着眼したのは、まさに二つの顔を持つ君の存在なのだ」

桂木は自衛隊というくだりになると、表情を暗くした。彼にとって朝倉が自衛官として事件に対処した事実は、喜ばしいことではないからだろう。

「日本では一般市民に対する逮捕権は警察官のみが有している。一方で国家機密に関わる自衛隊および自衛隊基地内での捜査は国家公務員である警務隊が行う。だが、両者の捜査が交わることはあまりない。まさに朝倉君が扱った事件は、民間人と自衛官、あるいは米軍人が関わっていたため、警察官と警務官両方の権限が必要とされた」

隣りに座る後藤田が国家公務員という言葉を強調しつつ補足した。彼は朝倉が警務官として活動することを望んでいるからだろう。

「警務官としても仕事をしましたが、自衛官として身分が抹消されていないだけですよね。今後もこうしたどっちつかずのやり方をしろということですか？」

朝倉は自ら望んで警務官として職務を果たしたわけではない。

「どっちつかずではない。政府が望んでいるのは、両方、つまりハイブリッドな捜査官なんだよ」

桂木は納得していないのか、溜息混じりに答えた。

「理解できませんが……」

「公務員だから、国家公務員なのか、地方公務員なのか当然はっきりしなければならない。今後君の身分は、国家公務員になるんだ」

後藤田がまた補足した。

「えっ、警察官としての身分を捨てろとでも言うのですか？」

朝倉は眉を吊り上げた。

「君の階級を二つ上げて、警視正《けいしせい》にすることに決定したのだ」

補足はいらないとばかりに、桂木はちらりと後藤田を見て説明を加えた。

警察官でも警視正になれば、国家公務員になる。ただし通常は、国家公務員試験をクリアして警察庁に採用され、十五年以上経つキャリアか、ノンキャリアなら最速で昇任したとしても五十代の定年間近になるというケースが多い。

「警部になるための試験は受けましたが、警視正どころか、警視の試験も受けていませんよ」

朝倉は苦笑を浮かべた。いくら特例だといっても、無試験で二階級昇進というのはあり得ない。冗談が過ぎる話である。

「昇進は予定で、まだ承認されていない。だが、国内で試験を受けるのではなく、米国の審査基準を適用することになった。そのため、君をFBIナショナル・アカデミーに送り込んだのだ。我々は、君の成績を逐次連絡するようにFBIに要求していた。君は最終の試験を受けることはなかったが、これまでの成績はどれも参加者二百十人の中でトップ10に入っている。今後、官邸と警察庁幹部、それに警視庁幹部がこの成績とこれまでの実績を精査し、君の昇進を決めることになっている」

米国に追随《ついずい》する日本ならではの審査基準だと言える。朝倉をよく知らない官僚や官邸を納得させるためには、FBIの看板が役に立つのだろう。

「そんな！」

声を上げた朝倉は、腰を浮かせた。ノンキャリアの叩き上げが就任しうる最高地位が一課課長であり、その階級が警視正なのだ。また、所轄の署長の階級も警視正である。朝倉が狼狽《ろうばい》するのも当然である。

「警察官として君は警視正になるが、自衛官としても見合う階級にすべく、二階級昇進の三等陸佐になることが、検討されている。もっとも、これも官邸からの強い要望なのだが」

後藤田がまた横から口を出した。三等陸佐は諸外国の軍隊で言えば、少佐である。

「……一気に二階級特進するのは、何か裏があるんですね」

朝倉は鋭い目つきで二人を交互に見た。昇進試験も受けないで、二階級昇進というのは、警察でも自衛隊でも聞いたことがない。本来なら歓迎することだが、何か魂胆があるに違いない。朝倉は現場で働くことができれば、平《ヒラ》でもいいのだ。

「疑われて当然だね。階級を上げたからと言って、君が喜ばないことは分かっていた。だから、私も君に話すのが、少々憂鬱《ゆううつ》だったのだ。だが、官邸からの依頼なので断ることができなかった。彼らは現場を知らない。階級さえ上げれば、自由に捜査ができると思っているのだ。許してくれ」

桂木は頭を下げた。

「いっ、いいえ、課長に謝っていただく必要はありません」

朝倉は両手を振って、椅子に座り直した。

「君がこの数年で扱った事件は、いずれも政治や社会に深い影響を与える懸念があったため極秘とされ、闇に葬《ほうむ》られた。政府が君に期待しているのは、これからもこうした事件の捜査に関わって欲しいということなのだ。階級を上げて国家公務員にすれば、捜査においても有利だろうと官邸は簡単に考えたらしい。また、防衛省が絡むような事件は、国家機密に関係することが多い。情報漏洩《ろうえい》を彼らは何よりも恐れているのだ」

「ふーむ」

腕を組んだ朝倉は、唸《うな》り声《ごえ》を上げた。朝倉が警察官にこだわったのは、ごく普通に暮らす人々のために働きたいという思いが強いからである。政治絡みの事件は、きな臭いだけで人の役に立っている実感が少ない。

「君が悩むのも分かる。君は民間の事件捜査を希望しているのだろう。私もそれが望ましいと思っていたが、凶悪犯罪に民間もくそもない。私はお上《かみ》から一方的に言われて従うことが不満なだけで、君の処遇については妥当だと思っているのだ。虫が島の事件を思い出してくれ。君が相手にしたのは、中国の工作員だったが、同時に強制労働させられていた下級工作員を数十人も救い出している。政治抜きで、立派な成果だと思うが違うかね？」

桂木は、朝倉に鋭い眼光を向けてきた。

「今後扱うのは、常に国家機密に関わる闇の事件なんですか？」

今度は朝倉が溜息をついた。別に手柄を立てたいという気持ちはないが、警察官は犯人を逮捕し、検察に身柄を渡し、犯人が公正な裁判を受けることを望む。だが、肝心の犯人が闇に葬られては、法の執行官としてはやるせない。

「実は、国家機密に関わる捜査を行うということ以外に、日本版ＦＢＩのような形を模索したいという目的もある。警視庁の刑事が、他府県とまったく行き来がないわけじゃない。だが、広域にわたる捜査は、主導権をめぐって県警同士の縄張り争いになるのが常だ。そこで、日本中の凶悪な犯罪に対処する捜査チームを作りたい。つまり県境に縛られない特別捜査班だ。我々はあえて〝特別強行捜査班〟と命名した」

桂木はにやりとした。日本版ＦＢＩというのは彼のアイデアなのだろう。

「日本版ＦＢＩですか。しかし、私一人で、ＦＢＩって……」

朝倉は苦笑した。ＦＢＩは巨大な組織で、職員だけでも三万五千人以上を有する。朝倉一人いたところで、そんな活動などできない。

「君の部下というか、チームには中央警務隊と警視庁からそれぞれ二名ずつ人員を出す。成果が上がれば、それをモデルとして、組織作りをすることになるだろう。君は日本版ＦＢＩのパイロットケースになるのだ。私は警視庁の幹部と中央警務隊と計らって、政府に提案している。君を断じて政府の犬にするつもりはない」

桂木は強い口調で言うと、後藤田も大きく頷いてみせた。

「パイロットケースですか」

朝倉は顎《あご》を僅かに引いて頷いた。二人の態度は頼もしい限りであるが、納得したわけではない。

3

政府からの要求は、これまで政治絡みの難事件を解決してきた朝倉に高い階級を与え、今後も高度な捜査をさせたいというものだ。しかも、警察官と警務官の両方の身分を同時に使うことができるようにするという。その狙いは、警察と自衛隊、双方の力を借りて捜査を進めた上で、場合によっては情報員のように秘密裏《ひみつり》に行動させ、事件を闇に葬ることもできるということだろう。政府にとってこれほど都合のいい捜査官はない。

だが、朝倉の将来を危惧した桂木と後藤田は、新しい組織を立ち上げることで朝倉を政府専属の捜査官にすることを防ごうとしているようだ。

「特別捜査官のように警視庁に所属するのですか？」

現場で働けるのならどこでも構わないものの、やはり所属は気になる。

犯罪がより複雑化した現代では、捜査において専門知識と経験が要求されるようになった。そこで、警視庁は財務捜査、科学捜査、コンピュータ犯罪捜査、国際犯罪捜査の四つの分野で専門知識を持つ警察官、そして民間人の専門家も採用し、〝特別捜査官〟という幹部として活動させている。また、〝特別捜査官〟のトップは警視であり、組織的に高い権限を有するのだ。

「都道府県の警察を自由に行き来するには、さらにその上の組織じゃないとだめなんだ。官邸は君を警察庁刑事局に入れるつもりで、関係者と話を進めている」

桂木は渋い表情で説明した。

「警察庁は確かに全国の警察の上部組織になりますが、警察庁の刑事局は指導するだけで捜査活動はできないんじゃないですか？」

朝倉は左右に首を振った。警察庁の警視正という地位は高いが、現場の人間ではないことぐらい知っている。

刑事局には警視庁の刑事部と同じような課や組織犯罪対策部がある。だが、あくまで警察庁の内部部局であり、全国の警察を指導統括することが主たる職務なのだ。特例的な規定がある場合を除き、事件捜査はそれぞれが管轄する警視庁か各道府県警察が行うことになっている。

「分かっている。警察法第六十四条にも規定されているからね。だが、官邸は刑事局に特別捜査官という役職を設け、特別な規定とするように法務大臣まで巻き込んで話を進めているんだよ。つまり、警察庁の威光を用いて、現場の警察官や警務官を使おうという考えだ。それで日本中どこでも自由に捜査ができると思っているらしい。本当に、馬鹿馬鹿しいよ」

桂木は吐き捨てるように言った。

「まったく、そんなことをしたら現場で煙たがられるだけだ。官邸は何も分かっていない。中央警務隊にも全国で捜査をする権限はあるが、それでも現地の警務隊を尊重する。じゃなきゃ、裸の王様になってしまうからね。君がいくら有能でも、単独で現地に入って捜査するのは難しい。そこで、警視庁と中央警務隊から人を送り込んで、特別捜査班という組織にするように要請したのだ」

それまで黙って聞いていた後藤田が、話を継《つ》いだ。

「うーむ。……私は決定に従うしかないということなのでしょうか？」

朝倉は桂木と後藤田を交互に見た後、大きな溜息をついた。

島の駐在員として勤務した三年間、いつか刑事に戻れると信じてやってきた。桂木や後藤田は朝倉の行く末を案じてくれているらしいが、警察庁に転属したら警視庁へ戻ることなど期待できそうにない。

「最後に決断するのは、朝倉君であることは間違いない。だからこそ、我々は君が納得できる形で調整がついてから話すつもりだった。だが、君の手を借りなければならない事案が発生したため、米国から急遽呼び戻したのだ」

桂木が上着のポケットから三枚の写真を出して長机の上に並べたので、朝倉は立ち上がって写真を見た。

「…………！」

朝倉は、顔を強張《こわば》らせた。

「八神修平、新垣義和《にいがきよしかず》、立田博司《たつたひろし》、三人とも今は民間人だが、君と縁がある人物ばかりだ」

傍《かたわ》らの後藤田が、険しい表情で言葉を添えたが、詳しく話そうとはしない。人物について説明する必要はないと判断したからだろう。

「私と同じ部隊にいた上官と同僚です。この三人がどうかしたのですか？」

頷いた朝倉は、身を乗り出して桂木に尋ねた。三人とも特戦群に所属していたのだ。だが、守秘義務があるため、桂木だけでなく、中央警務隊の後藤田に対してもあえてこちらから具体的に部隊名を言うことは控えた。

「三人ともこの三週間の間に、亡くなっていた」

桂木は淡々と話し、落ち着くようにと右手を前に出した。

「亡くなっていた？　警視庁も中央警務隊も把握していなかったのですか？」

朝倉は桂木を遮《さえぎ》るように身を乗り出し、眉間に皺を寄せた。シルバーグレーの左の瞳が光を帯びる。興奮すると瞳孔《どうこう》が開くため、目付きが変わって見えるのだ。

「いずれも担当した所轄では単なる不慮《ふりょ》の事故としている。事件性がないと判断したのだ。しかも三人が特戦群に所属していたことは、警察はもちろん中央警務隊も知らなかった。

そのため、我々はまったく三人の死に対して、注意を払わなかったのだ」

桂木は鋭い視線で見返してきた。泣く子も黙る一課の課長であるだけに朝倉のオッドアイにも負けていない。

「馬鹿な……」

舌打ちした朝倉は椅子に腰を落とした。

4

「待てよ。警察も中央警務隊も三人の所属を知らなかったはずですよね。当時の指揮官が教えたのですか？」

絶句して椅子に座り込んでいた朝倉は、首を捻った。死亡した三人が民間人だったとしても、特戦群出身だということは警察や中央警務隊では把握できない。朝倉が所属していたころの群長なら、三人の所在を知っていた可能性が高いのだ。特戦群出身だと公然と名乗れるのは名前が公表される群長など上級の幹部だけなので、朝倉は守秘義務上、あえて「当時の指揮官」だと言っている。

「君の世代で特戦群出身だと公表しているのは、私の知りうる限り群長だけだ。我々も四日前まで三人の死亡を知らなかった。教えてくれたのは、君と同期の北川《きたがわ》君だよ。もちろん当時の群長もご存じで、上層部には報告されていたらしい」

後藤田が、桂木に代わって答えた。後藤田は桂木の前で堂々と特戦群という言葉を使っている。桂木のセキュリティレベルが高いということで、情報を開示したのだろう。

「北川が？」

朝倉は首を捻った。北川は、特戦群時代の同期である。彼は七年前に退官し、故郷である沖縄の那覇《なは》に帰って、〝バディー〟というバーを経営している。

「彼は警察機関にいる朝倉君に連絡をしたかったらしいが、君が日本に不在だったため、やむなく国松を介して私に連絡してきたのだ。北川君は沖縄で事件があった際、国松とも知り合っていたからね」

後藤田の補足に桂木も頷いている。

「民間人の彼が、三人の死亡をどうして知ったのですか？」

朝倉も特戦群時代の仲間のうち数人とは未だに付き合いがあるが、頻繁に連絡を交わしているわけではない。また、上官であった八神には退官後、一度も連絡したことはなかった。おそらく北川も同じであったはずだ。また、彼が住んでいる沖縄は地理的にも距離がある。

「北川君は、一ヶ月前から身辺で異変が起きていたため、かつての仲間と連絡を密にしていたらしい。そうした中、たった三週間で三人もの特戦群出身者が事故死したために怪しいと判断し、私に連絡してきたのだ」

「警視庁と中央警務隊は、三人の死亡が事件だと認識しているのですか？」

二人からは、事件だとは一言も聞いていない。

「現状では、正直言って判断がつかない。だが、最悪の場合を想定するのが、捜査の基本だ。だから、君を呼び寄せたのだ」

桂木が当たり前だとばかりに頭を上下に振ってみせた。

「……なるほど」

朝倉は曖昧《あいまい》に返事をした。

事件だと認識されていれば、所轄で再捜査される。おそらく死亡した三人は、いずれも警視庁の管轄ではないのだろう。

「八神はいわき、新垣は北海道、立田は名古屋だ。各県警に再捜査の指示を出すには、それなりの理由がいるが、単に三人が元自衛官だからというだけでは不十分なのだ。たとえ、君が現地入りしたところでいい顔はされない」

桂木は口をへの字に曲げて見せた。一課の課長であるだけに県警との捜査の難しさを知り抜いているからだろう。

「情報は我々から提供したが、三人が民間人なので今回の捜査は警察主体となると思う。三つの捜査を一度に行うことは不可能だ。一つ一つ順に解決する他ないだろう。我々も協力するが、難しい捜査になることは目に見えている」

後藤田も険《けわ》しい表情になった。

「しかし、捜査は一刻を争いますね」

腕組みをした朝倉は頷いた。三人の死が事故ではなく殺人なら、この先も被害者が出る可能性がある。一刻も早く犯人を見つける必要があるのだ。

「捜査は急ぐ。だが、闇雲に現地へ飛んでも行き詰まるだけだ」

桂木は厳しい表情のまま頷いた。

「大丈夫です。私に考えがあります。すぐに捜査に取り掛かるつもりですが、こちらからもいくつか条件を言っていいですか？」

朝倉は桂木と後藤田を交互に見た。桂木の言う通り、政府の言いなりになるばかりではモチベーションが下がるだけだ。警察官も所詮《しょせん》役人なので、お上の意向に逆らえないことは分かっているが、少しは悪あがきをしてみたい。

「我々にできることであれば、最大限の努力はする」

桂木と後藤田が、ほぼ同時に頭を上下に振って見せた。朝倉が前向きな姿勢を見せたので、二人ともほっとした表情を見せている。

「私の身分ですが、現状の警部のままでお願いします」

警視正など、身分不相応である。それに、階級を盾《たて》にして捜査を進めたくない。現場で働くなら、警部で充分だ。

「君の意見は、尊重しよう。改めて、上層部を通じて官邸に申し出る。正直言って、君は断ると思っていた。私もそうだが、現場は汗水垂らし、足を使って捜査するのが基本だ。絶対的な権力で命令したところで、捜査官は動かない」

　叩き上げの幹部らしく、桂木は自分の経験から言っているのだろう。

「それから今回の捜査に限ってということで構いませんから、チームの人選は、私に任せてもらえませんか？」

　一緒に捜査するなら、信頼関係のある仲間でなければならない。殺人犯が敵なら、組んだ相棒に命を預けるような場面もあるからだ。

「殺人事件では経験が物を言う。一課から選ぶなら、私から各係の係長にすぐに対応させよう。所轄なら少し時間はかかるだろうが、刑事部の刑事なら、なんとかなるはずだ。具体的に名前は挙げられるのか？」

　桂木は笑顔で答え、後藤田は不満げな顔をした。桂木が刑事と強調したからだろう。

「一課十二係の佐野晋平《さのしんぺい》さん、高島平《たかしまだいら》警察署の刑事組織犯罪対策課の野口大輔《のぐちだいすけ》、サイバー犯罪対策課の戸田直樹《とだなおき》、それから中央警務隊の国松陸曹長、同じく中村篤人一等陸曹の五名です。ただ戸田君に関しては、あくまでもコンピュータによる後方支援です」

　朝倉は淀《よど》みなく答えた。人選は思いつきではなく、これまでの捜査の経験から選んだのだ。

佐野は部長刑事で十二係のベテランである。野口は三年前の事件で組んだ所轄の刑事で、若いがしっかりしており、信念を持った男だ。国松と中村とは何度も一緒に捜査をしており、彼らの実力は信頼している。もちろん気心も知れた仲である。

戸田は警視庁中央制御室のオペレーターだったころ、朝倉の捜査にNシステム（自動車ナンバー自動読み取り装置）を活用して大いに働いてくれた。もともと情報技術に長《た》け、昨年からサイバー犯罪対策課に転属していたことは知っていたのだ。

「私は異存ありません」

先に後藤田が、笑みを浮かべて頷いた。朝倉が国松と中村をメンバーに入れたことを喜んでいるのだろう。

「了解だ」

遅れて桂木も苦笑を浮かべながら同意した。

5

防衛省市《いち》ヶ谷《がや》庁舎A棟地下、中央指揮所、午前九時十分。

カーキ色の制服に身を固めた国松は廊下の角に立っている警務官に敬礼し、そのまま奥へと進んだ。

　中央指揮所は自衛隊の最高司令部であり、中央指揮システムがある。警備は中央警務隊と民間の警備会社が受け持ち、機密性が高いエリアに関しては警務隊が行っている。

「指揮所の任務が一番つまらないですね」

　並んで歩く中村篤人が、小声で言った。

「警務官の中でも、指揮所の任務につくことができる者は限られている。それだけ重要な任務だからだ。ここにいられるだけ光栄だと思え」

　国松は中村をちらりと見ただけで、鼻先で笑った。

「何を言っているんですか。曹長が腕時計ばかり見ているので、気を遣って言ったまでですよ。誰かと約束でもあるんですか、任務中なのに？」

　中村は上官に対してもいつものごとくはっきり言う。

「約束はない。というか、厳密にはな」

　国松は歯切れ悪く答えた。

「またまた」

　中村は歩調を乱さずにまっすぐ歩きながら言った。幕僚長《ばくりょうちょう》クラスの幹部がいてもおかしくない場所なので、気を抜くことはできない。事実、指揮所がある地下に降りることができるのは、中央警務隊でも実績と階級のある者だけなのだ。

「おっ」

国松が突然立ち止まり、ポケットから少々無骨な携帯電話を取り出した。指揮所ではセキュリティ上、通信が制限されるため、個人が保有する携帯電話やスマートフォンの使用は禁じられている。国松が手にしているのは、中央警務隊でも幹部だけに支給される防塵《ぼうじん》防水の二つ折り携帯電話だ。

「はい、国松です。……了解しました」

国松が神妙な面持ちで受け答えし、電話を切ると大きく息を吐き出した。

「ひょっとして、隊長からですか。まいったなあ」

中村は廊下の天井近くにある監視カメラを見て溜息を漏らした。後藤田が監視カメラに映る中村の姿を見て、電話を掛けてきたとでも思ったのだろう。

「溜息をつくな。話がある。ここじゃまずいから、上に行くぞ」

国松は厳しい表情で言った。

二人は警備員が詰めるエレベーターホールからエレベーターに乗って地上階で降りた。一階に着くなり、国松は急ぎ足で廊下を進む。

「待ってください。自分はとんでもないミスを犯したのですか？」

青ざめた中村は、国松に遅れまいと早足で歩く。彼は優秀な警務官だが、お調子者で上官にもあまり遠慮がない。本人もそれを自覚しているので、どこかで注意されるのではないかと思っているのだろう。

国松は中央警務隊本部の第二会議室まで来ると、ドア横の表示を「会議中」に変え、中村に先に入るように顎で示した。緊張した面持ちの中村が一礼して部屋に入る。国松は廊下の様子を窺《うかが》い、周囲に職員がいないことを確かめると、入室してドアを閉めた。

「よっしゃー！」

国松は両手の拳を握りしめ、声を張り上げた。廊下で周囲を窺ったのは、単に大声を出したかったからのようだ。

「どうしたんですか！　いきなり」

中村は目を白黒させている。

「隊長から連絡が入った。我々が選ばれたんだ」

さきほどとは打って変わって、国松はにやけている。厳しい表情をしていたのは、単に中村をからかっていたのだろう。

「えっ、選ばれた？　いったい、何に？」

中村は首を左右に振った。

「これはまだ極秘事項なのだが、おまえも選ばれたらしいから話してやる」

国松は咳払《せきばら》いをしてみせた。

「そんなにもったいつけないでくださいよ。極秘の任務なんですか？」

腕組みをした中村は、上目遣《うわめづか》いで国松を見つめた。

「二ヶ月前のことだが、首相の側近の一人が、朝倉君の実績に目を留め、彼に新しい身分と任務を与えるように警視庁と中央警務隊に声を掛けてきたそうだ。側近が誰なのかは、トップシークレットのために私には分からないが、目の付け所はいいだろう」

国松は会議室の椅子に座ると、中村に対面の席へ座るように手招きした。

「すごい話ですね。たしかに朝倉さんは優秀だから、そういう話が出るのもわかりますが、それがどうしたのですか？」

椅子に腰を下ろした中村は、小首を傾げた。

「そこで、隊長と警視庁の桂木さんが打ち合わせを重ね、官邸に朝倉君をサポートするチームを作ることを提案していたのだ。三十分ほど前に本人も了承し、チームのメンバーを指名してきたらしい。その中に我々が入っていたというわけだ」

国松は得意げに話した。

「ということは、また、朝倉さんと一緒に仕事ができるということですか？」

中村が身を乗り出し、国松の肩を摑んだ。

「離せ、馬鹿者。そういうことだ。こうしてはいられない。すぐに朝倉君に会いに行くぞ」

国松は中村の手を振り払うと、席を立った。

フェーズ3：再捜査

1

常磐《じょうばん》自動車道の追い越し車線を黒塗りのマツダ・アテンザセダンに続き、白のクラウンが走っていた。

時速は九十キロと制限速度は超しているものの、追い越し車線を走るには少々遅い。飛ばし屋ならパッシングをして煽るところだろうが、後続の車は、二台の車を追い越さないようにスピードを抑えている。

「後ろが詰まってしまいましたよ。サイレンを鳴らして早く行きたいですね」

アテンザのハンドルを握る高島平警察署の野口大輔が、バックミラーを見ながら言うと、走行車線に移動した。

「焦《あせ》らなくていい」

助手席の朝倉は苦笑を浮かべ、バックミラーに映るクラウンを見た。

後続のクラウンも中央警務隊の覆面パトカーだ。二台も覆面パトカーが続けば、勘のいいドライバーなら気が付くだろう。

「交機（交通機動隊）の車と違って、赤色灯はマグネット式なのに覆面とバレるものだな」

後部座席に悠然と座る佐野が、嗄《か》れた声で笑った。

交通違反を専門に取り締まる交通機動隊の覆面パトカーのルーフには、電動反転式の赤色灯が搭載されている。覆面か否かは、ルーフトップの出っ張りや、トラックなど高い位置から見える赤色灯の蓋《ふた》で確認できるのだ。

「リアウィンドウに濃いスモークフィルムを貼ってあるから警戒されるんだと、交機の友人から聞かされたことがあります。それですかね？」

野口は首を捻っている。

通常、覆面パトカーはセダンで、リアウィンドウに濃いスモークフィルムを貼り、アンテナには警察無線を使うために多少の特徴がある。だが、その程度の仕様なら一般車にも見受けられる。

「後ろの連中が制服を着ているからだろう。ぱっと見ただけじゃ、警察官と警務隊の制服の区別はつかないかもしれない」

朝倉は笑った。

警視庁の会議室で、朝倉が一課の桂木と中央警務隊の後藤田と打ち合わせをしたのは、一昨日のことだ。今日は七月十二日になっている。

桂木は打ち合わせ後、それぞれ別の事件を捜査していた佐野と野口の上司に連絡し、捜査から外れて朝倉に同行させる許可を得ていた。後続の覆面パトカーには、国松と中村が乗り込んでいる。彼らも後藤田から現在の任務を解かれて朝倉と合流するように命じられていた。

五人は早朝に警視庁で待ち合わせをして、福島のいわきに向かっている。この三週間内に死亡した特戦群出身者の中で、最後に死亡が確認された八神を一番に再捜査するべきだと判断したのだ。

すでに出発前、八神の死を事件・事故の両面から再度検討するというブリーフィングを行っている。また同時に、他の二人の事故死についても簡単に検討されていた。三件とも県警の報告書を事前に朝倉が読み込んだ上で説明したが、そもそも事故死とされ、三人とも司法解剖をされていないために資料としては不十分であった。

「朝倉さん、質問してもいいですか」

野口がちらりと朝倉を見て尋ねてきた。

「いいぞ」

朝倉は頷いてみせた。

東京外環自動車道のジャンクションを過ぎて渋滞から解放されているので、あとは道なりに常磐自動車道を進むだけだ。

「今回は、中央警務隊との混合チームの特別強行捜査班が結成され、ベテランの佐野さんや朝倉さんとご一緒させていただき、大変光栄なのですが、どうして私が選ばれたのですか?」

野口はバックミラーで佐野と目が合ったらしく、会釈した。確かに人選に関して、朝倉が詳しく説明することはなかった。

「おまえの上司からはなんと説明されたんだ?」

すでに上司から説明を受けたものと、朝倉は思っていた。

「本店一課の課長のご指名と聞かされただけです」

本店とは本庁のことである。

「私も聞きたい」

佐野も相槌を打った。

「佐野さんもですか」

朝倉が思わず振り返ると、佐野は真剣な顔をしている。本当に知らないらしい。

「三人の死亡がもし殺人だったとしたら、犯人は相当な腕の殺人マシンでしょう。その場合、我々の仕事は、再捜査の糸口を見つけ、次の犯行を防ぐことです。とにかく時間がない中、大規模な捜査班を投入できないので、少数精鋭のチームが必要となったわけです」

二人には、死亡した三人が陸自の特殊部隊、特戦群の元隊員だったことは、むろん説明している。もっとも、特戦群の隊員がどれだけの戦闘力を持っているかは、部外者には理解できないだろう。防衛省でも彼らが続けて死亡したことに危機感を持っている者は、実情を知っている特戦群関係者だけかもしれない。

「私が、精鋭ですか？」

野口は小首を傾げている。

「おまえは、四年前、イーサン・マリクを逮捕した時のことを覚えているか？」

マリクは米海兵隊の特殊部隊出身で、自衛官の首を切り落とすという残虐な方法で殺人を繰り返した。朝倉と野口、国松、ハインズの四人で彼を伊豆《いず》の黄金崎《こがねざき》に追い詰めたが、マリクの超人的な反撃に遭《あ》い、全員負傷している。

「恥ずかしながら、あの時は犯人に殴られ、一番に気絶していましたから」

野口が頭を掻いて見せた。彼は特殊警棒でマリクと闘ったが、強烈なパンチを受けてあえなく気絶している。顎の骨に亀裂が入り、脳震盪を起こしていたのだ。

「もし殺人だとしたら、犯人はあの男と同等の力を持っていると想定できる。だから、マリクの恐ろしさを知っているおまえを選んだのだ」

マリクのような凶悪犯の逮捕経験がある刑事にしか、今回の捜査はできないと思っている。また、野口は、この三年間で柔道初段から三段、剣道も同じく初段から二段に昇段していた。おそらく、マリクの事件がきっかけで鍛え直したのだろう。

「あの事件の犯人は、異常だ。残虐な殺人を緻密な計画で実行していた。民間人になっていたとはいえ、陸自最強の特殊部隊出身者を三人も殺したとなれば、凶悪さでは確かにあの男と匹敵するかもしれないな。私のような老いぼれでは、とても敵《かな》わない」

険しい表情になった佐野は、腕組みをして頷いた。

「佐野さんには、一課きっての知識と経験で、サポートして欲しいのです」

朝倉は改めて佐野に頭を下げた。

「年寄りだが、せいぜい役に立てるように頑張るよ」

苦笑を浮かべながらも佐野は頷いた。

2

午前九時五十分、常磐自動車道の四倉インターを下りた二台の覆面パトカーは、県道から逸《そ》れて農業用水沿いの道路に曲がった。右手には緑の絨毯《じゅうたん》のごとき田圃が続き、青空との境に深い緑の山が連なっている。

「なんだか、のんびりしちゃいますね」

野口は呑気《のんき》なことを言っているが、殺人捜査だからといって妙に緊張するよりはいい。

農業用水はやがて川に繋がり、道は川の土手に沿って続いている。

「ナビだとそろそろ着く頃だと思いますが」

速度を落とした野口が、カーナビを見ながら不安そうに言った。

道路は土手の下を走っており、左手には構えの大きな農家が並んでいるが、どの家も同じように見えるからだろう。

緩やかなカーブを曲がると左手の視界が開け、畑が広がった。畑の向こうにもゆったりとした間隔で大きな家が立っている。

「あそこにある黒のセダンの後ろで停めるんだ」

助手席の朝倉はカーナビも見ないで言った。

「はっ、はい」

野口は言われた通りに黒のスバル・インプレッサの後ろに車を停めた。すると、グレーのジャケットを着た二人の男が中から降りてきた。一人は四十代半ば、もう一人は三十代前半か。面識はないが、同業者の匂いがする。

「県警の覆面だったんですね。待ち合わせをしていたんですか？」

サイドブレーキを引いた野口は、エンジンを止めた。

「事前に電話で挨拶だけしておいた」

朝倉はドアを開けようとする野口の肩を軽く押さえ、伊達眼鏡《だてめがね》を掛けて一人で車を降りた。オッドアイの印象を和らげるため、いつも持ち歩いているのだ。

「朝倉警部ですか？」

助手席から降りた年配のほうの男が、尋ねてきた。運転席から出てきた若い男は、その場で軽い会釈をしてみせた。二人とも県警の刑事に間違いなさそうだ。

「そうです」

朝倉は短く答えた。県警の刑事は、明らかに朝倉らの到着を待ち構えていた。気分がいいものではない。

「県警の角田《かくた》です。事故死された八神さんの件を調べられると、署長から聞いたんですが、再捜査する理由は、なんですか？」

角田は朝倉の顔を見ると一瞬戸惑いの表情を見せたが、咳払いをし、きつい表情で言った。警視庁が再捜査をすると言えば、怒るのも当然である。戸惑ったのは、朝倉のオッドアイに気付いたからだろう。

「再捜査？　誤解ですよ。実は我々も、最初勘違いしていたのですが、捜査ではなく、調査なのです。自衛隊には互助会があって、予備役の自衛官でも加入していれば、死亡した場合に給付金が出るそうなんですよ。そのための調査が必要だそうです。それで、中央警務隊から警視庁に同行して欲しいと要請がありましてね。詳しくは、警務官に聞いてもらえませんか？」

苦笑を浮かべた朝倉は、首を後ろに振って見せた。背後に停められているクラウンから降りた制服姿の国松と中村が、こちらの様子を窺っている。

互助会というのは予備自衛官等福祉支援制度のことで、いわゆる予備役の兵士である即応予備自衛官、および予備自衛官補に対する福祉制度のことだ。もっとも六十を過ぎた八神は予備自衛官ではない。今回の捜査で県警との摩擦をなくすための方便で、朝倉が元自衛官だったからこそ知っていた情報である。

「互助会？」

角田が気の抜けた声を出した。

「死亡時は、最高一千万円も出るらしいんですよ。そのため審査が厳しく、中央警務隊が我々に泣きついてきたわけです。ご遺族のためになることですから、ご協力願えませんか？」

朝倉は愛想笑いを浮かべた。離島の駐在員として過ごした三年間で学んだ笑顔である。

「そっ、そういうことだったんですか。警視庁と中央警務隊が殴り込みに来るって、署では色めき立っていたんですよ」

角田は右手で首の後ろを叩きながら笑った。予測した通りである。政府の言うように階級だけあげても、上から目線で県警の協力など得られるものではない。

「殴り込みとは、また大袈裟な。ところで、八神さんのご自宅は、すぐそこですよね」

朝倉も角田に合わせて笑いながら畑の向こうにある家を指した。

「そうです。そういうことなら、私がご案内します」

東北特有の語尾上がりのアクセントで答えた角田は、笑顔になった。朝倉に気を許したということなのだろう。途端に角田が好人物に見えてくる。

「奥さんからお話を伺う前に、現場を見たいのですが」

朝倉は土手の向こうに架かる橋に目をやった。

八神の死体は台風の翌日、自宅から一キロ下流の橋桁《はしげた》に引っかかっているところを発見された。自宅近くのこの橋の上に彼の軽トラックが見つかっているため、県警では増水している川を覗き込んで誤って橋から落ちたと考えているようだ。

「こちらです」

角田はバスガイドのように右手を挙げて土手を上り、その上にある道を百五十メートルほど進んでコンクリート製の橋の前で立ち止まった。

朝倉は国松に手招きして付いてくるように合図し、角田に従って橋まで進んだ。

橋は両面通行だが、車が擦れ違うことができるほど幅はない。欄干《らんかん》は鉄製で一メートルほどの高さしかない。

「川を覗き込んで、欄干を握った手を滑らせ、そのまま落ちた可能性は捨てきれないな」

国松は欄干に両手を突き、川を覗き込んでいる。

「自宅からここまで、街灯がほとんどない。八神さんは、片手にライトを持っていたのだろう。片手で欄干に手を置いていたのかもしれない。だが、それなら余計落ちないように注意すると思うが……」

朝倉は渋い表情で言った。八神は今年で六十二歳になる。民間人なら、そろそろ体にガタがきそうな年齢ではあるため、県警が事故死と判断したのも普通なら納得できる。だが、特戦群で出会った頃、すでに五十近かった八神は、二十代の隊員と変わらぬ驚異的な体力を持っていた。そんな彼が、うっかり川に落ちるようなへまをするとは思えないのだ。

「どうかされましたか？」

角田が心配そうに声を掛けてきた。朝倉らが現場を見て不審を抱いているかどうか気になるのだろう。

「なんでもないですよ」

笑みを浮かべた朝倉は、大きく首を振ってみせた。

3

線香を上げた朝倉は、鈴《りん》を二回鳴らし、八神の遺影に手を合わせた。

増水した川に流された八神の死体は損傷が激しかったため、現場で警察による検視を終えた直後に遺族へ引き渡され、すぐに火葬に付されたそうだ。その場に立ち合ったという角田から、状況を聞いていた。通夜もその日のうちに済ませ、葬儀は近所に住む親戚だけを集めた密葬だったらしい。

八神は妻の清美と二人暮らしで、二人の息子はそれぞれ独立し都内に住んでいるそうだ。県警はすでに事故として片付けているが、驚いたことに角田は自己判断で保険金が関わっていないかまで調べ上げていた。叩き上げの刑事らしい、真面目《まじめ》な男である。

遺影と位牌《いはい》と骨壺《こつつぼ》は、四十九日が過ぎていないため、居間にある仏壇の近くに設けられた後飾り祭壇（中陰壇）の上に置かれている。祭壇に向かって一礼した朝倉が脇に寄ると、国松が線香を上げた。その後ろには中村が神妙な面持ちで控えている。

警務官の捜査中の服装は、臨機応変に変えることができる。だが、国松と中村は、元自衛官だった八神に敬意を表して制服で来たのだ。

佐野は野口を連れて死体発見現場に行っている。夫人のもとに多人数で押し掛けるのを控えたということもあるが、ベテランの目で現場を改めて検証してもらうためだ。また、県警の二人の刑事が朝倉に張り付いているため、逆に佐野たちは自由に行動できるという利点もあった。

「失礼ですが、あなたは、主人と一緒の部隊にいた方ですか？」

後飾り祭壇から離れ、清美の前に座るといきなり、質問された。

「はっ、はい」

朝倉は思わず廊下を見た。角田は遠慮して廊下に座っていたのだが、姿は見えない。

「はい、角田です。今、警視庁の刑事と中央警務隊の警務官と一緒に、八神さんのお宅におじゃましています」

玄関から角田の声が聞こえてきた。上司に電話で報告しているらしい。地声が大きいのだろう、離れているのによく聞こえる。

「やはりそうでしたか。空挺団の演習で頭部に大怪我をされてオッドアイになり、それが原因で退官された部下がいたと、主人が申しておりました。後に人伝《ひとづて》に警察官になられたと聞いて、主人も胸を撫《な》で下《お》ろしておりましたが、優秀な自衛官だったとよく話は聞かされました」

清美は大きく頷いてみせた。

「八神二等陸尉からは、よく怒鳴《どな》られたものです。優秀だなんて、とんでもない」

朝倉は苦笑を浮かべ、頭を下げた。

彼は特戦群では教官を務めており、〝鬼の八神〟と恐れられていた。朝倉も訓練中に竹刀《しない》で殴られたことが一度や二度ではない。同期の中でも、一番よく叱られた方だろう。だが、厳しいのは隊員を戦闘で死なせないという信念からであり、隊員からは慕われていた。

「そう言えば、朝倉さんをよく叱ったと、八神は言っていましたわ。それだけ目を掛けていたんですよ。あの人はちょっと臍曲《へそま》がりでしたから」

清美は口元を押さえて、品よく笑った。すでに八神の死を理解し、心の整理をしたのだろう。自衛官の妻というのは、夫の死を考えなければいけない時がある。彼女にはその覚悟が夫の退官後もあったに違いない。

「お願いがあります。自分がご主人と同じ部隊にいたことは、秘密にしておいてください。県警から捜査の客観性を疑われますので」

玄関先にいる角田の電話が終わりそうなので、朝倉は慌てて頭を下げた。元部下だからわざわざ再捜査に来たのだと誤解されかねない。個人的な感情で動いていると思われるのは、避けたいのだ。

「分かりました。やはり、あなた方は、八神の死が不審だと思われるのですね」

清美の表情が強張った。さすがに予備自衛官等福祉支援制度などとは誤魔化せないので、警務隊の協力で話を聞きたいとだけあらかじめ電話で告げてあった。

「現段階で判断できる材料は、何もありませんが、ご主人の死の真相を再度調べたいと思っております。ただ、再捜査というと県警とトラブルになりますので、給付金の調査のためという名目にしてあります。ご理解ください」

手短に説明した朝倉は膝に手を置いて頭を下げ、隣りに座る国松を見た。

「お亡くなりになって日が浅いので、質問は憚《はばか》られますが、八神二等陸尉について形式的な質問を二、三させてください」

国松はちらりと廊下を見て言った。電話をしていた角田が戻ってきたのだ。

「まず、ご主人は何かトラブルに巻き込まれていませんでしたか？　あるいは、他人に恨まれるようなことはなかったですか？」

国松は清美が頷いたことを確認して、淡々と質問をはじめた。事務的に尋ねていると思わせるためだろう。

「警察の方にも話しましたが、主人は農協の組合員としても新参者だったので、何かにつけ控えめにしていました。逆に自衛隊出身ということで、請われて消防団に入団し、若い人に交じって頑張っていましたので、恨まれることはなかったと思います」

清美は思い起こしているのか、小さく頷きながら答えた。

「ご主人は退官してから、東京の警備会社の役員をされていましたが、そちらはどうですか？」

八神は五十四歳で退官し、防衛省と繋がりがある警備会社の常務になっている。

彼の退官時の階級は三等陸尉で、退官する際、自衛隊の習わしで一階級上がり二等陸尉になっている。自衛官は階級によって定年年齢が異なり、尉官は五十四歳、二等・三等佐官は五十五歳、一等佐官、諸外国でいう大佐でも五十六歳。将軍クラスの将・将補でやっと世間並みの六十歳定年なのだ。

「真面目に勤務し、退職願を出した際も、ずいぶん引き止められたと聞いております。トラブルは聞きませんでしたね」

清美はゆっくりと首を左右に振った。

「分かりました」

国松は小さく溜息を漏らすと、朝倉を見た。都内の警備会社には昨日のうちに朝倉が聞き込みを済ませており、得るものはなかったことを話してある。

「差し支えないようでしたら、ご主人の部屋を見せてもらえませんか？」

朝倉は無理を承知で尋ねた。プライバシーにかかわるだけに、拒否されれば捜査令状が必要になる。だが、事件性がいまのところないため、令状が降りる可能性はない。廊下で聞いていた角田が、ぎょっとした表情で見ている。そこまで調査していないということだ。

「もちろんです。よろしくお願いします」

頷いた清美は、頭を下げてみせた。

4

八神の家は百二十坪ほどの敷地に三十六坪の母屋《おもや》と隣接する十坪の離れ、それに十八坪の作業小屋があった。この辺りの農家としては特別広いわけではなく、周囲には蔵を持つ家まである。

朝倉と国松が清美に案内されたのは、平屋の離れであった。

入口は母屋の勝手口のすぐ前にあった。十畳の和室とキッチンとトイレがあり、風呂はない。

「震災後にこちらに戻ってから、義理の父と母が納屋を改築して作ってくれた離れに夫婦で住んでいました。三年前に両親が亡くなって、私たちが母屋へ移ってからは、一年ほど空き家でしたが、そのうち主人が書斎として使い始めたのです。私たちの寝室は母屋にありましたが、主人は洋服以外の自分の私物はすべてこちらに移していました」

清美は書斎となっていた離れの和室に入り、部屋をぐるりと見渡すと大きな溜息を漏らした。溜息の理由は、夫を亡くしたことではなく、書斎のありさまだろう。

部屋の南側は縁側になっており、北側は出入口、西側に仕事机とステレオが置かれ、東側には天井までの高さの本棚があり、本がぎっしりと詰まっている。しかも、さらに畳の上にも本が山積みになっていた。

「すごい量の本ですね。床が抜けそうだ」

部屋を覗いた朝倉は、思わず呟いた。

離れが狭いことは外から見ても分かる。そのため、朝倉は中村に作業小屋の前に置かれている軽トラックを調べるように命じ、国松と二人で離れの入口の三和土まで上がった。だが、足場もないほど本が溢《あふ》れているので、入るのを躊躇《ためら》っているのだ。

「この部屋を書斎にするために、主人が自分で床下の工事をして補強しております。だから、お二人が部屋に入っても、大丈夫ですよ。もともと母屋の二つの部屋に置いてあった本を移したのです。パソコンには馴染《なじ》めなかった主人ですが、沢山の書物に囲まれているのが、好きだったみたい。どうぞ、ご自由に部屋の中を見てください。もし気に入った本があれば、持ち帰ってくださっても構いません。いずれは処分するつもりですから」

部屋の空気を入れ替えるためか縁側のガラス窓を開けた清美は会釈をすると、朝倉と国松の間をすり抜けるように入口から出て行った。

「何か手伝うことは、ありますか？」

縁側から角田が、顔を覗かせた。朝倉らを清美に引き合わせたらいなくなるかと思っていたが、帰る様子はない。上司から監視するように命じられているのだろう。

「予備自衛官等福祉支援制度の書類をこれから探します。契約書の原本は自衛隊に残っていますが、八神さんの自筆のサインと印鑑が押された書類があれば問題なく給付金はおります。奥様に尋ねましたが、記憶にないということなので、多分書斎に仕舞われているのでしょう」

国松が愛想のいい笑みを浮かべて答えた。福祉制度を理由にして捜査をすることは、朝一番に全員で話を合わせている。

「そうですか。大変ですね」

角田は、珍しげに部屋の中を見渡している。中を見るのは初めてらしい。

「手伝ってもらいたいのは山々ですが、この部屋は二人入るだけで足の踏み場もありません。ゆっくり探しますので、県警にお戻りください」

部屋に入った朝倉は、窓際でやんわりと嫌《いや》みを言った。

「今日は、署に戻っても大した仕事はありませんので、お気遣いなく。手伝えなくて残念だ」

いかにも残念とばかりに首を振った角田は、縁側に腰を下ろし、ポケットから煙草《たばこ》を出した。なかなかの演技である。

「煙草が吸えるほど暇だとは、いわきは平和なんですね。うらやましい」

朝倉はわざと満面の笑みを浮かべた。

「別に暇じゃ、ありませんよ」

むっとしたのか角田は出しかけた煙草を慌ててポケットに仕舞い、腰を上げた。これで腹を立てない刑事はいないだろう。

「そうですよね。調査が終了したら、ご連絡します。我々に付き合うことはありませんよ」

朝倉は一礼すると、畳の上に積んである本をわざとらしく両手に取り、ちらりと角田を見た。

「そうさせてもらいます。それじゃ」

さすがにいたたまれなくなったのか角田は咳払いすると、縁側から離れた。

朝倉と国松は目を合わせて笑うと、書斎の本の整理を始めた。八神なりに分類されているのかもしれないが、歴史書から米国の軍事雑誌までさまざまな分野の本が雑多に混じっている。

しばらくすると、庭先に停めてあった県警の車のエンジン音が聞こえてきた。角田が上司に連絡を入れ、県警に戻る許可を得たのだろう。同業者から監視されていては動きにくいのだ。朝倉はほっと胸を撫で下ろした。

「八神さんは大変な読書家だったんだね。それに退官されてからも自衛隊のことが気になっていたようだ。軍事関係の書籍が圧倒的に多い」

国松は手に取ったミリタリー雑誌を見て感心している。

「八神さんは心底日本の将来を危惧されていた。訓練の時、国を守るのは、俺たちだといつも聞かされたものだ。だから、最新の軍事情報も常に目を通しておきたかったのだろう。あの人らしいよ」

どれだけ時代遅れの武器だろうと、自衛隊員は国から支給された武器で訓練を行う。だが、特戦群は米軍の特殊部隊を模範とし、彼らと同じ最新の武器を支給される。そのため、特戦群の隊員は、他国の武器にも詳しいのだ。八神は退官した後も職業癖が直らず、最新の武器に対してアンテナを張っていたのかもしれない。

「特戦群は自衛官の中でも特別な存在だからな。普通科出身じゃ理解できない。今回の事件捜査も君が中心に動いて、はじめて進むような気がするよ」

国松は雑誌の中を調べながら言った。地道な作業だが、本や雑誌に八神の手書きのメモなどが挟まれている可能性もある。だが、二人だけで作業を進めていては、時間が掛かるばかりだ。

「中村を呼んで、畳の上の雑誌と本だけでも母屋に運ぼう。ここじゃ、二人しか作業ができない。それにここを整理すれば、奥さんからも喜ばれるだろう」

朝倉は仕事机の引き出しを調べながら言った。引き出しの中は、整理されている。畳の上に本が溢れているのは、単に物量の問題らしい。

「確かにそうだ。これじゃ、明日まで掛かる」

頷いた国松は縁側から身を乗り出し、大声で中村を呼びつけた。

「なんでしょう」

中村が嬉しそうに顔をみせた。軽トラックの調査はすぐ終わり、手持ち無沙汰だったのだろう。

「証拠品を入れる段ボールとガムテープを持ってきてくれ」

国松は雑誌類を縁側に移動させながら言った。朝倉は車に証拠品を入れるための段ボール箱を畳んで積んでいたが、国松らもそのあたりは抜かりないようだ。頼りになる連中である。

「ついでに、母屋で作業ができる部屋を借りたいと、奥さんに頼んでくれ」

朝倉は手を止めずに、中村に指示した。

「了解です。母屋で本を調べるんですね」

中村はわざとらしく敬礼して、走り去った。調子のいい男ではあるが、仕事はできる。

机を調べ終えた朝倉は、その後ろにある押入れの引き戸を開けた。

「おっと！」

朝倉は絶句した。押入れにも大量の本があったのだ。

5

警視庁二階、小会議室、午前一時二十分。

机の上の書類を閉じた朝倉は、両手を上げて背筋を伸ばすと、大きな欠伸《あくび》をした。

部屋は一昨昨日《さきおととい》、桂木や後藤田と打ち合わせをした会議室である。桂木の指示で特別強行捜査班の本部として確保され、六つの机と椅子、内線電話、パソコンを昨日のうちに運び込んでいた。

六人分なのは、サイバー犯罪対策課の戸田直樹の分も含めているからである。まだ現場での調査段階に過ぎないので、戸田にかんしてはサイバー犯罪対策課からの対応で充分ということになった。今の部署で、彼は重要な戦力になっているということもあり、当面は兼務ということになるだろう。

いわきから戻って来たのは、昨夜の午後十時半。他のメンバーは帰宅させたが、朝倉は徒歩でもホテルに帰れるからと一人で残り、八神以外の被害者である新垣義和、立田博司の二人の事故報告書を眺めていた。どの報告書も事件という扱いではないので簡単な内容である。だが、朝倉は何度も読み返していたのだ。

八神の死の真相を調べるべく現地に赴《おもむ》いたが、福島県警の報告書以上に新しい情報を得ることはできなかった。そのため、他の事故の状況と比べることで、何か関連があるのではないかと思ったのだが、書類からは何も浮かび上がってこない。

「帰るか」

呟いた朝倉は椅子に掛けてあるジャケットを手に取ったが、また戻し、壁際に並べてある段ボール箱の封を解くと、中から雑誌を取り出した。

八神の自宅の離れで山積みになっていた雑誌を持ち帰ってきたのだ。離れには畳の上だけでなく、押入れまで雑誌や本がぎっしり積まれていた。現場の調査と周辺の聞き込みをしていた佐野や野口も途中から加わり、本棚から溢れていた雑誌類を母屋に移して調べたが、別段不審な点はなかった。

母屋に持ち込んだ書籍は、離れの書斎には戻さずに処分して欲しいと夫人から頼まれ、引き取ってきたのだ。証拠品入れの段ボール箱に詰め込んできた雑誌は五百冊ほどで、ほとんどは軍事関係である。押入れには米国のミリタリー雑誌まであった。

五冊ほど雑誌を自分の仕事机に載せると、朝倉は椅子に腰掛けた。

八神の離れにあった二千冊以上の書籍にも、すでに朝倉ら五人は目を通している。特殊な書き込みや挟み込まれたメモ等はなかった。

朝倉は何気なく、雑誌のページを開き始めた。軍事研究雑誌〝角〟である。

「ん？」

朝倉はページの途中でふと手を止めた。

ページの右上に折れ目ができているのだ。一度ページの端を三角に折り、また戻した跡に違いない。昨日は挟み込まれたメモや付箋《ふせん》を探そうとしていたため、ページの折り目に朝倉も含め誰も気付かなかったようだ。

折り目があるページは、〝V22　オスプレイ〟の特集であった。

オスプレイは米国のベル・ヘリコプター社とボーイング・バートル社が共同で開発した

垂直離着陸機で、中型輸送ヘリコプターの後継機として米軍に導入が進められており、次いで自衛隊への導入も予定されている。

軍事研究雑誌〝角〟の記事は、オスプレイの機能を分析し、どのような軍事作戦に適しているか、米軍の演習を参考に書かれた記事が掲載されていた。警察官になってから武器に関する興味がまったく失せていたので、こうした軍事雑誌にも縁がなかった。だが、読めば元自衛官であるだけに興味はそそられる。

朝倉は次々と雑誌のページをめくり、角に折り跡がないか調べ始めた。手元の五冊にすぐ目を通すと、段ボール箱ごと机の上に載せて雑誌を出してみた。F35戦闘機、オスプレイ、THAADミサイルなど様々な種類がある。とりあえず百冊ほど調べてみたが、角が折られていたページに共通するのは、日本への導入で揉《も》めている米国製武器ばかりであった。

八神は防衛省が導入する武器の選定に問題を感じ、独自に研究していたのだろうか。もっとも特戦群で教官まで務める程の人物が、武器に興味を持ったところで不思議ではない。むしろ、警察官に転身し、まったく興味を失った朝倉の方が、変わり種と言えよう。というのも、未だに付き合いがある自衛隊時代の友人に会うと、やはり諸外国の武器に関する話題が出るからだ。

八神の捜査で気になることがあれば、明日もいわきに行ってもいいと思っていたが、少し時間を置いた方がよさそうである。頻繁に行くと、県警に怪しまれてしまうということもあるが、聞き込み捜査には期待できそうにないからだ。現場周辺の聞き込みは、佐野と野口が日が暮れるまで行っている。だが、現場が直接見える場所に民家は少なく、さらに嵐の未明に出歩く人間など、皆無だった。また、いたとしても、激しい雨風のため視界は悪かったはずだ。捜査の条件として、悪すぎる。県警も目撃者を探したが、見つけることはできなかったらしい。

　ドアがノックされた。

　会議室のドアには、特別強行捜査班本部と書かれた札がぶら下げられている。

「まだ、頑張っているのか？」

　桂木がドアを開けて、顔を覗かせた。

「もう帰るつもりです。課長こそ、遅いですね」

　朝倉は苦笑を浮かべて答えた。三年前、桂木の前では緊張してろくに口も利けなかったが、最近ではなんとか話ができるようになった。

「殺人事件の捜査本部を立ち上げたばかりだ。遅くもなるさ。おまえも最初から、飛ばすな。もし事件なら、連続殺人になる。簡単に犯人が見つかるとは思えない。体力は温存しておくんだな」

　桂木はにやりと笑い、立ち去った。殺人事件ともなれば、桂木も最高責任者として駆り出される。彼こそ休む暇などないのだ。特別強行捜査班のことが気になり、わざわざ立ち寄ってくれたのだろう。彼が捜査一課のトップだからこそ、捜査官も身を粉《こ》にして働くはずである。

廊下に出た朝倉は、桂木の背中に頭を下げた。

6

午前二時二十分、警視庁の第二玄関から外に出た朝倉は、桜田通りを虎ノ門方向に向かって歩き出した。

さすがに車の通りも少ない。だが、霞《かすみ》が関《せき》の官庁街であるだけに各庁舎には照明がついているフロアもある。繁華街ほどではないが、ここも眠らない街なのだ。もっとも、夜中に家路につく官僚や職員は徒歩では帰らない。

警察庁や総務省が入る中央合同庁舎第2号館の前を通って霞が関一丁目の交差点の横断歩道を渡り、東京高等裁判所脇の道に入った。狭い道だが、ガードレールの代わりに植え込みがあり、背の高い街路樹が並んでいる。日差しの強い日は森を抜けるように感じられ、木々が作り出す日陰にほっとする。風が吹き、葉擦《はず》れの音に思わず見上げたが、曇り空でもないのに星はほとんど見えない。

　こんな時、一年前まで赴任していたK島のことが思い出される。夜間のパトロール中は、潮騒を聞きながら空を見上げれば、天《あま》の川《がわ》を目にすることができた。いつも海に囲まれた自然の中に身を置き、釣り三昧《ざんまい》の生活を送ったことが夢のようである。その後捜査一課に戻り、今は特別強行捜査班の刑事である。捜査官として働くという念願は叶《かな》ったが、あの生活が懐かしくなるときもある。

　ふと朝倉は、振り返った。

　背後から車のエンジン音が聞こえてきたのだ。歩道と車道は植え込みで完全に分かれているため気にする必要はないのだが、昼間と違って街中の騒音が極端に減っているため、つい反応してしまう。

　朝倉は身構えた。

　黒塗りのバンが、後方から近付いてくる。

　バンは朝倉に追いついた途端、異様にスピードを落としたのだ。まるで朝倉を威嚇《いかく》しているように見える。車のウィンドウにはフィルムが貼ってあり、中の様子は分からない。

　車はしばらく朝倉と並んで走っていたが、こちらが立ち止まるとスピードを増して走り去った。

　朝倉は腕時計で時間を確認すると、スマートフォンで電話を掛けた。

　――サイバー対策、戸田です。

かなり疲れ気味の声だが、サイバー犯罪対策課の戸田直樹である。

「朝倉だ。ダメ元で電話してみたが、まだ、社内か」

社内とは、本庁のことだ。

――朝倉さん、私を早く特別強行捜査班の専従にしてください。下らない詐欺《さぎ》メールの対応で、残業ばかりですよ。

「俺たちの働き次第だな。車の持ち主を調べて欲しい。品川た　15××だ」

戸田は警視庁が管理するデジタルデータにアクセスする権限を持っている。朝倉が彼をチームに入れるにあたって桂木に頼み、戸田のアクセス権限を高めてもらったのだ。

――品川た　15××ですね。少々、お待ち下さい。

キーボードを軽快に叩く音が、聞こえる。

――所有者は都内在住ですが、盗難届が出されています。

「それじゃ、〝Nシステム〟で、さっきのナンバーを追ってくれ」

〝Nシステム〟とは、自動車ナンバー自動読取装置の俗称である。全国の幹線道路に設置してあり、警視庁では読取装置から得られる膨大なデータを蓄積し、解析することが可能だ。ナンバーを専用の端末から入力すれば、発見次第アラートが鳴る。

――了解しました。

キレのいい返事だ。少しは元気になったらしい。

通話を終えた朝倉は、都道を渡り日比谷公園に入った。公園は常時開園しているため近道には都合が良く、出勤する際はいつも使っている。帰宅時にはあまり通らないが、さきほど怪しい車を見かけたため、あえて公園に足を踏み入れることにしたのだ。尾行されているのなら、相手は人気のない場所でアクションを起こしてくる可能性がある。手っ取り早く、現行犯で逮捕できるだろう。

メインの遊歩道は車がすれ違えるほど広く、照明もある。朝倉は公園中央にある雲形池《くもがたいけ》に向かう散歩道に入り、欅《けやき》の背後に隠れ、暗闇に身を潜めた。都心であることを忘れさせるほどの静寂の中で、聞こえるのは虫の音だけだ。

尾行はないらしい。先ほどの車も、誰かと勘違いしていたのかもしれない。だが、今回死亡が確認された三人は、いずれも特戦群出身者であった。ターゲットに自分も含まれている可能性は充分にあるのだ。

公園を出た朝倉は、内幸町《うちさいわいちょう》の交差点の手前で道路を渡り、車止めのある日本プレスセンタービル脇の小道を抜け、西新橋の〝ホテル・ホープ新橋〟に戻った。

フロントの時計が、午前二時四十分を指している。

尾行を確認しながら歩いてきたので、時間が掛かってしまった。苦笑を浮かべた朝倉は、エレベーターに乗り、八階で降りた。

昼間と違い、夜間は間接照明だけになっている。ビジネスホテルではあるが、雰囲気のある内装だ。

朝倉は〇八二五と記されたドアにカード型電子キーを差し込んでドアを開けると、入口近くにあるボックスにキーを差し込み、部屋の照明を点けた。電子キーが部屋の電源スイッチになっているのだ。

「……！」

朝倉は右眉を吊り上げた。ベッド脇に置いてあるバックパックの位置が微妙に変わっている。ホテルの従業員に荷物を触られたくないので、部屋の掃除は断っていた。バックパックの中を調べてみると、最後に荷物を出した時と順番は同じだが詰め方が変わっている。特戦群時代、装備を背嚢《はいのう》（タクティカルバッグ）にいかにコンパクトに詰めるか徹底的にしごかれているので、朝倉の通りには戻せなかったのだろう。

パスポートや銀行の通帳などの貴重品は部屋に完備されているセイフティボックスに入れてあるので、バックパックに盗まれるような物はない。念のためにセイフティボックスも確認したが、なくなったものはない。部屋に侵入した者は、金品が目的ではなかったようだ。

溜息を漏らした朝倉は、窓際に置いてある椅子に座った。部屋に侵入するには、電子キーが必要である。おそらく犯人はホテルの従業員が使うマスターキーを盗んで使ったのだろう。泥棒ではないが、プロの仕事である。また、警視庁から帰る時に遭遇した不審なバンのことも合わせて考えれば、答えは導かれる。

「俺も標的か」

朝倉は険しい表情で呟いた。

フェーズ4：旧友

1

午前九時五十分、朝倉は横田基地を午前七時半に離陸した航空自衛隊の輸送機Ｃ１３０の機上であった。

一番早い那覇行きの輸送機に便乗できるように、国松に依頼していたのだ。新しく発足した特別強行捜査班は警察官と、自衛官である警務官から構成されているが、双方の肩書きを持つのは朝倉だけである。それならと自衛官の身分を利用し、移動費が掛からない輸送機に乗り込んだというわけだ。特別強行捜査班の経費は、まだ警視庁と中央警務隊の間で割り振りがはっきりしておらず、当面は節約するように桂木から念を押されている。所詮お役所仕事のため、領収書が通らなければ自腹覚悟ということらしい。

民間機と違いチェックインの手続きがいらないため、離陸直前まで、正確に言えば輸送機の後部ハッチが閉じられるまでに乗り込めばいい。一日の便数に限りがあるものの、民間機で移動するよりも早く沖縄まで行くことができるのは利点であった。もっとも機内サービスはなく、壁面に設置された折り畳み椅子の座り心地の悪さを我慢できるなら、という条件は付く。

また、民間機に乗る際は、拳銃の持ち込み許可を事前に取る必要があった。刑事は特別な許可がない限り銃を携帯しないが、警務官は許されている。朝倉は中央警務隊から支給された9ミリ拳銃を携帯していた。自衛隊の輸送機なら武器携帯の許可などいらないため、時間の短縮ができるのだ。

佐野と野口、国松と中村は、元特戦群隊員だった立田博司の事故死を捜査するために名古屋へ向かわせている。ベテランの佐野が指揮を執れば問題ない。捜査上のトラブルを起こさないため、愛知県警にはいわきと同じように、予備自衛官等福祉支援制度のためと佐野が朝一番に連絡を入れた。担当刑事は、快く返事をしてくれたそうだ。

残る新垣義和は北海道ということもあり、調査は当面の間、取りかかれそうにない。新垣は小樽《おたる》のヨットハーバーで酒を飲んでいて誤って埠頭《ふとう》から転落し、溺《おぼ》れ死んだことになっている。北海道警察では事故死として処理しているが、転落した際の目撃者はおらず、三人目も水死であることを偶然とみなすことは難しい。

輸送機は定期便のため、貨物室には荷物だけでなく航空自衛官や陸上自衛官の姿も見える。全員制服姿なので、スーツを着ている朝倉は浮いて見えるが、乗務員に身分証明書を見せた上で、敬礼を交わしているので問題はない。

中央警務官としての身分証明書は、昨日、後藤田から渡されたもので、階級は二等陸尉である。今後、任務で自衛隊機を頻繁に使うのなら、警務官の制服も必要になるかもしれない。

昨夜、警視庁からホテルに戻る途中で尾行された上、自室が何者かに荒らされていた。危険は感じなかったが、朝倉も犯人のターゲットである可能性が出てきたのだ。そのため、同じく身辺に異変を感じたと報告している沖縄在住の北川朗人《あきと》に会って詳しく事情を聞くのが目的である。彼は特戦群時代の同僚であり、友人でもあった。

――これより当機は、着陸態勢に入る。

機内アナウンスが流れ、機体が前方に向かって機首を落とした。民間人が乗っていないので、アナウンスは必要最小限である。

数分後、Ｃ１３０は滑走路にドンッと大きな音を立てて着陸した。乗客に気を遣うことは一切ない。離着陸も訓練のうちであり、迅速に最低限の安全を確保していればいいのだ。離着陸時が航空機にとって一番無防備で狙われやすい。それだけにタッチダウンは、スピードが要求される。

後方ハッチが開き、一番後ろの席に座っていた朝倉は手ぶらでさっさとＣ１３０から降りた。

バンパーとフロントフレームの先に赤色ライトが付いている白い新七三式小型トラックが、目の前で停まった。那覇駐屯地《ちゅうとんち》の警務隊のパトカーである。C130の着陸を駐機場近くで待ち構えていたようだ。

助手席から制服の警務官が駆け寄って来た。

「朝倉二等陸尉、大城《おおしろ》陸曹長であります。お迎えに参りました」

よく日に焼けた大城が、緊張した面持ちで敬礼している。

中央警務隊は、陸自だけでなく空自、海自の警務隊の頂点に立つ。その尉官である朝倉が、制服でなく私服で、しかも朝一番の輸送機でやって来たのだ。朝倉が極秘の事件捜査をしていると思っているのだろう。

「すまないが、沖縄県庁の前で降ろしてくれ」

後部座席に収まった朝倉は、腕組みをして言った。

「我々は、同行しなくてよろしいのですか？」

大城は振り返って首を傾げた。

「証人に会うために来た。それを誰にも知られたくない。それから、少し眠らせてくれ、昨日からほとんど眠っていないんだ」

ホテルの部屋を荒らされた朝倉は、支配人に許可を得て警視庁の鑑識課を呼び、一般客に知られないように部屋の指紋採取をさせている。作業は夜明け前に終わっているが、その後入間《いるま》基地に移動したため休む暇はなかったのだ。

現役時代は、移動中は睡眠時間と心得ていたので離陸直後には熟睡していたものだが、警察官としての生活が長いせいで輸送機の騒音が気になるようになってしまい、眠りにつくことができなかったのだ。

「了解しました」

大城が頷くと、車は走り始めた。

パトカーが空港から出るころには、朝倉は船を漕《こ》いでいた。

「朝倉二等陸尉、到着しました」

大城の声に朝倉は目覚めた。

腕時計を見ると、午前十時二十八分になっている。二十分近く眠っていたらしい。

「助かった。ありがとう」

朝倉は車から降りると、沖縄県庁に入り、警務隊のパトカーが立ち去るのを見送った。

県庁に用事があるわけではない。

県庁から出て県庁前通りを渡り、裏路地に進んだ。

気温は二十九度、東京と変わらないが、曇り空で湿度は高い。雨が降りそうな天気である。

三百メートルほど進み、途中でさらに細い路地に曲がって東に進み、松尾消防署通りに面したホテル国際プラザの前でさりげなく周囲を見渡して尾行の確認をすると、ホテルのエントランスに入った。ホテルの北側は観光客で賑わう国際通り、東側は松尾消防署通りに面しており、県庁で降りて裏通りを歩いたのは、人目を避けるためである。ホテルのエントランスが裏通りに面しているのは都合がよかった。

フロントの壁やカウンターは木張りで、洒落《しゃれ》たバーのような趣《おもむき》がある。

「朝倉様ですか？」

朝倉の顔を見たフロント係が会釈してみせた。オッドアイを見て判断したのかもしれない。

「ああ」

頷くとフロント係が、内線電話を掛けた。

待たされることもなく、朝倉と変わらぬくらい体格のいい男がエレベーターから現れた。

「飯は？」

男が唐突に尋ね、左の拳を上げた。無精髭《ぶしょうひげ》を蓄え、いささか疲れた様子である。

「朝飯も、まだだ」

朝倉は簡単に答え、左拳を男の拳にぶつけ、続けて互いに肘《ひじ》を当てると、右手で勢いよく男と握手をした。これは、朝倉が所属した特戦群のチーム〝ブルー・フォックス〟の仲間同士で決めた挨拶である。

「俺もそうだ。ソーキそばでも食いに行くか？」

男は握手をしながら笑顔を見せた。北川である。事前に電話で会う約束をしていたのだ。

「話は、飯を食ってからだ」

朝倉は北川の肩を叩き、出入口に向かった。

2

午後零時二十分、朝倉と北川は、早めの昼飯を食べた後、ホテル国際プラザから二百メートルほど離れた浮島《うきしま》通り沿いにある三階建ての小さなマンションのリビングにいた。リビングといっても十畳ほどで、ソファーとテーブルはあるが、テレビはおろか、食器棚やサイドテーブルなど他の家具はない。

「おまえの家は、おもろまちにあったはずだ。この古いマンションもそうだが、さっきのホテルはいったい何なんだ？」

擦り切れた革のソファーに座っている朝倉は、対面の椅子に腰掛けた北川を見て首を捻った。

彼は那覇の国際通りに面したビルで、バーを経営している。人気の店なので、金に困っているとは思えない。電話では北川から詳しい事情を聞き出すことはできなかった。そのため、朝倉がわざわざ会いに来たのだ。

おもろまちは、米軍基地が返還された土地を再開発した地区で、〝那覇新都心〟と呼ばれ、モノレールである〝ゆいレール〟のおもろまち駅東口には、閑静な住宅街がある。新しいだけでなく、その利便性から洒落た高級マンションが多い。

「情けない話だが、新垣と立田、それに鬼の八神まで殺され、この二週間、おもろまちには帰らずに、ホテルや賃貸マンションを転々としている」

伏し目がちの北川は、大きな溜息をついた。事故死したとされる三人が、殺されたと確信しているようだ。

「おまえほどのタフガイが、怯《おび》えているというのか？」

知り合いの死が相次ぎ、それを殺人と疑って怯えることは、常人なら理解できる。だが、厳しい訓練に耐え、全身兵器と呼べるほど格闘技に長け、武器を使っても諸外国の特殊部隊に引けを取らない陸自で最強の特殊部隊、特戦群の隊員だった北川が暗殺を恐れているのだ。

「おまえは別かもしれないが、三人とも俺と変わらない戦闘力を持っていた。それが、殺人と悟られずに殺されたんだぞ。犯人を恐れてもおかしくはないだろう？」

北川は首を振ると、朝倉の視線を外した。オッドアイを恐れているわけではない。何か、腹に持っているのだろう。

「何があった？」

朝倉は訝《いぶか》しげな目を向けた。

「……実は、三年前から付き合っている女がいる。おもろまちのマンションに一緒に住んでいたんだ」

しばらく沈黙していた北川は、重い口を開いた。

数年前からバーの客として来店していた美容師の女性から、カウンター越しに様々な相談事を聞くうちに、三年ほど前から付き合うようになったという。彼女には五歳の娘がおり、一年前から三人でマンションに住んでいるらしい。結婚を前提に付き合っているが、娘の気持ちを汲《く》んで、彼女に認められるまで結婚しないと約束しているようだ。

「守るものができて、臆病になったのか？」

朝倉には分からないが、大切な家族ができたら心が弱くなるのかもしれない。

「尾行や監視に一ヶ月ほど前から気付いている。極め付きは、おもろまちのマンションに泥棒が入ったことだ。金品が盗まれたのなら、警察に届ければそれで済む。だが、何も盗まれずに、ただ調べられたという感じなのだ。彼女は米軍人の前の旦那とはトラブったが、四年前に離婚して今は相手も日本にいないので、そのことではないだろう。特戦群の関係者が死亡したことを考えれば、狙われているのは俺だ。俺は死を覚悟しているが、二人に何かあったらと思うと、夜も眠れないんだ」

北川は激しく頭を振り、両手で抱えた。彼は恋人とその娘に危害が及ぶことを恐れているらしい。思えば特戦群時代から気の優しい男だった。

「今、二人はどうしている？」

「恩納村《おんなそん》の親戚に預けた。事情を話し、俺も知らない知人宅に二人はいるそうだ」

北川は声を潜めて言った。かなり神経質になっているようだ。

「おまえが、沖縄にいない方がいいんじゃないのか？」

狙われているのが北川なら、沖縄を離れれば恋人は巻き込まれないはずだ。

「おっ、俺が？」

北川は自分を指差し、首を捻った。沖縄を離れることは、頭になかったようだ。

「実は、俺も狙われているらしい」

朝倉は昨夜あったことを話した。

「やはり、三人が殺害されたのは偶然じゃなく、犯人は元特戦群を狙っているんだな。しかも、俺たちのチームを狙っているというのか？」

北川は両眼を見開いた。

「新垣と立田は、俺たちと同じ〝ブルー・フォックス〟に属していた。チームの教官だった八神二等陸尉は、巻き添えで殺された可能性がある」

特戦群の同期は、六人のチームごとに分かれて訓練を受けることがあった。訓練中のチームは、〝ブルー・フォックス〟というコードネームを使っていたのだ。また、教官は四人いたが、八神は朝倉ら〝ブルー・フォックス〟の担当で、行動をともにすることが多かった。

「ブルー・フォックスの存在を知っているのは、当時の隊員だけのはずだ。犯人は、身内なのか？」

北川は険しい表情になった。

「可能性は、捨てきれない。退官したとはいえ、新垣たちが簡単に殺されるとは思えない。たとえ身内じゃなくても、犯人は殺しのプロだということは間違いない」

あえて殺しのプロと朝倉は言った。自衛官は国や国民を守るため、専守防衛という条件で戦うことを求められるが、殺しのプロではない。敵を倒すことだけが目的ではないからだ。

「俺は身内かもしれないとは疑っていたが、口には出したくなかった。正直言って、おまえが日本にいないと聞いた時は、ほっとしたよ」

北川は国松を介して後藤田に連絡を取った際、朝倉が米国に行っていることを内密に教えられていたらしい。

「ホテルを転々としているのなら、仕事も手につかないだろう。俺と一緒に行動するか？」

朝倉は警視庁と中央警務隊の合同である特別強行捜査班のことを説明した。

「俺は、民間人だぞ。足手まといにならないか？」

北川は肩を竦めて見せた。

「犯人が元特戦群隊員、あるいは同等の戦闘能力を持つなら、俺一人じゃ手に余る。おまえの方が俺より四年も長く隊にいたんだ、戦力になるはずだ。未だに鍛えているんだろう？」

犯人を逮捕しないで殺害するのなら、朝倉一人でも対処できるかもしれない。だが、逮捕するには、相手を生かしたまま捕縛《ほばく》する必要がある。むしろその方が、難しいのだ。犯人の逮捕時に北川がいれば助かる。それに一緒にいることで、彼を保護することにもなるだろう。

「この一週間は、サボっているが、毎朝走って、週三日はジムに通っている。現役時代とまでは言わないが、それなりに体力を維持しているつもりだ」

北川は笑って見せた。腕や首の筋肉を見れば、彼が未だに体を鍛えていることは分かる。

「充分だ。アドバイザーとして、チームに加わってくれ」

「俺でよければ、手伝うよ」

北川が大きく頷いた。

「五分で用意しろ」

朝倉は膝を叩いて立ち上がった。

3

午後四時二十分、航空自衛隊入間基地にC1輸送機が、着陸した。

中型輸送機であるC1は、一九七三年に運用が開始され、機体の老朽化や航続距離の短さなどのため、二〇一六年から順次C2大型輸送機に切り替えられている。

C1は滑走路をゆっくりと移動し、駐機場近くのエプロンに停止した。後部ハッチが開き、自衛官に交じって朝倉と北川が降りてくる。

朝倉は沖縄に行く前に、あらかじめ那覇基地から入間基地に向かう輸送機の離陸予定時刻を調べておいた。そのため那覇のマンションから身支度を整えた北川とタクシーで那覇基地に向かい、午後一時半出発のC1に乗り込むことができたのだ。沖縄滞在は、三時間ほどである。自衛隊機を利用したことで、経費をほとんど使うことなく出張を短時間で切り上げることができた。

朝倉らが駐機場に向かって歩いていると、中央警務隊の覆面パトカーである白のクラウンが二人の前に停まった。助手席に国松、運転席には中村が座っている。沖縄の那覇空港を離陸する直前に迎えに来るように伝えてあった。佐野と野口、国松と中村の四人は名古屋で立田博司の死亡原因を調べていたが、捜査状況を聞き、佐野と野口だけで充分だと判断した朝倉は、国松と中村を東京に呼び戻していたのだ。

「ありがとう」

後部座席に乗り込んだ朝倉は、車のクッションの座り心地の良さに大きな息を吐き出した。行きはプロペラ機のC130、帰りはターボファンエンジンのC1輸送機と、機種こそ違うが、どちらも壁面の折り畳みパイプ椅子で乗り心地に大差はない。さすがに疲れた。売るほどの体力があっても、小さなパイプ椅子に慣れるものではない。

「北川さん、お久し振りです」

振り返った国松が、朝倉の隣りに収まった北川に向かって笑みを浮かべ、ミネラルウォーターのペットボトルを差し出した。自衛官であるだけに、輸送機の貨物室が乾燥していることを知っているのだ。

「ご無沙汰しています」

疲れた様子もなく北川はペットボトルを受け取り、笑顔で答えた。朝倉と違って久しぶりに輸送機に乗り、興奮しているのだろう。

「改めて名古屋の報告をしてくれ」

朝倉はさっそくミネラルウォーターを飲みながら尋ねた。沖縄を発《た》つ前に電話でも聞いているが、北川に聞かせる必要もあるからだ。

「立田氏は、四年前から名古屋市に本社を置く警備会社の常務に就任していました。勤務ぶりは真面目で、社長からも部下からも評判はよかったのですが、少々トラブルがありました」

国松は後ろを向いたまま話し始めた。立田が警備会社に勤務していることは、愛知県警の事故報告書でも分かっていたが、詳しくは書かれていなかった。

「続けてくれ」

右眉を吊り上げた朝倉は、先を促した。

「立田氏は、苦情処理を担当する部署の責任者でした。重役ではありますが、実際は現場で率先して働かれており、顧客が恐喝や暴力沙汰などのトラブルに巻き込まれた時は、その処理を直接されていたようです。二ヶ月前にも、顧客を脅していた暴力団事務所に一人で乗り込み、八人の組員を叩きのめして病院送りにしたそうです。相手がいずれも武器を持っていたために、正当防衛が認められ、立田氏にはお咎めはありませんでした」

国松は淡々と報告した。

「あいつらしい。病院送りで済んだのなら、立田はむしろ手加減したはずだ。素人が束になっても敵わないのは、当たり前だからな」

朝倉は鼻先で笑った。

「知らなかったとはいえ、立田を相手に武器を手にしたヤクザが悪い。自業自得だ」

相槌を打った北川も、低い声で笑った。

多少腕に自信があろうと、朝倉らにしてみれば、ヤクザは武道を習っていない普通の一般人と何ら変わらない。だが、喧嘩《けんか》慣れしている上、武器を携帯しているとくれば戦闘不能にする必要がある。ヤクザを殺さなかった立田を褒《ほ》めるべきだろう。

「死因は水死だ」

朝倉はぼそりと言った。

立田は一人で海釣りに出かけ、死体は防波堤のテトラポッドの上で発見されている。前日に防波堤から波打ち際のテトラポッドに転落したらしい。満潮になり、そのまま溺れたようだ。頭部に転落時のものと思われる打撲の痕があるが、肺に海水が入っていたことで、県警は溺死とみて事故と判断したのだ。

「今日一杯、佐野さんたちは名古屋市内で捜査に当たり、明日は事故現場である知多《ちた》半島に向かう予定です。ちなみに立田さんが暴れた暴力団事務所は潰れましたが、ヤクザが立田さんの死に絡んでいるとは思えません。私も暴力団関係者に聞き込みをしましたが、立田さんの恐ろしさは知れ渡っており、なんでも病院送りにされたヤクザは、今度は殺すと立田さんに脅されたそうです。報復する気力もなかったと思いますね。県警もその辺の裏は取ったそうで、その結果、事故死だと判断したようです」

説明を終えた国松は、朝倉と北川に軽く頭を下げて前に向き直った。

「自宅や会社に軍事関係の書籍はなかったか？」

朝倉は八神が所有していた膨大な軍事関係の書物が気になっていた。

「自宅は一番に調べましたが、武術関係の書籍ばかりでした」

「あいつらしい。あの男は、武道マニアだったからな」

北川が頷いている。朝倉と立田は一年ほどの付き合いしかないが、北川は三年以上特戦群で一緒だったはずだ。

「二人だけの比較じゃ、特戦群だったこと以外の共通点は見出《みいだ》せないかもな」

朝倉は腕組みをして天井を見上げた。簡単に殺せるような男たちではなかったにもかかわらず、八神や立田らがターゲットにされた理由は、いったいなんだったのか。

「三人の被害者だけでなく、俺たちも含めて五人は、犯人から恨みを買っているのか？あるいは怒りの対象にでもなっているのか？」

北川はちらりと朝倉を見た。

「それをこれから調べるんだ」

朝倉は北川の肩を叩いた。

４

午後六時二十分、朝倉らは捜査本部としている警視庁の会議室に戻ってきた。

航空自衛隊の輸送機に便乗したので往復の飛行機代は節約できたが、入間基地から都心へ戻るのに時間が掛かるのが難点である。

「捜査本部と聞いたけど、倉庫の間違いか？」

朝倉に続いて会議室に入った北川は、壁際の段ボール箱を見て笑った。

軍事雑誌を詰めた段ボール箱が十二個積み上げられ、朝倉の机にも雑誌が百冊ほど積んである。朝倉が目を通したあと、片付けるのを忘れていたのだ。

「八神さんが所有していた雑誌を持ってきたんだ」

苦笑した朝倉は雑誌を持ち込んだ理由を説明し、自分の椅子に座ると、北川に佐野の席に座るよう勧めた。仕事机はコの字型に配置されており、朝倉と佐野が横並びに、朝倉の右側に国松と中村、佐野の左側に野口と戸田の席となっている。段ボール箱は、朝倉の正面に位置する入口近くの壁際に積んであった。

「現役時代から兵器に対して研究熱心な人だったけど、雑誌を大量に買い込んでいるとは聞いてなかった。退官されてから、趣味で研究をしていたのかな。俺なんかは、すっかり民間人になりきっているけど」

段ボール箱の中を覗き込んだ北川は、首を捻っている。彼も退官後は兵器への興味は失ったらしい。朝倉もそうだが、自衛官時代に備わった習慣で抜けないのは、ストイックに体を鍛えることぐらいだ。

「捜査ははじまったばかりだ。気になるものは、なんでも調べるつもりだ」

朝倉は自席で電話を掛けている国松をちらりと見た。電話の応対からみて、相手は彼の上官の後藤田に違いない。ちなみに後藤田も桂木も、現段階では朝倉の上司でも上官でもない。形式的に刑事部部長の北浦明宏《きたうらあきひろ》が直属の上司となっている。

「どうだ？」

朝倉は電話を終えた国松に尋ねた。

「許可が下りました」

スマートフォンをポケットに仕舞った国松は、神妙な表情をしている。

「二人ともか？」

「いえ、一人です」

朝倉の問いに国松は首を振った。

二人というのは、朝倉が特戦群時代に所属していたチーム〝ブルー・フォックス〟の仲間である。殺された三人は、いずれも退官して民間人になっていたが、朝倉と北川を除いた二人は、今も自衛官として陸自に在籍していたのだ。だが、特戦群にいたため追跡することができず、後藤田を通じて上層部に、二人の聞き込みの許可を要請していたのだ。

「一人？　とりあえず、現在の所属を教えてくれ」

舌打ちした朝倉は、国松を促した。

「二人とも特戦群から転属されており、田村康弘《たむらやすひろ》三等陸佐は、対馬《つしま》警備隊の副隊長に、平《ひら》岡雄平《おかゆうへい》三等陸佐は、第一空挺団第一普通科大隊の第一中隊の隊長でした。聞き込みの許可が下りたのは、田村三等陸佐なんですが」

国松の答えは、妙に歯切れが悪い。

「でした？　平岡はどうした？」

朝倉は訝しげな表情で国松を見た。面会さえ許されないとなれば、第一中隊は、特別な任務を遂行中なのかもしれない。だが、「でした」という過去形になるのは、おかしい。

「実は、平岡三等陸佐は今年の四月下旬に南スーダンへ司令部要員として派遣されましたが、行方不明になっているのです。行方不明が確認されたのは五月三日、現地の騒乱に巻き込まれたものと思われます」

国松が言いにくそうに答えた。

二〇一二年から二〇一七年まで、ＰＫＯ活動である〝国連南スーダン派遣団〟の一員として、陸上自衛隊で編成された部隊が、南スーダンに送り込まれている。部族間抗争が頻発するため治安が悪く、マラリアの危険に常にさらされる過酷な環境下で、部隊は道路工事や難民への医療・給水支援活動を続けた。

紛争悪化により二〇一七年五月に部隊は撤収し、任務は終了しているが、その後も司令部要員は継続的に派遣されているのだ。

「平岡が！　現地で行方不明ということか？　ニュースにもなっていないぞ」

朝倉は両眼を見開いた。平岡とは退役後会っていないが、特戦群ではパートナーとして訓練を受けることがよくあったため、特に仲が良かった。

「平岡三等陸佐は、現地で国連の基地に着任したところを武装集団の襲撃を受け、基地は壊滅、多数の死傷者が出ました。後藤田隊長は、現地の状況に詳しい幹部から直接聞いたそうです」

「直接聞かなくても、日報があるだろう？」

自衛隊に限らず諸外国の軍隊は、紛争地では毎日報告書を提出するものだ。現地の様子だけでなく、死傷者や被害を受けた際の状況などを詳しく報告しなければならない。それを怠《おこた》れば、紛争地の状況を把握できないだけでなく、現地でトラブルがあった際に国際紛争になりかねないからである。

「それが、派遣日報は破棄されたそうです」

国松が険しい表情で答えた。

「どういうことだ？　例の日報問題が尾を引いているのか？」

朝倉の眉間に皺が寄った。

派遣日報は、現地の部隊が司令部である中央即応集団に電子データで送る。だが、二〇一六年の十二月、野党の情報公開請求に対し、防衛省は「破棄を理由に不開示」とした。

その後、統合幕僚監部のコンピュータに保管されていることが分かり、二〇一七年の二月七日に公表される。また、同月十五日に陸自にも保管されていたことが確認され、統合幕僚監部の幹部の指示で消去されていたことも発覚し、組織的に隠蔽《いんぺい》工作をしていたことが露見したのだ。

「そうです。日報問題で国会が紛糾《ふんきゅう》している最中だけに、表に出せなかったというのが本当のところらしいです。お嬢様の進退問題も絡んでいますから、私ら一兵卒は、やってられませんよ」

国松は大きな溜息を吐いた。防衛省の中枢部である統合幕僚監部が自衛隊を貶《おとし》めるような不祥事を起こしているのだ。まじめに任務をこなしている自衛官にとって、これ以上不本意なことはないだろう。

また、彼が言う「お嬢様」とは、自衛官に隠語のように使われている稲田防衛大臣のことである。彼女は日報破棄の事実を知りながら黙認し、問題を深刻化させた。護衛艦にハイヒールで乗り込んだり、南スーダンへの派遣部隊の視察にはまるでピクニックにでも行くような帽子と白パンツ姿で登場したりと、就任以来自衛隊の風紀を乱し、モチベーションを著しく下げた。

彼女は日報問題を防衛省の特別防衛監察に委《ゆだ》ねるとし、野党の追及から逃れると同時に防衛省幹部にすべて罪をなすりつけようとしたが、結果的に二〇一七年の七月二十八日に辞任に追い込まれた。

「なんてことだ！　平岡は、犬死にじゃないか！」

北川は机を拳で叩いた。

南スーダンを紛争地と言えば聞こえはいいが、実際は銃弾や砲弾が飛び交う戦地である。戦地で行方不明とは、死体が見つからないという意味に過ぎない。

「北川、明日からの聞き込みに付き合え。事件を解明することで、自衛隊の闇を見つけることになるかもしれないがな」

朝倉は怒りを堪《こら》えて、静かに言った。

5

福岡県博多区《はかたく》中洲《なかす》、午前一時二十分。

那珂川《なかがわ》と博多川に挟まれ、北西から南東にかけて伸びる長さ約一キロ、幅二百メートルほどの地区である。この狭さにもかかわらず、中洲は九州で最大の繁華街だ。だが、長引く不況の影響で零時を過ぎれば客足は極端に減り、通りには紹介所の若い男の姿が酔客《すいきゃく》より多く目につく。

野球帽を被り、無精髭を生やした作業服姿の男が背中を丸め、昭和通りを俯《うつむ》き加減に歩いている。歳《とし》は四十前後だろうか。

中洲は北側を横切る昭和通りから南側のエリアに飲食店が集中しており、昭和通りより北のエリアにはマンションや商業ビルが建ち並んでいる。

「おまえ、さっき俺の肩に当たったやろう」

背後から駆け寄ってきた男が、作業服の男の腕をいきなり摑み、酒臭い息を吐き出して声を上げた。髪を茶色く染め、黒いスーツを着ている。その男の背後には、同じようなスーツを着た人相の悪い男が二人立っていた。年齢は三人とも二十代半ばと若く、眉毛を整え、ピアスをしている。格好からすればホストだろう。

「覚えていない」

作業服の男は、ゆっくりと首を振った。男の両眼は落ちくぼみ、その瞳に生気はない。恐れている様子はないが、茶髪男の視線をわざと外している。

「馬鹿にするな。こっちに来い！」

茶髪は作業服の男の腕を引っ張り、那珂川通りに曲がった。風俗店の多い国体《こくたい》通りでさえ、人通りは少なくなっており、まして那珂川通りの北側の人気は絶えている。

作業服の男は、抵抗することもなく腕を摑まれて、次の交差点角にある立体駐車場の暗がりに連れて行かれた。周囲から死角になっており、那珂川の対岸のビルからも壁が邪魔で覗くことはできない場所である。男たちは近辺の地理を熟知しており、作業服の男を付け狙っていたのかもしれない。

「俺はすごく肩が痛い。慰謝料として一万円払え。それぐらい持っとるやろう」

茶髪男はその胸倉を摑んだ。痩《や》せてはいるが一八〇センチほどの身長があり、目付きも悪いので、それなりに迫力はある。恐喝も初めてではないのだろう。

「俺に構うな」

作業服の男は、面倒くさそうに茶髪男の腕を払いのけた。

「きさん！　一万円で許しちゃろうと思うたが、死にたいとか！」

茶髪男がポケットから折り畳みナイフを出すと、他の二人も薄笑いを浮かべてナイフを取り出した。ここまですれば、普通の人間なら震え上がっておとなしく金を渡すだろう。

「死ぬ？」

作業員風の男は「死」という言葉に反応したかのように、両眼を見開くと背筋を伸ばした。茶髪の男よりも数センチ高い。

「なっ」

茶髪男は声を上げかけたが、いつの間にか目の前の男にナイフを奪い取られ、喉を搔き切られていた。

「えっ！」

茶髪男の両側に立っていた男たちも、叫び声を上げる前に喉を真一文字《まいちもんじ》に切られ、吹き出す血を止めようと両手で押さえている。

「俺は、死にたくはない」

小さく息を吐き出した男がナイフを折り畳んで作業服のポケットに仕舞うと、三人の男たちは折り重なるように倒れた。魂の抜けた三人の体から流れる紅《あか》い血が交わり、大きな血溜まりを作っているが、男は血しぶきひとつ浴びていない。

作業服の男は、那珂川通りから国体通りに出ると、また背中を丸めて歩き出した。その目は腐った魚のように再び生気を失っている。

男のすぐ脇に黒塗りのベンツが停まり、助手席から降りてきたスーツ姿の男が、後部ドアを開けた。

「藤谷《ふじたに》、乗れ」

後部座席に座る恰幅《かっぷく》のいい男が、命令口調で言った。白髪《しらが》交じりの髪をオールバックにした目付きの鋭い男である。

藤谷と呼ばれた男は、小さく頷き後部座席に収まると、スーツ姿の男がドアを閉めた。

「勝手に出歩くな。おまえの使命はまだ達成されていない。森口《もりぐち》が探していたぞ」

「使命？」

藤谷は窓の外を見ながら、ゆっくりと首を捻った。ついさっき三人の男を殺害したことなどすでに忘れているかのようである。

「おまえの最終目的は、現場の自衛隊員を見殺しにする防衛省幹部を懲らしめることだ。そのために幹部のブレーンになっている連中を抹殺しているんだぞ。あいつらを始末しない限り、自衛隊員は報われない。そうだろう？」

　男は藤谷に言い聞かせるように言った。

「そうだ。あいつらは悪い。制裁を加えなければならない」

　藤谷は窓の外を見たまま張りのない声で頷いている。遠くを見つめるのは、何かを思い出そうとしているのかもしれない。

「おまえは、平岡三等陸佐がこの世から葬られたことを忘れたのか」

　舌打ちした男は、口調を荒らげた。

「三等陸佐は、武装ゲリラに、いや日本政府に殺されたんだ。忘れるか！　平岡は、置き去りにされて死んだんだ！」

　藤谷の眉が吊り上がり、形相《ぎょうそう》は一変した。

「彼の死を無駄にしないでくれ」

　後部座席の男は藤谷の反応にはっとし、口調を改めた。

「当然だ！」

　振り返った藤谷は、男を睨み付けて言った。

フェーズ5：見えない敵

1

鎌倉時代中期、モンゴル帝国とその属国である高麗《こうらい》王国によって行われた二度の日本侵攻が、元寇《げんこう》あるいは蒙古《もうこ》襲来《しゅうらい》と呼ばれるのは、義務教育で社会科を真面目に勉強した者なら誰でも知っている史実である。

一度目は一二七四年の文永《ぶんえい》の役《えき》、二度目は一二八一年の弘安《こうあん》の役といい、日本に無尽蔵《むじんぞう》の金《きん》があると信じたモンゴルのクビライ皇帝が、世界最強の船団を組んで襲撃してきたのだ。

二度の侵攻で最前線となったのは、朝鮮半島と日本の境界線に位置する対馬・壱岐《いき》である。また、遡《さかのぼ》ること二百五十五年、一〇一九年にも、満州民族である女真《じょしん》族が対馬・壱岐、そして筑前《ちくぜん》にまで侵攻した、いわゆる〝刀伊《とい》の入寇《にゅうこう》〟があった。近世では幕末に、ロシア帝国が租借地にする目的で対馬に軍艦を派遣し、半年にわたって島を占拠するという〝ポサドニック号事件〟もあった。その度に対馬・壱岐は、多大な被害を被《こうむ》ったのだ。

古来から対馬は地政学的に、大陸と朝鮮半島から日本を防衛する上で重要な要衝《ようしょう》となっており、現代においても陸・海・空自衛隊はここに駐屯地を置いている。

陸自では、西部方面隊隷下《れいか》の第四師団に属する対馬警備隊が駐屯しており、大半の隊員がレンジャー資格を持つという総勢三百五十人ほどの精鋭部隊、通称〝山猫部隊〟が守りを固めている。

玄界灘《げんかいなだ》を高速で移動してきた九州郵船のジェットフォイルが減速し、水中翼を没して着水すると、対馬の表玄関である厳原港《いづはらこう》に入港した。港の作業員に到着を知らせるためだろうか、赤と白に色分けされた船体から汽笛が鳴る。やがてジェットフォイルは飛行機の排気音のような甲高《かんだか》いエンジン音を徐々に落とし、巧《たく》みな舵《かじ》さばきで桟橋《さんばし》に接岸した。

厳原は埠頭のすぐ近くまで山が迫り、桟橋も少ない狭い港だが、古くから交易で栄えた港であるだけに設備は整っている。

朝倉はジェットフォイルの一階客室の出入口に他の乗客とともに並んだ。時刻は、午後零時四十六分になっていた。

「腹減った。駐屯地の食堂で、海軍カレーが食えるかな」

隣りに立っている北川が、欠伸をしながら馬鹿なことを言っている。到着寸前まで眠っていたので、寝ぼけているのかもしれない。

「海軍カレーは海自の防備隊じゃなきゃ、食えないだろう。こっちにあるかどうかは知らないがな」

ちなみに海自の対馬防備隊は、〝西海の護《まも》り〟と言われる佐世保《させぼ》地方隊隷下の部隊である。

羽田空港から午前六時二十分発の民間機に乗り博多国際空港に到着すると、タクシーを飛ばして博多湾のフェリー乗り場に急ぎ、午前十時半発の厳原港行きのジェットフォイルに二人で乗り込んだ。博多に来るための適当な空自の輸送機はなく、海自の艦船を利用するには佐世保まで行かなければならないため、今回は民間の交通機関を利用した。経費節約よりも時間を優先したのだ。

対馬行きの目的は、対馬警備隊に勤務するかつての同僚、田村康弘に会うためである。国松と中村は、南スーダンで行方不明になった平岡雄平の家族に聞き込みをするため、別行動をとった。飛行機代と船代が後で精算できるか分からないこともあり、人数を絞ったのだ。ハイブリッド捜査班などと景気のいい話で始まったが、結局は所属機関が明確でないため、予算が出るかわからないという懐が寂しい状況なのである。

朝倉らはジェットフォイルから降りた観光客に交じって、港のターミナルビルに入った。ロビーに迷彩の戦闘服を着た男が立っている。

「自らお出迎えか」

朝倉は戦闘服の男に手を振った。対馬警備隊副隊長である田村三等陸佐である。

「久しぶりだな」

田村は左拳を出した。

「おう」

朝倉も左拳と肘打ちで答え、握手をする。

「田村、山猫の副官か、かっこいいぜ」

北川も同じように拳と肘を使った手荒い挨拶をした。

「二人とも懐かしいな。だが、遊びにきたわけじゃないよな。平岡の件か？」

田村は朝倉と笑顔で握手を交わすと、神妙な顔になった。

「知っていたのか？」

「中央にパイプがあるからな」

中央とは統合幕僚監部のことなのだろう。三等陸佐ともなれば、陸自の中枢にパイプがあってもおかしくはない。

「平岡の話じゃない。複雑な事情があるんだ。ここじゃあな」

朝倉は苦笑して、首を振った。ターミナルビルのロビーには、まだたくさんの降客がいる。

「飯でも食いながら、聞かせてくれ」

田村は近くにあるターミナルの駐車場に案内し、朝倉と北川を自分の車に乗せた。彼の部下がいるのかと思っていたが、一人で迎えに来ていたようだ。

対馬最大の街である厳原を抜ける国道を北に向かった田村は、警備隊の駐屯地の前を素通りし、二キロほど先の民家が絶えた少々寂しい場所にある和風レストランの駐車場に入った。〝うどん茶屋〟という小綺麗《こぎれい》な白壁の店である。

田村は店に入ると、小上《こあ》がりの座敷へ勝手に上がった。普段は駐屯地の食堂で食べているはずだが、たまに息抜きで来るのかもしれない。上官の特権とも言える。

朝倉と北川も田村に続いて座敷に上がると、三人で一番奥のテーブルに座った。

「ここは、魚とうどんがうまい。看板にも書いてあったがな。港の近くにもうまい店はあるが、街中はあえて避けたんだ」

複雑な事情と朝倉が言ったので、気を遣ったらしい。

田村はメニューも見ずに烏賊《いか》の姿造りと刺身の盛合せ、それに天ぷらうどんを頼んだ。

「同じもの」

朝倉もメニューを見るのが面倒なので、同じ料理を注文すると、北川も従った。

「ビールも頼みたいところだが、五時まで勘弁してくれ。夜に歓迎会をするから。泊まっていけ。対馬はいいところだ。なんなら二、三泊するといい」

田村は満面の笑みを浮かべた。旧友に会えたのが、よほど嬉《うれ》しいらしい。この男は普段から眉間に皺を寄せているような厳《いかめ》しい顔をしているので、笑うと不気味な表情になる。人前で気を緩めることが許されない生活を長年続けてきた証《あかし》ともいえよう。

「久しぶりの再会で嬉しいが、浮かれた気分にはなれない。八神修平、新垣義和、立田博司は、知っているな」

朝倉は声を潜めた。座敷に客はいないが、離れたテーブル席には何組かの客がいる。自衛官は地声が大きいので、田村に注意を促す意味もあった。

「三人とも何年か前に退官したはずだが、どうかしたのか？」

小声になった田村は、笑みを消した。三人の死を知らないようだ。

「殺された」

あえて可能性という言葉を、朝倉は口にしなかった。

2

午後七時、朝倉と北川は厳原の裏通りを歩いていた。

「まんまと嵌《は》められたな。足が筋肉痛で悲鳴を上げている」

北川は幾分足を引きずるように歩いている。

「体を鍛えているんじゃなかったのか？」

朝倉は鼻で笑った。

昼飯を食べた朝倉らは、田村に連れられて駐屯地に行っている。普段の生活ぶりを見ることで、これまでの被害者との類似点がないか見出そうとしたのだ。また、彼もターゲットになっている可能性もあるため、今日は行動をともにすることにしていた。それを知った田村が、朝倉らに戦闘服を与えて、訓練に参加させたのだ。

北朝鮮や中国からゲリラが潜入したという想定で、山に逃げ込んだ敵を追ってひたすら重装備で駆け回るという訓練である。生半可《なまはんか》なものではない。対馬警備隊が〝山猫〟と呼ばれるのは、こうした厳しい訓練を日々こなすためである。北川が、「嵌められた」というのは、田村に「散歩程度の訓練だから付き合え」と言われたからだが、真に受ける方が間違っている。

「毎日十キロのジョギングとジムで鍛えていたが、この一週間、サボっていたんだ。それにしても、待ち合わせの店は、いったいどこにあるんだ?」

北川は頭を掻きながら、周囲を見ている。

田村は残務処理があるので、先に厳原にある店に行ってくれと言われていたのだが、細い路地には飲食店が意外に多く、朝倉と田村は探しあぐねているのだ。

厳原は街の中心を流れる厳原本川を中心に商店街がある。また、川の西側を通る県道24号沿いにはショッピングセンターやドラッグストアーや銀行など、大規模な開発によってできた新しい商業エリアがあるが、川の東側は道も狭く、古くからある個人経営の店舗が多い。

田村から、厳原本川の一本東の通りにある居酒屋〝久兵衛《きゅうべえ》〟という赤提灯《あかちょうちん》の店を教えられている。馴染みの店らしい。

「おい、ここじゃないか？」

朝倉はふと民家と思われる建物の前で立ち止まった。

古い平屋の建物で、玄関は引き戸になっており、木札に〝久兵衛〟と書かれている。赤提灯と聞いていたが、木札以外に印はない。

「そうかもしれないが……」

北川が木札を見て、首を捻った。店頭の照明はなく、どうみても営業しているとは思えないのだ。

「すみません」

朝倉は引き戸を開けて、声を掛けた。

すると、店内の照明が点き、奥から赤提灯を手にした店の主人らしき丸坊主の老人が現れた。身長は一五〇センチほどで、腰が曲がっている。七十代半ばだろうか。

「いらっしゃい。適当に座ってください。今、準備します。家の時計が遅れていて、開店が遅くなったんですよ。まったく時計まで老いぼれで、困ります」

主人は気さくに話しかけてきた。対馬の方言は、九州や山口の影響を受けているが、アクセントは標準語に近い。

朝倉と北川は、寿司屋のようなガラスケースがあるカウンター前のテーブル席に座った。店は十坪ほどで、奥にカウンター席があり、テーブル席は三つ。右側は座敷になっており、二つのテーブルがある。席の間隔は広くゆったりとしていた。席数が多いと対応しきれないため、減らされているのかもしれない。

品書《しなが》きが壁にたくさん張り出されている。飲み物は、ビールと日本酒と焼酎《しょうちゅう》と書かれているが、ジョッキのビールはないらしい。

「何にしましょうか？」

表に電球を入れた赤提灯をぶら下げてきた主人は、捩《ねじ》り鉢《はち》巻《ま》きをしながら尋ねてきた。

「とりあえず、ビール二本。つまみはすぐ出せるもの」

朝倉は適当に答えた。うまいものなら田村が知っているはずだ。後で頼めばいい。

「ビール二本、入ったよ」

主人は威勢のいい声を張り上げた。

「はーい」

カウンターの裏の方から声がしたかと思うと、太めの大柄な女性がグラスを載せたビール瓶《びん》を両手に持って現れた。六十代だろうか。身長は一六五、六センチ、ノミの夫婦らしい。

「どう思う？」

北川が自分のグラスにビールを注ぎながら曖昧に尋ねてきた。

「田村が標的の場合、仮に殺されて行方不明になれば、すぐに捜索隊が編成され、島中が厳戒態勢になる。犯人がこの島に潜入することは簡単だが、脱出は難しい。これまで殺害された三人と違って、標的とするには難易度が高過ぎるだろう」

朝倉も手酌《てじゃく》でビールを注ぐと、一気に飲み干した。田村は精鋭部隊の駐屯地にいるため、たとえ標的だとしても彼の安全は確保されているので心配してない。

「くう！」

朝倉と同時に北川も唸った。二十キロ近く山道を駆け回ったのだ。水分は補給したが、体が欲したのは、小麦色のビールだった。

「田村は白だよな？」

喉を潤した北川が上目遣いで尋ねてきた。曖昧に尋ねてきたのは、それを聞きたかったからだろう。

特戦群のかつての仲間が三人も殺されている。〝ブルー・フォックス〟のメンバーを知っており、なおかつ高度な殺人テクニックを持っているとしたら、仲間が犯人である可能性もあった。朝倉と北川が白だとしたら、平岡が死んでいる以上、田村という線も考えられたのだ。

「あいつは、白だ。勤務表も見せてもらった。アリバイがある。だが、大事なことは、アリバイじゃなく、嘘をついていないことだ。あいつの目は、真実を語っていた」

対馬に来るまでは、正直言って朝倉も疑いを持っていた。それを晴らしたい一心でわざわざ来たと言っても過言ではない。

「そうだよな。よかった。そうなると、疑わしきは、俺か？」

北川はわざとらしく自分を指差して見せた。少なくとも八神が死んだ際に、沖縄にいたことは国松が調べて分かっている。

「ふん」

鼻で笑った朝倉は、首を横に振った。仲間が白である以上、犯人は外部の人間だということであり、捜査の糸口も摑めないということだ。

3

二本目のビールが空《から》になり、朝倉は腕時計を見た。

田村からは、二、三十分遅れると言われたが、午後七時四十分になっている。

「遅いなあ」

北川も二本目のビールを空にしていた。つまみはイカの塩辛とキムチだけである。

「管理職の苦労は、俺たちには分からない。いろんな仕事があるんだろう」

朝倉はカウンターの主人に空のビール瓶を振ってみせた。

「ビール、追加。いらっしゃい」

注文を聞き入れた主人が、威勢よく挨拶した。

出入口の引き戸が開き、田村がのそりと入ってきたのだ。上下ともスポーツウェアである。そのうえ日に焼けているため、自衛官というより土地の漁師と言ったほうが納得できる格好だ。

「遅いぞ。腹の虫が、喚いている」

北川も空のビール瓶を振った。

「悪い悪い、ちょっと、調べものをしていたんだ。俺もビール」

田村は主人にビールを注文し、朝倉の対面に北川と並んで座った。

「調べもの？」

「おやじさん、いりやき、三人前、あとでそばもね」

朝倉の質問に答えずに田村は、鍋料理を頼んだ。

対馬の名物料理であるいりやきは、椿油《つばきあぶら》で鶏肉や魚を煎《い》って鍋にしたことが始まりらしく、〝入り焼き〟が名の由来である。今は地域によって様々な作り方があるようだ。

「いりやきか。いいね」

北川が舌なめずりしている。

「後でそばを入れると、これがまたうまいんだ」

田村は楽しそうに話しているが、目が笑っていない。何かあったようだ。

「調べものは、事件に関係していることか？」

朝倉は声を潜め、カウンターの向こうで仕込みをしている主人をちらりと見て尋ねた。

「〝ブルー・フォックス〟のメンバーが殺された。疑うべきは、仲間だ。おまえたちは、それで俺を尋ねてきたんだろう？」

目を細めた田村は、朝倉と北川を交互に見た。

「そういうことだ。だが、勘違いするな。まずは仲間の潔白を証明することが先決だった。俺の捜査チームの結成に政府が関与している。俺が捜査をしなければ、政府は別の捜査機関に任せるだろう。そうなれば、疑われるのは俺も含めて〝ブルー・フォックス〟の生き残りだ」

朝倉は米国に行っていたためアリバイがあるが、相次ぐ事件の犯人は、単独犯ではない可能性もある。とすれば、朝倉にアリバイがあったところで、何の役にも立たない。北川と田村に直接会ったのは、アリバイを証明するだけでなく、本人と話し、彼らに嘘偽りがないか確かめるためだったのだ。

「〝ブルー・フォックス〟は、特戦群の中でも最高のチームだった。なんせ、隊員の中でも最高の成績をあげた者が選ばれて結成されたからな。六人全員が、最強の戦士であり、俺たちを殺せるのは、俺たちだった。だが、それは十年前の話だ。違うか？」

田村は北川を見て言った。朝倉と北川を訓練に誘ったのは、二人の現在の体力を推《お》し量《はか》るためだったのだろう。

「まあ、今の俺を殺すのは、簡単かもな」

北川は苦笑を浮かべた。

「八神さんは未だに体を鍛えていたそうだ。北川じゃ、八神さんは殺せなかっただろう。俺はそれで、思い出したんだ。第三の男がいたことを。正確には男たちだがな」

田村はスポーツウェアのポケットから折り畳んだ紙を出して朝倉に渡した。防衛省が管理する自衛官の履歴書である。

「森口猛《たけし》？　岡田《おかだ》恭平《きょうへい》？」

朝倉は履歴書の名前を読み上げ、首を傾げた。二人とも東部方面隊第十二旅団普通科連隊に属し、すでに退官していると記載されている。

「この資料は、統合幕僚監部の知り合いから、極秘に取り寄せた。それで、来るのが遅れたんだ」

田村は咳払いして見せた。多少自慢が入っているのだろう。

朝倉は二尉《にい》で退官しているので経験はないが、一尉になって数年すると、〝指揮幕僚課程〟に進む試験を受ける。試験に合格後に〝指揮幕僚課程〟を終えて三佐《さんさ》になると、幹部自衛官としての道が開けるのだ。

だが、その後、市ケ谷の防衛省にある幕僚監部での勤務を命じられる。自衛隊中枢での丁稚《でっち》奉公のようなものだ。幕僚監部と全国の部隊とを行き来して経験を積んで、二佐《にさ》、一佐《いっさ》へと昇格していく。田村は幕僚監部で勤務した経験があり、知り合いがいるのだろう。

朝倉が政府の押し付けで三佐になるのを拒むのは、こうした経験を積まずに昇格した階級など何の役にも立たないことを知っているからだ。自衛隊の仕組みも知らない政治家が考えることは、浅はかである。

「二人とも豪雪地帯の駐屯地だな。それで？」

朝倉は頷いて話を促した。森口の退役前の勤務地は、第十二旅団隷下の第三十普通科連隊で新発田《しばた》駐屯地、岡田は第十三普通科連隊で松本駐屯地と記載があった。どちらも豪雪地帯で厳しい訓練を受ける部隊として知られる。

「二人とも特戦群の試験に落ちている。たまたま試験を受けるときに俺と平岡、それに森口と岡田は同じクラスだった。だが、受かったのは俺と平岡だけだ。森口と岡田は射撃の腕が抜群の成績だっただけに、推薦した旅団長が特戦群長に抗議したほどだ。おそらく格闘技も含めた総合的な判断で落とされたのだろう」

田村は鋭い視線を向けてきた。

「二人は、俺たちに恨みを持っている可能性があるということか。だが、どうして、〝ブルー・フォックス〟のことを知っているんだ？　今は民間人なんだろう？」

右眉をぴくりとさせた朝倉は田村を見返した。特戦群に入れなかったことで逆恨みしている可能性はあるかもしれないが、殺しの動機としては希薄である。たとえ長年恨みを溜めていたとしても、それを爆発させるようなきっかけが必要だ。

「平岡と森口が教育隊で一緒だったことは特戦群の試験当日聞いている。特戦群に転属してからも、二人は親交があったのかもしれない。教育隊での友人関係は、所属が変わっても続くものだ。平岡が守秘義務を破って漏らした可能性もあるが、もう聞き出すことはできない。俺ができることは、ここまでだ。もし、三人が殺されたのなら、恨みを晴らしてくれ」

田村は険しい表情で言った。

特戦群で同じチームになるということは、互いに命を預けられる絆《きずな》を結ぶということだ。仲間の死は、親兄弟の死と同じである。

ちなみに教育隊とは、陸自に入隊した新入隊員が最初に配属され、基礎訓練を受ける部隊である。自衛隊に入ってはじめての共同生活を送りながら、厳しい訓練を受けるため、平岡と森口が友人だったとしても不思議ではない。

「任せろ」

朝倉は書類を折り畳み、ポケットに仕舞った。

4

翌日の午前十一時半、朝倉は警視庁二階の廊下を歩いていた。

少々太腿《ふともも》の筋肉が張る。昨日の対馬警備隊の訓練で筋肉痛を起こしているのだ。北川のことを笑ったが、朝倉も運動不足だったらしい。

午前四時過ぎに対馬防備隊の港を出港した巡視船に北川と便乗し、佐世保基地まで行くと、その足で福岡県築上郡《ちくじょうぐん》にある空自の築城《ついき》基地に向かった。対馬からのジェットフォイルでは、午前八時に離陸予定のC130に間に合わなかったからだ。

今回は輸送機の手配を国松に頼んでいない。というのも、全国の陸海空自の駐屯地で運営されている輸送機、艦船の発着スケジュールをスマートフォンで確認できるシステムを戸田に作らせたからだ。彼はまだサイバー犯罪対策課の部屋にいるが、チームのためにしっかり働いている。彼が対策課を離れられないのは組織的な事情もあるが、そのほうがシステム環境が整っているということもあるのだ。

朝倉は、対馬警備隊の艦船の出港時刻と築城基地の輸送機の離陸予定時刻を確認し、自ら両基地に電話で連絡して便乗の許可を得ていたのだ。

入間基地には十時近くに到着し、基地の警務隊のパトカーに乗せてもらったが、例によって都内の渋滞を抜けるのに手間取ってしまった。北川は一階のロビーで待たせてある。さすがに捜査会議に参加させるわけにはいかない。

朝倉は特別強行捜査班本部である小会議室のドアを開けた。

「遅くなった。申し訳ない」

自席に座ると、額の汗を拭う。非常階段を駆け上がってきたのだ。

会議室には、戸田を除く捜査員四人が待ち構えていた。あらかじめ招集をかけていたのだ。

「ご苦労様。対馬まで行って、大変だったな」

隣りの席の佐野から書類を渡された。

「こっ、これは」

ざっと書類に目を通した朝倉は両眼を見開いた。特戦群の試験を不合格となり、退官した森口と岡田の近況が記されているのだ。昨夜、佐野に調べるように伝えてあったが、今日の打ち合わせに間に合わせてもらうつもりはなかった。忙しい合間に動いてくれたらしい。

「まだ、二人の生まれ故郷である長野県警と千葉県警に問合せをしたに過ぎない。自宅にも電話をかけてみたが、どちらも出ない。実際に行ってみるほかなさそうだ」

佐野は苦笑した。彼と野口は立田の捜査で、名古屋市内と死体が発見された知多半島に足を運び、帰って来たのは昨夜遅くと聞いている。結局、殺人と呼べるような有力な手掛かりは得られず、他の死亡者との共通点も見つけられなかった。だが、疲れた様子は見せない。

「今回も二手に分かれましょう。私は国松と中村と一緒に森口を調べます。佐野さんと野口は、岡田を担当して欲しいのですが、聞き込みはせずに岡田の見張りを頼めますか？」

森口と岡田の書類を並べて眺めていた朝倉は、佐野に頭を下げた。

「共犯の可能性を考えているんだな」

一拍置いて、佐野が頷いて見せた。ベテランらしく、朝倉の考えが分かったようだ。

「そうです。三人が殺されたとすれば、相当腕が立つと見ていいでしょう。また、単独犯ではないかもしれません。森口に聞き込みをしたことで、岡田に逃げられる可能性もあります。岡田の動向を見て欲しいのです」

「泳がせるんだな」

佐野は大きく頷いた。

二人が共犯だとしても、彼らは特戦群への遺恨で動いているのか、それとも彼らのバックに何かあるのか今は分かっていない。岡田が犯罪に加担しているのなら、追い詰めれば必ず動くはずだ。

「我々はこれから森口の元に向かい、聞き込みをする前に連絡します。お互いの状況を確認しながら行動しましょう」

資料を手にした朝倉は立ち上がった。この数日、休むことなく働いているが、体が勝手に動いてしまう。

「えっ、打ち合わせは、もう終わりですか？」

中村がきょとんとしている。一緒に行動すると分かっているだけで、国松と彼とは何の話もしていない。

「すまない。犯人はこうしている間にも、何か企《たくら》んでいると思うと、気が急《せ》いてしまうんだ」

朝倉は苦笑を浮かべて、座り直した。

「我々は先に行かせてもらうよ」

佐野が野口の肩を叩いて席を立った。

「佐野さん、北川を連れて行ってください。あいつは用心棒になりますから」

森口と岡田は、特戦群に推薦されるほどの能力を持っている。佐野がベテランだからといって野口と二人で彼らを拘束できるものではない。むしろ反撃されれば、命の危険も覚悟しなければならないだろう。その点、北川が助《すけ》っ人《と》に入れば、安心できる。

「分かった」

佐野は頷くと野口を伴い、部屋を出て行った。

「疲れているくせに、わざわざ遠い方を選んだな」

国松は鼻で笑った。

朝倉が選んだ森口は松本。岡田は千葉でも東京寄りの舞浜《まいはま》に住んでいる。

「佐野さんが先輩だと気を遣っているつもりはない。聞き込みより、監視の方が手間はかかるんだ。だが、佐野さんなら、大丈夫だろう」

朝倉は再び立ち上がり、出口に向かった。

「打ち合わせは？」

中村がまだ不満顔をしている。もちろんコミュニケーションは必要だが、人数が少ない分、逆に頭を働かせて互いの動きを知る必要がある。

「森口の家まで三時間近くかかる。打ち合わせの時間は、それで充分だ」

会議室で会議をすることほど、時間の無駄はない。

「はっ、はあ……」

「来い！」

国松がなかなか腰をあげようとしない中村の奥襟《おくえり》を摑んで立ち上がった。国松とは一緒に仕事をして数年経つ。息が合ってきたようだ。

「行くぞ」

朝倉は振り返りもせずに部屋を後にした。

5

首都高速四号新宿線を走っていた中央警務隊の覆面パトカーは都心を抜け、高井戸《たかいど》を過ぎて中央自動車道に入り、さらに西に向かっている。

中村がハンドルを握り、助手席に国松が座っていた。朝倉は後部座席で腕組みをし、考え事をしている。だが、どちらかというと睡魔と闘っていると言ったほうが正しい。疲れが溜まっていることもあるが、出かける前に本庁の職員食堂で食事をしたためだろう。

「こちらブルー・フォックス1、これより、作戦行動に移ります」

M４カービンで重装備した朝倉は、腕時計で午前二時ちょうどを確認すると、ヘッドセットのマイクで本部と連絡を取った。本部では教官の八神が、応対している。

特戦群のチーム〝ブルー・フォックス〟で朝倉は、リーダーを務めていた。各自のコードネームはチーム名とナンバーを組み合わせたもので、朝倉は１を与えられている。

作戦とは真夜中の照明もない荒野を走破し、十五キロ先にあるキャンプに辿り着くというものだ。ただし、擬似地雷が敷設《ふせつ》してあるエリアを通過し、敵の待ち伏せ攻撃も突破しなければならない。暗視装置は装着するが、ライトの使用は一切禁じられている。

――了解。幸運を祈る。

八神との交信を終えた朝倉は、右手を上げて背丈ほどの草原を前進した。息が白い。九月下旬、気温は八度まで下がっている。訓練は北海道大演習場で行われていた。

朝倉のすぐ後ろをサブリーダーの平岡雄平が続き、新垣義和、立田博司、田村康弘、北川朗人の順に進む。

草原から抜け出した朝倉は右拳を上げ、立ち止まった。目の前には岩や土が剝《む》き出《だ》しになった荒地が広がっている。後方の仲間は、M4カービンを構え四方を警戒していた。地雷原に到着したのだ。演習場の地形はすべて頭に入っている。ここから直径百メートルが地雷原とされ、迂回《うかい》することは許されていない。

「…………！」

朝倉は正面の暗闇にM4カービンを向けた。

バラクラバを被った黒ずくめの男が、武器も持たずに歩いてくるのだ。しかも足元は長靴である。地雷原と想定してあるエリアには、爆発する代わりに、解除しなければけたたましい警報音を鳴らす擬似地雷が敷設してあるのだ。男は擬似地雷を気にする様子もなく、音も立てずに歩いている。民間人が演習場に紛れ込んだのかもしれない。

「止まれ！」

朝倉は声を上げた。

「私だ」

男は立ち止まり、右手でバラクラバを剝ぎ取った。

「むっ！」

呻き声を上げた朝倉は、両眼を見開いた。

「どうした？」

国松が振り返って朝倉の顔を覗き込んでいる。

「なんでもない」

朝倉は右手を振った。まさか夢でうなされたとは言えない。腕時計を見ると、午後一時七分になっている。四十分ほど眠っていたらしい。

それにしても、リアルな夢だった。十五年前の北海道大演習場の訓練が途中までは忠実に再現されていた。しかし唐突に、男が現れた。バラクラバを脱ぎ捨てたその顔は、死んだ八神修平だった。

驚いて夢から覚めたのだが、彼は何かを訴えるような顔をしていた。捜査の進捗《しんちょく》が見られない苛立《いらだ》ちがストレスとなり、八神を夢に出演させたのだろう。それによくよく考えると、朝倉の後ろに並んでいたのは、南スーダンで行方不明になった平岡を皮切りに新垣、立田と続いていた。その次は田村だったような気がするが、定かでない。平岡はサブリーダーだったので、十五年前の訓練ではしんがりを務め、最後尾を歩いていたが、夢ではそうではなかった。死んだ順番に並んでいたということなのか。田村が立田の後ろ、つまり次に狙われるということを暗示しているようで胸騒ぎがする。

朝倉はスマートフォンで田村に電話を掛けた。だが、呼び出し音が鳴り響くだけで、応答はない。遅い昼飯でも食べているかもしれないと淡い期待を抱いたが、訓練中のようだ。

「ふうむ」

溜息を漏らした朝倉は、通話ボタンを切った。田村は精鋭部隊の副隊長である。周りにはいつも屈強な部下がいるため、彼ほど安全な男もいない。そもそも、襲われたところで、あの男を倒すなら、武器を持った数人が一度に襲わなければならないだろう。

「もうすぐ、八《やつ》ヶ岳《がたけ》パーキングエリアです。降りて休憩しますか？」

運転をしている中村が、バックミラー越しに言った。朝倉が眠ってしまったので、途中のパーキングエリアには寄らずに走ってきたらしい。

「コーヒーが飲みたい」

朝倉は欠伸を噛《か》みころしながら答えた。

6

午後八時十四分、暗闇に閉ざされた玄界灘を航行してきた九州郵船のフェリーが博多湾に到着した。

対馬の厳原港を出港する便は日に二便あり、壱岐の芦辺港《あしべこう》を経由する。また、ジェットフォイルも同じ航路で二便あるが、ジェットフォイルの所要時間が二時間十五分であるのに対して、フェリーは四時間四十五分もかかる。ただし、二便目の出航時間が、ジェットフォイルは午後一時と早いのに対し、フェリーは午後三時二十五分と二時間半近く余裕があった。

博多埠頭に接岸されたフェリーの乗降口から、乗客に交じって陸自の制服を着た一八〇センチを越す大柄な男が降りてきた。対馬警備隊の田村康弘である。

スポーツバッグを肩に掛けた田村は、タクシー乗り場に向かった。西鉄《にしてつ》バスの乗り場は長蛇《ちょうだ》の列だが、タクシー乗り場は数人並んでいるに過ぎない。腕時計で時間を確認すると、その最後尾についた。タクシーは七台ほど停車しているので待つことはないだろう。

埠頭からはフェリーに載せられていたトラックや乗用車がターミナル前のロータリーを抜けて、一般道に出て行く。

明日の午前中に防衛省の幕僚監部に来るように命じられていた。連絡を受けたのが午後二時過ぎだったので、やむなくフェリーに乗ってきたのだ。博多に着いたものの、この時間では民間機も空自の輸送機も終わっているため、今日は博多のビジネスホテルに宿泊し、明日の朝一番で築城基地から離陸する輸送機に便乗するつもりである。

昨日は特戦群時代の旧友である朝倉と北川が訪ねて来て、仲間が三人も殺されたことを告げられた。死因は三人とも水死で、現地の警察では事故だと判断されたらしい。だが、朝倉は殺人事件として捜査していた。彼らが時期を同じくして事故に遭うのは不自然であり、田村も殺人ではないかと疑っている。

朝倉から捜査状況を聞かされるとともに、この二、三週間の間に身辺に異変がなかったか問われた。何事も正直に答えたものの、職務上言えないことがひとつあった。

田村は幕僚監部で仕事を終えたら、朝倉に会ってその機密を話すつもりである。職務上の機密がよもや犯罪に関係しているとは思わないが、今後、仲間も被害に遭う可能性があるのなら、処罰覚悟で話すべきだと今は思っている。訓練中の田村のスマートフォンに朝倉から電話があった。かけ直して話したい気持ちもあったが、電話で話せる内容ではないのだ。

タクシー乗り場は、商業施設であるベイサイドプレイス博多にある第一ターミナルと、正面にある第二ターミナルの間の交通広場にある。田村がタクシー乗り場の列に加わると、背後に数人の客が並んだ。

埠頭から出てくる車をぼんやりと見ていた田村の視界に、作業服を着た男の姿が映った。男はフェリー乗り場とターミナルビルを繋げる陸橋の橋脚の陰に立っている。照明のない場所なので、顔はよく分からない。服装からして港湾作業員のようにも見えるが、田村の方をなぜかじっと見ているのだ。

眉を吊り上げた田村はさりげなく列から離れ、タクシー専用のロータリーを回り込み、作業服の男の視線を避けつつ、男に近寄る。仲間が三人も殺されている。犯人、あるいはその仲間が田村を監視していてもおかしくはない。

気付かれることなく敵の背後を突くというのは、厳しい訓練を受けてきた田村にとって造作《ぞうさ》もないことである。

男がこちらに振り返った。

「なっ！」

立ち止まった田村は、両眼を見開き、息を飲んだ。

目が合った男が反対方向へ走り出した。

一瞬反応が遅れた田村も駆け出す。

作業服の男は二十メートル先を護岸に向かって走っていた。フェリーから降ろされた車は埠頭から出て行ったらしく、辺りは暗闇が広がるだけだ。

「待て！」

田村は懸命に走り、差を縮めた。

男は護岸のコンテナ置き場に逃げ込んだ。

「ちっ！」

二段に積み上げられたコンテナの手前で、田村は舌打ちして立ち止まった。罠《わな》ならコンテナの陰の暗闇に飛び込むのは自殺行為だからである。だが、田村にはそんな懸念《けねん》を振り払って闇に身を投じなければならない理由があった。

全神経を研《と》ぎ澄《す》ました田村は、暗闇に足を踏み入れた。

数メートル先で、カチリと音がしたかと思うと小さな炎が上がり、野球帽を被った男の姿が浮かび上がった。男は口にくわえた煙草にジッポの火を点けた。

「貴様！　生きていたのか！」

声を張り上げた田村は、険しい表情で男に近づく。

「いや、地獄から戻っただけだ」

男はジッポの蓋を閉じて炎を消すと、周囲を元の闇に戻した。煙草の火が蛍のように空中を舞っている。

「くっ！」

田村は首筋にちくりと痛みを感じた。本能的に右手で払い、振り返った。

背後にいつの間にか別の男が立っている。油断していたとは思わないが、前に気を取られ過ぎていたらしい。襲ってきた男の右手には注射器が握られている。何か薬物を注入されたようだ。膝のあたりから力が抜けていく。弛緩剤《しかんざい》か麻酔薬の類にちがいない。

目の前の男に胸ぐらを摑まれ、コンテナの陰から強引に引っ張り出された。数メートル先は、夜の海である。突き飛ばされて海に落ちれば、泳ぐこともできず溺死は免れない。

「くそっ！」

田村は男を突き飛ばし、走り出した。

「どこに行くつもりだ？」

追いつかれ、肩口を摑まれた。

田村は残された渾身《こんしん》の力で、男の顔面に拳を叩きつけて倒した。だが、走ろうとするも、まるで両足に重りをつけているように自由が利かない。

「ちくしょう！」

足を引きずりながら、田村はコンテナの陰から飛び出した。

まばゆい光。

激しい衝撃とともに体が宙を舞った。

田村を撥《は》ね飛ばした乗用車が、急ブレーキをかけて停まる。

「まずい、引け！」

コンテナの陰にいた二人の男は、コンクリートに叩きつけられた血塗《ちまみ》れの田村を見て姿を消した。

フェーズ6：対馬警備隊

1

午前六時二十分羽田空港発、博多空港行きの民間機に、朝倉は乗っていた。

出発時刻だけでなく、航空会社も一昨日と同じである。

搭乗口からボーディング・ブリッジを渡っている際、朝倉はデジャブを見ている気がしたほどだ。目的も同じで、対馬警備隊の田村に会いに行くためである。前回と違うのは、博多港に近い総合病院の集中治療室のベッドの上で、意識不明の田村が眠っているということだ。

昨夜の午後八時二十分ごろ、田村は博多港のフェリー発着場近くのコンテナ置き場で乗用車に撥ねられ重傷を負った。彼がなぜそこにいたのか、理由は分からない。

松本での聞き込み捜査は空振りに終わり、朝倉らは警視庁内の特別強行捜査班本部に午後九時過ぎに戻っていた。その後、千葉に聞き込みに行っていた佐野と野口と北川の三人を待っていたところ、中央警務隊の後藤田から連絡があり、田村の事故を知った。時刻は午後十時を過ぎていたので、動きがとれず、朝一番の飛行機で福岡に向かっているのだ。

昨日は松本市内のアパートで一人暮らしをしているという森口を訪ねたところ、不在であった。彼はスポーツジムのトレーナーをしていたが、勤め先によると、森口は二ヶ月前に海外旅行をすると言って休職届を出していた。両親は松本市から車で三十分ほどの安曇《あずみ》野《の》市に住んでおり、やはり米国に行くとだけ告げて出て行ったという返答だった。米国には陸自退役後に何度も行っているらしく、珍しいことではないので、特に詳しい目的は聞かなかったようだ。

だが、行き先が米国とはいえ、南スーダンで平岡が行方不明になった時期と重なるのが気になる。そのため朝倉は、桂木を通じて入国管理局に問い合わせ、森口が四月二十九日に成田国際空港から出国し、未だに帰国していないことを確認した。少なくとも、三人の殺害に直接関わったわけではないようだ。

一方、岡田の監視活動をするべく千葉に入った佐野らであるが、朝倉は佐野の報告を受けて急遽本人に直接聞き込みをするように指示をした。というのも、一年ほど前に岡田は交通事故に遭い、下半身不随という重度の障害を負って車椅子の生活をしていたからだ。

二ヶ月前から岡田は、仕事に復帰している。もともと実家で中古車販売の手伝いをしており、自宅横にある修理工場で車を修理していたそうだが、二年ほど前から修理は外注し、パソコンでのやり取りが主な仕事になっていたらしい。

佐野は三人が死亡したことは一切告げず、盗難車の捜査協力という名目で岡田からこの一ヶ月の行動を聞き出している。二人は今朝から再び千葉に向かい、岡田の証言の裏を取ってアリバイを確認することになっていた。

田村から森口と岡田の名前を聞き出した時は、有力な手掛かりだと飛びついたが、捜査の糸口はまだ摑めそうにない。

「現地の警察は、乗用車の運転手をシロだと見ているんだろう？」

隣りの席に座っている国松が尋ねてきた。彼は朝倉と二人の時は、基本的にタメ口である。年が上だということもあるが、釣り仲間くらいにしか思っていないのだろう。国松も無類の釣り好きである。

今回は、国松だけでなく中村と北川も同行している。現役の陸自の佐官が、不可解な交通事故に遭ったのだ。中央警務隊の彼らには調べる義務があった。

当初二人は輸送機で九州入りする予定だったが、朝倉と北川は少しでも早く現地入りしたかったので、全員で民間機を使うことにしたのだ。国松らとは羽田空港で待ち合わせをしたため、打ち合わせはまだしていない。中村と北川はすぐ後ろの席に座っている。

「そうらしい」

事故を起こした乗用車の運転手は、コンテナの陰から飛び出してきた田村に気付き、慌ててブレーキをかけたが間に合わなかったらしい。照明もない場所だったため運転手の過失というより、田村の行動がむしろ異常だと県警は判断したようだ。朝倉は昨夜のうちに現地で事故を担当した交通課の麻木《あさぎ》という警察官に電話で事情を聞いていた。

田村から事情を聞ければいいが、意識はまだ戻っていない。まずは、現地で麻木から改めて話を聞き、現場にも足を運ぶつもりである。

「それにしても、タイミングが合いすぎていないか。危うく死にかけている。事故とは思えない」

国松は田村が新たな標的になったと考えているようだ。だが当然ながら、捜査に憶測は禁物だ。

「田村は、どうして島を離れたんだ？」

田村に三人の死を他殺だと言ったのは、彼に注意を促《うなが》す意味もあった。田村も充分分かっていたに違いない。それにもかかわらず、一人で駐屯地を出た理由は、私用とは考えられない。上層部から何か命令が出ていたのではないか。

「三等陸佐の行動は不可解だ。私が、駐屯地で聞き込みをしよう」

国松は首を捻っている。

「そのつもりだった。俺は現場を調べた後、田村の病院に向かう。とりあえず、今日は病院に張り付いている方がいいだろう」

田村が意識を取り戻したらすぐに事情を聞きたいのだ。

彼が事故でなく、殺されかけたのなら、犯人はまだ近くをうろついている可能性もある。田村はナイフなどの凶器に怯える男ではない。乗用車の前に飛び出したのは、銃を持った敵から逃走したからではないだろうか。

「聞き込みは、私一人で充分だ。中村は適当に使ってくれ」

「俺と一緒に現場に行ってもらう。その間、田村の病室の見張りを北川にしてもらうつもりだ」

昼間は大丈夫だと思うが、油断できない。北川にはすでに見張りを頼んである。

「犯人が、また襲うとでも言うのか？」

国松は声を潜めて言うと、周囲を見た。犯人という言葉を使ったためだろう。

「殺人には、動機がある。たとえ犯人に被害者との面識がなくてもな。これまでの三件は、いずれも事故に見せかけている。犯人が秩序型で、世間の注目を集めないように配慮している点が気になるんだ」

被害者らはなんらかの極秘情報を持っていたために、殺されたのかもしれない。田村も現役の自衛官なので朝倉に話せなかった可能性もある。また、そもそも彼が森口と岡田の話を持ち出したのは、捜査の矛先を変えるためだったという考え方もできる。

「物証を残さないのは、プロの仕業《しわざ》だからだろう？」

国松の答えは当然すぎて、答えにはならない。

「事故死に見せかければ、確かに警察の目は逃れられる。捜査にもっと人手が欲しい」

国松が頭を抱えている。

「やるしかないんだ。俺たちで」

朝倉は憮然《ぶぜん》とした表情になった。人員不足は、最初から分かっていたことである。

2

ベイサイドプレイス博多の西口に中村と立った朝倉は、赤い鉄骨の上に展望台が載っている博多ポートタワーを見上げていた。

博多湾のランドマークであるポートタワーは一九六四年に竣工《しゅんこう》しており、東京タワーや名古屋のテレビ塔、それに大阪の通天閣《つうてんかく》も手がけた〝タワー博士〟の異名を持つ内藤多《た》仲《ちゅう》の設計である。

午前九時二十五分、朝倉の目の前に黒塗りのクラウンが停まり、半袖のポロシャツを着た男が降りてきた。博多署の刑事だろう。匂いで分かる。交通課の麻木と九時半に待ち合わせをしていたのだが、風体《ふうてい》からすると刑事部の人間に違いない。年齢は五十前後、警部といったところか。

「警視庁の朝倉さんですか？」

男は軽く右手を挙げて尋ねてきた。朝倉はグレーのチノパンに薄いブルーのシャツ、それにショルダーホルスターの銃を隠すために紺《こん》のジャケットを着ていた。見た目は一般人のつもりだが、刑事臭いと、すぐ分かったらしい。

「そうです」

苦笑した朝倉は、ポケットからいつもの伊達眼鏡を出して掛けた。

「博多署の松田です。交通事故の調査に中央警務隊と一緒に来られると聞きましたが？」

松田は訝しげな目付きで朝倉を見ている。眼鏡を掛けたが、オッドアイに気付いたらしい。麻木の代理で来たらしいが、その説明はないようだ。

「中央警務隊とは付き合いがありましてね。たまたま非番だったので、私は付き添いで来ることになりました。中村、一等陸曹です」

いつもの癖で中村を呼び捨てしそうになり、慌てて階級を付けて誤魔化した。警視庁が中央警務隊に協力しているという形をとっているので、馴れ馴れしい態度は禁物である。

中村は少し離れたところに立っていた。民間機に乗るために、グレーのスラックスにワイシャツとネクタイ、まるでサラリーマンのような格好をしている。しかも朝倉は小さなショルダーバッグを一つ持っているに過ぎないが、中村は旅行者のようなキャリーバッグを提《さ》げているので松田は中村を観光客と勘違いしていたのだろう。

「中央警務隊、中村一等陸曹であります。対馬警備隊の副隊長が事故に遭ったことを受けて、派遣されました。士官の事故は、警務隊でも調べるというのが、規則になっております。お手数をお掛けします」

中村は松田の前で、自衛官らしい指先に力をいれた敬礼をしてみせた。警察官相手に敬礼する必要はないのだが、これは彼独特のユーモアで、自衛隊の敬礼は違うというアピールなのだ。松田には理解されないだろうが。

「そっ、そうですか。自衛官だから、戦闘服でも着てこられるかと思っとりました。それでは、現場に案内します」

呆気《あっけ》に取られた松田はつられて敬礼してみせると、ベイサイドプレイス博多に沿って北東に歩き、突き当たりを今度は西に向かって、作業車やコンテナトラックが出入りする埠頭に進んだ。

松田は護岸に近いコンテナ置き場に着くと、二段に積みかさねられたコンテナの一番端で立ち止まった。

「昨日の午後八時二十分ごろ、田村三等陸佐が、そこのコンテナの陰から飛び出し……」

朝倉らの方に顔を向けた松田は、「西の方角から走ってきた山本恭平《きょうへい》が運転する車に撥ね飛ばされて、地べたに叩きつけられたとです。事故ば起こした運転手が警察と救急車に通報しました」と数メートル先のコンクリートを指先で示し、口を閉ざした。説明はそれだけらしい。

「それは、目撃者の証言ですか？」

朝倉は振り返って交通広場の方角を見たが、埠頭の出入口にはトラックが置かれており、広場を直接見ることはできない。周囲は夜間灯もない場所で、作業員がいたとしても目撃者は限られるはずだ。

「車の運転手の証言ですたい。これば見てください。埠頭なので運転手は二十キロも出しよらんかったそうです」

溜息をついた松田は、五、六メートル先の地面を指差した。タイヤのブレーキ痕がくっきりと残っている。運転手がブレーキを踏んだのなら、故意にぶつけたのではなく、まして殺意はなかったと言いたいのだろう。だが、所詮は加害者の証言である。

「なるほど」

朝倉がブレーキ痕に近づくと、中村がキャリーバッグから一眼レフカメラを取り出し、写真を撮り始めた。

「あとで、事故を起こした乗用車のタイヤの写真も撮らせてください」

中村が周囲の写真も撮りながら言った。タイヤ痕を照合するのだ。いつもは呑気なようでも、仕事はできる男である。中央警務隊は警察官と違って、指紋や証拠の収集も行い、自分で集めた証拠の分析までしなければならない。専属の鑑識官は存在しないのだ。

「……分かりました」

松田は不満げに答えた。県警が事故だと判断したにもかかわらず、中村がまるで事件捜査のように行動しているからだろう。そもそも警務隊が口を出してきたことに腹を立てているのかもしれない。

「ベイサイドプレイスの監視カメラの映像はありませんか?」

朝倉は近くのコンテナを回り込んで裏に回った。田村が乗用車の前に飛び出すには、相当な理由がなければならない。

「ベイサイドプレイスの監視カメラじゃ、ここまで映るわけなかです」

松田は鼻先で笑った。

「田村三等陸佐が、ここに来るまでの足取りを知りたいんですよ」

時間的に田村はフェリーに乗って来たはずだ。出迎えがなかったのなら、タクシーに乗ろうとしたのだろう。士官クラスが、陸自の制服を着てバスや地下鉄を使うとは思えない。タクシー乗り場で並んでいたのなら、何かを見て、あるいは誰かを見て埠頭に向かったと考えるのが妥当だろう。また、フェリーから降りた直後から誰かを尾行して、埠頭に入ったのかもしれない。監視カメラに田村が映っていれば、その先を歩く人物を特定できる可能性がある。

「冗談じゃなか! 捜査令状がいるようなこつば、なんでせんといかんのですか」

松田は大袈裟に首を振った。彼が交通課の警察官に代わって案内役を買ってでたのは、朝倉の要求を拒絶するためだろう。

「捜査令状！」

側《そば》で聞いていた中村の顔色が変わった。警務隊での捜査では一般市民に任意で協力を要請するものだ。いちいち捜査令状を取ることなどない。

「地元だからこそ、市民に協力を願うのですよね」

朝倉は努めて笑顔を浮かべた。数年前なら、すでに相手の胸ぐらを摑んでいるところだ。

「じゃ、あんたたちがやればよか。私は、現場ば案内したけん、失礼する」

松田はむっとした表情をすると、埠頭から出て行った。朝倉の笑顔が気に障《さわ》ったらしい。馬鹿にされたとでも思ったのだろう。

「なんですか、あれ？」

めったに怒らない中村が、松田の背中を睨みつけている。

「自由にやってくれという、よくある警察官の表現だ。気にするな」

鼻から息を吐き出した朝倉は、中村の肩を叩いた。

3

博多埠頭、コンテナ置き場、午前十時十五分。

朝倉は何度もコンテナの陰から飛び出し、田村の事故を再現していた。

埠頭はコンクリートでできているため、足跡など手掛かりは残っていない。だが、中村は事故現場の写真を丹念に撮り、コンテナの指紋採取までしている。彼のキャリーバッグには、カメラだけでなく、鑑識道具が詰め込まれていたのだ。

「やはり、おかしい」

立ち止まった朝倉は、首を捻りながら車のブレーキ痕を調べ始めた。

「どうしたんですか？」

指紋採取用の刷毛《はけ》を持った中村が尋ねてきた。

「ブレーキ痕から衝突した場所までの距離が気になる。中村、メジャーはあるか？」

朝倉はブレーキ痕と衝突場所と思われるコンテナの脇を交互に示した。

「運転手は、事故当時二十キロ程度で走っていたと、県警の松田さんは言っていましたね」

中村はメジャーを出してブレーキ痕と衝突場所との距離を測り始めた。

「少なくとも速度計は、見てなかっただろうな」

ブレーキ痕から衝突場所までの距離は三、四メートルある。朝倉は、車の停止距離が気になっていたのだ。

　車の停止距離とは、ドライバーがブレーキを踏んでから利き始めるまでの空走距離と、ブレーキが利き始めてから車が停止するまでの距離である制動距離を足したものである。

　ブレーキ痕はまさにブレーキが利き始めた位置を示すので、衝突場所までの距離は、制動距離ということになる。逆算すれば、ドライバーが田村に気が付いてブレーキを踏んだ位置もおおよそ見当はつく。

「ブレーキ痕の一番端から、コンテナの端までは、三、四メートルあります。乗用車が停止した位置はさらに、二、三メートル先になるはずです。制動距離が五、六メートルということは、時速は三十キロ近く出ていたことになりますね」

　中村はメジャーを巻き取りながら答えた。

　路面やタイヤの状態だけでなく車重にもよるが、時速二十キロの車の停止距離は、空走距離が六メートル、制動距離が二メートルとされ、停止距離は八メートルになる。時速二十キロならタイヤ痕の位置から二メートル先で車は停まり、田村は轢《ひ》かれることはなかった。もっとスピードが出ていたのだ。

　時速三十キロなら空走距離が八メートル、制動距離が五メートルになるため、停止距離は十三メートルになり、現場の状況と合致する。

「中村、タクシーをここまで呼んできてくれ」

「了解しました」

中村は頷くと、埠頭から駆けて行った。朝倉の意図が分かっているのだ。

タクシー乗り場までは、七、八十メートルの距離しかない。中村はタクシーに乗ってすぐに戻ってきた。

「警視庁の朝倉と申します。すみませんが、料金を支払いますので、実況見分《けんぶん》にお付き合い願えませんか？」

朝倉は運転手に警察手帳を見せて頼んだ。

実況見分とは、警察が犯罪や事故現場で、犯人や被害者、目撃者などの位置関係や状況を明らかにする検証のことである。

「実況見分？」

タクシーの運転手が首を捻った。実況見分は法律学上の言葉なので知らないのも当然だが、交通事故の現場で、警察官が加害者と被害者から事情聴取することも実況見分という。

「昨夜、ここであった事故を再現したいのです。ご協力ください」

「よかですよ」

丁寧に頭を下げると、運転手は笑顔で頷いた。

朝倉は中村をコンテナの端から十二メートル離れたところに立たせた。昨夜の乗用車のドライバーが、飛び出した田村に気が付いたと思われる場所、つまり空走距離の起点である。

タクシーの運転手に、車を時速三十キロで走らせて、中村の立っている場所でブレーキを踏み、コンテナの端から二、三メートル先で完全に停まるように指示した。

タクシーは護岸近くでUターンして、コンテナ置き場から数十メートル先で停まった。さすが運転のプロであるだけに時速三十キロまで無理なく出せる距離まで下がったようだ。

朝倉はコンテナの端に立って右手を上げ、運転手が頷いたところで手を下ろした。

タクシーが発進し、速度をあげた。狭い場所なので時速三十キロでもスピード感がある。

中村のすぐ横でブレーキをかけたタクシーが、朝倉の目の前を通り過ぎて三メートル向こうで停まった。

「やはり、乗用車は、三十キロは出していたようですね」

中村は結果に満足しているらしい。だが、朝倉にとって、事故を起こした運転手の証言が違っていることが問題なのではなかった。朝倉が気にしているのは、あくまでも当時の田村の状況である。

「すみません。もう一度お願いします」

声を掛けると、運転手はタクシーをコンパクトに回転させ、元の位置に戻った。

再びコンテナの端に立った朝倉は、上げた手を下ろして合図を送る。

タクシーが走りだす。

コンテナの陰に下がった朝倉は、耳をすませた。走ってくるタクシーは見えない位置だ。

ブレーキ音。

朝倉はコンテナから飛び出して、立ち止まった。

眼前にタクシーが迫る。

朝倉は前に跳んだ。

タクシーが足をかすめるように通り過ぎ、朝倉は地面に転がった。

「危ない！　何考えているんですか！」

血相を変えた中村が駆け寄ってきた。

「問題なく、避けられた」

朝倉はジャケットの肩口に付いた汚れを叩きながら立ち上がった。事前にタクシーの運転手に教えていたら拒否されると思い、何も告げなかったのだ。

「何言っているんですか！」

中村が眉間に皺を寄せている。怒っているらしい。

「驚かせてすまなかった。ちょっと待っていてくれ」

朝倉は中村を無視してポケットから一万円札をだすと、目を白黒させているタクシーの運転手に渡した。迷惑料のようなものだ。

「説明してください」

振り返ると、中村が腕組みをして立っている。

「俺はブレーキ音を聞いてから、飛び出した。だが、実際は、田村がコンテナの陰から飛び出したから乗用車はブレーキをかけたんだ」

「ちょっ、ちょっと待ってください。意味がわかりません」

中村が頭を掻いている。

「鈍いやつだ。田村の方が、迫ってくる乗用車を見てからの時間的な余裕はあったということだ」

朝倉は避けることができたが、常人なら轢かれていただろう。だが、田村の身体能力は朝倉と変わらない。時速三十キロ程度で走ってくる車に轢かれるはずはないのだ。

「えっ、ということは、田村三等陸佐は、足に怪我でもしていたんですか？」

中村が細い目を見開いた。

「他にも可能性はある」

朝倉はスマートフォンを取り出して、病院にいる北川に電話した。

——俺だ。

数コール後に、北川が電話に出た。病院内なので、出るのに時間が掛かったのだろう。

「田村の血液サンプルを採ってくれ」

――血液サンプル！　理由を聞かれたら、どう答えればいいんだ？

北川の声が裏返った。

「田村が、事故前に性病検査をしたいと言っていたとでも、適当に誤魔化せ。医者が応じなければ、おまえが抜き取るんだ」

朝倉は怒鳴るように言うと、電話を切った。

「いったい、どうしたんですか？」

端で聞いていた中村が、怪訝《けげん》そうな表情をしている。

「北川に田村の血液採取を頼んだ。田村は薬物を注入され、体が麻痺《まひ》状態だった可能性がある。成分によっては、時間が経てば体内で分解されてしまう。一刻を争うんだ。俺は病院に行くぞ！」

朝倉は実況見分に付き合ってくれたタクシーの後部座席に乗った。田村が満足に体を動かせないほど、叩きのめされていたとは考えにくいのだ。

「わっ、分かりました」

ドアを閉めると、口をあんぐり開けたまま中村が右手を振っていた。

4

博多埠頭からほど近い場所にある博多総合病院の二階、集中治療室。

朝倉は田村から血液を採取する医師をじっと見つめていた。病院には七分前に到着している。

当初医師は、採血を頑《かたく》なに拒んだ。意識を失っている田村から採血の了解を得ることができないため、あとで訴えられる可能性があると考えてのことだろう。

警察官が医師に対して、主に被疑者に対してだが、採血の強制執行をするには、鑑定処分許可状と身体検査令状を得た上で要請することが半ば義務付けられていた。被疑者が拒否できないようにするためだが、執行する側を守るためでもある。朝倉は、血中に薬物が混入している可能性があり、殺人事件の捜査で令状は取れるが時間がないと説得したのだ。

北川にも無理を承知で頼んだが、民間人である彼の要請を病院側は受け入れなかった。分かってはいたが、朝倉は病院までの到着時間すら惜しんだのである。

「血液サンプルは、どうしますか？」

血液を入れた小さな容器を手にした医師は、尋ねてきた。

「すみませんが、分析までお願いできますか？　警視庁に輸送している時間はありません。

それに地元に頼むと、彼らの面子《メンツ》を潰すことになりますので」

朝倉は県警で交通事故と判断されていることを説明した。彼らにしてみれば、警視庁や中央警務隊の捜査自体、縄張りを荒らしている行為なのである。非協力的なのは、当たり前なのだ。

「なるほど、しかし、患者からのクレームは、当院では責任持ちませんよ」

「大丈夫です。実は、私も自衛隊出身で、田村三等陸佐とは十年以上前からの友人なんです。責任は私が取ります。それに血を採られたからって、こいつは文句を言いませんよ。捜査には中央警務隊も、付いています。防衛省からもクレームは来ません」

「……分かりました。これを血液検査室に」

頷いた医師は、血液サンプルを看護師に渡した。

看護師は朝倉に一礼すると、病室を出て行った。

「容態は安定しています。ただ、MRIでは脳の異常は見つかっていませんが、頭を強く打っているので、意識がいつ戻るかは分かりません」

医師は田村の脈を測りながら、説明した。田村は右足と右腕の骨折、それに全身打撲《だぼく》を負っている。衝突した乗用車は、まるで車同士が衝突したかのようにフロント部分が損傷していたらしい。田村は体の自由が利かないなか、ぶつかる寸前に体を浮かし、ボンネットとフロントガラスをクッションにして受け身を取ったに違いない。常人なら死んでいてもおかしくはないのだ。

「田村の古い友人を連れてきました。なんとか、付き添いの許可をもらえませんか？」

警護をするのに廊下に立っているのも変である。

「この病室は、集中治療室ですし、完全看護です。付き添いは必要ありません」

苦笑した医師は、首を横に振った。

「実は、田村三等陸佐は、何者かに命を狙われた可能性があるのです。そのため対馬警護隊から戦闘服を着た隊員を派遣し、この病院を警護させたいと中央警務隊に申し出がありました」

「戦闘服！」

医師は目を白黒させている。

「そうなったら病院も迷惑ですよね。戦闘服の自衛官にうろつかれたら、まるで野戦病院になってしまいますから。私がなんとか付き添いをつけるという条件で、思い留まらせているんですよ」

朝倉はわざと乾いた笑いをした。

「野戦病院！」

医師は甲高い声を上げた。

「〝山猫〟と恐れられた部隊です。ひょっとすると顔面も迷彩ペイントをしてくるかもしれませんね。民間人を付き添いとして病室に入れる方が他の患者さんにもご迷惑はかけないと思います。付き添いの方がいいと、院長に相談してみてください。それから血液検査ですが、結果が出たら私に電話をしてください」

朝倉は自分のスマートフォンの電話番号が記された名刺を医師に渡した。

「はっ、はあ」

肩を落とした医師は、すごすごと病室を後にした。

「待たせたな」

廊下に出た朝倉は、北川に右手を軽く上げた。

「役に立たなくて、すまん」

北川は苦笑を浮かべながら頭を下げた。

「無理を言ったな。気にするな。それよりも大事なのは、これからだ」

採血の件は、ダメ元で言ったまでである。

「俺でも、役に立てるか？」

「もちろんだ。医師におまえの付き添いの許可を要請した。断れないはずだ。付き添いという形で田村の護衛をして欲しい」

中村は博多署に保管してある事故車を調べに行っている。朝倉は車を加害者に引き渡さず、今日いっぱい保管するように要請していた。事故車であることを確認するため、タイヤやフロント部分の撮影をするだけなので、時間は掛からないはずだ。

「おまえは現場を見て、これまで死んだ三人だけでなく、田村も事故ではないと確信したんだな？」

北川は声を潜めて尋ねてきた。

「田村を撥ねた車は、時速三十キロ出していた。だが、彼なら避けられたはずだ」

「だから、血液採取なのか。田村は薬物で麻痺していた可能性があるんだな。俺がボディーガードをするということは、敵がここまで乗り込んでくる確率が高まったということなのか」

北川は表情を引き締めた。

「田村はおそらく複数の敵に遭遇し、犯人の顔も見たはずだ。彼が証言すれば、捜査の突破口になる」

「おまえはどうするんだ？」

「田村を撥ねた男に聞き込みをしてくる。ここは頼んだぞ」

朝倉は北川の背中を軽く叩き、非常階段に向かった。

5

朝倉は中村が運転するわナンバーのカローラ・アクシオの助手席に座っていた。

博多署で事故車の撮影を終えた中村が、博多駅に近いレンタカー会社から借りた車である。帰りは自衛隊の輸送機になる可能性もあるため、空港では借りなかったのだ。

合流した朝倉は、田村を撥ねた乗用車のドライバーである山本恭平の自宅に向かっていた。病院を出てすぐに、彼が勤めている中洲近くの水産会社に電話を掛けたのだが、今日は欠勤していたのだ。昨夜の事故のショックもあるだろうし、車もないため休んだのだろう。彼の勤務先や現住所は、県警から送られてきた調書のコピーで分かっていた。

「山本の会社のコンテナが、運送会社の手違いで埠頭の北側にある野積場《のづみば》に置かれてしまったのだそうだ。それを確認するために昨夜は埠頭にいたらしい」

電話口に出た山本の上司が、彼の勤務ぶりを説明してくれた。山本は熊本の県立高校を卒業後、博多に本社がある水産加工会社に入社して五年目になるそうだ。高卒のためまだ二十三歳と若く、真面目な青年らしい。上司は、山本を絶賛していたが、地元の警察ではなく、警視庁の警察官から電話があったため山本を必死に庇《かば》ったのかもしれない。

また、事故を起こした車は、山本の自家用車ではなく、会社の営業車であった。上司が山本を擁護するのは、補償や責任問題が会社にまで及ぶことを恐れているのだろう。

「事故が起きたのは、午後八時過ぎですよ。真っ暗な埠頭で仕事ですか？」

　中村は首を捻っている。

「山本は、帰宅後に呼び出されて出向いたらしい。コンテナの積荷は魚の缶詰で腐るものじゃないが、朝一で他の埠頭に運送の手配をする必要があったために確認作業を急いだようだ。コンテナの所在を確認し、帰宅する途中だったらしい」

　上司の説明でも山本が故意に田村を撥ねた可能性はなくなった。フェリーの乗客の車もほとんど埠頭からいなくなった時間で、山本がコンテナ置き場を通り過ぎるのは偶然だったのだ。田村を撥ねたのも偶然が重なったに過ぎない。田村が車の前に飛び出したのは、何かから逃げる必要があったからだろう。あの事故がなければ、田村は殺されていた可能性もある。

「なるほど、早く家に帰りたくて、スピードを出していたんですね」

　鼻を鳴らした中村は、筑紫《ちくし》通りを越えて国道２０２号線から川沿いの路地に入った。新しいマンションもあるが、古い一戸建てやアパートもある住宅街である。

　五百メートルほど進み、西鉄天神大牟田《てんじんおおむた》線の踏切を越えてしばらく行ったところで細い路地に右折し、中村は車を停めた。

「住所からすれば、このアパートのようです」

中村は目の前の寂れた二階建てのアパートを指差した。築三十年以上は経っているだろう老朽化《ろうきゅうか》した建物のすぐ裏には、鹿児島本線の線路がある。調書には博多区南八幡《みなみはちまん》〇〇丁、〝リベラハイツ〟と洒落た名前で記されているので、何かの間違いかと改めて確認した。

「らしいな」

苦笑した朝倉はスマートフォンを出し、調書に書いてあった山本の携帯電話に電話をかけた。コール一回で「電源が入っておりません」というアナウンスになってしまう。

ここに来るまで何度もかけているが、結果は同じだ。携帯電話の電源を切ったまま眠っているのだろうか。時刻は午前十一時四十分になっていた。部屋に携帯電話を置いたまま出掛けている可能性もある。

上司の話では前日の夜に、具合が悪いので明日は欠勤するという電話連絡を受けているようだ。

「とりあえずノックしてみるか」

朝倉が車を降りると、中村もハザードランプを点灯させて従った。

イヤホンを耳に押し込み、ジャケットの襟に付けられている小型マイクを人差し指で軽く叩くと、中村が右手でオーケーの合図を作って答えた。特別強行捜査班に支給された無線機である。

「一〇五号室、ここか」

一〇三号室の次が、調書に書いてある一〇五号室になっている。ドアの横に部屋番号の記載された表札入れがあるが、何も入っていない。山本に限らず、一階の部屋はどこも表札を入れていないようだ。住人がいないのかもしれないが、部屋のドアは通りから腰高のブロック塀越しに見えてしまうので、プライバシーを守るためにあえて表札を出さないのだろう。インターホンや呼び鈴もないアパートなので住民はただ面倒に思っているだけかもしれない。

「ごめんください」

朝倉は一〇五号室のドアを叩いた。三度叩いたが、返事はない。念のため、中村に顎でアパートの裏へ回るよう合図した。犯罪者ではないものの事故の加害者ではあるため、山本が窓から逃げ出す可能性もゼロではない。

「山本さん、いらっしゃいますか？」

再びドアをノックした朝倉は、ドアノブを回した。

「……！」

朝倉は左目のオッドアイを見開いた。ドアに鍵が掛かっていないのだ。

「山本さん……」

ドアを開けた朝倉は、眉間に皺を寄せ、舌打ちした。

奥の部屋にだらりと手を下げた山本と思われる男が、鴨居《かもい》から首をロープで絡ませて吊りさがっているのだ。

「俺だ。中村、車から鑑識道具を持って部屋に来てくれ」

朝倉は無線で中村を呼び出した。

――どうしたんですか？

「ホトケを見つけた」

朝倉は溜息混じりで答えた。

ぶら下がっている男の足元の畳は、濡《ぬ》れている。失禁した跡だろう。状態からして脈を調べるまでもなく、死亡しているはずだ。慌てて降ろそうものなら現場を荒らしたことになり、県警から捜査妨害を問われてしまう。まずは山本の生死を確認し、現場の保全に努めるべきなのだ。

――わっ、分かりました。

中村の甲高い声が響いた。

6

午後零時十分、鹿児島本線沿いの二階建てアパート〝リベラハイツ〟では、脇道に停められた二台のパトカーと覆面パトカーを数十人の野次馬が取り囲む騒ぎになっていた。

一〇五号室の住人である山本が死亡していることを朝倉と中村が確認したのは、三十分前のことである。

現場を簡単に確認した後、博多埠頭で朝倉らに腹を立てて帰った所轄の松田に連絡をとった。名前を聞かされていただけだが、朝倉が博多署の代表交換に刑事課の松田へ取り継ぐよう告げると、案《あん》の定《じょう》、電話口に本人が出た。

「なんも、触っとらんでしょうな？」

二人の警察官が鴨居のロープを外して山本の死体を畳の上に降ろす様子を見ていた松田は、玄関先で作業を見守っている朝倉に尋ねてきた。

部屋が狭いため、朝倉と中村は、部屋の外の通路に出ている。玄関ドアはドアノブにビニール紐《ひも》が括《くく》り付《つ》けられ、開けっ放しになっていた。中村は警務官なので遠慮しているのか、通路の隅に立っているが、朝倉は玄関先に、まだ鑑識用の靴カバーを履いた状態で立っている。

「俺たちは、捜査官だ。鑑識作業を邪魔するような真似はしない。ましてあんたたちのシマだ。げそも残さないように気を遣ったつもりだがな」

朝倉も作業を眺めながら、素《そ》っ気《け》なく答えた。げそとは履物のことを意味し、この場合、足跡は残していないということだ。朝倉たちは通報した上で現場保全までしたのだ。礼を言われるのならまだしも、文句を言われる覚えはない。

「……それにしても、首吊り自殺とは、交通事故がそげんショックやったろか」

咳払いをした松田は、朝倉の視線を外して言った。朝倉の言いたいことは分かっているはずだが、警視庁の刑事に頭を下げるのが癪《しゃく》なのだろう。

「あれが、自殺か？」

朝倉は鼻先で笑った。松田は、死体を見ただけで自殺と決めているらしい。

「遺書はなかろう。衝動的に首ば吊ったとばい」

松田は朝倉の問いかけの意味が分からないようだ。

「自殺なら当然、山本は自分で首を絞めたことになる。そうじゃないだろう」

舌打ちした朝倉は、首を左右に振った。

「ふん、そーいうこつか。あんたたちは、山本さんが、自衛官ば暗殺しようと車で撥ね飛ばした。そして、事件ば隠蔽するために殺されたと言いたかとか。テレビのサスペンスドラマの見過ぎたい」

苦笑いした松田は、右手を顔の前でひらひらと振ってみせた。

「山本さんは、ただの事故の加害者に過ぎない。だが、田村の殺害を企てた犯人が、山本さんに顔を見られたかもしれないと思って殺したんだろう」

「東京の警察官は、想像力が豊かやねえ。推理作家になったほうがよかとじゃなか」

　松田は声を上げて、笑い始めた。

「鴨居の高さは、一メートル七十六センチ、山本さんの身長は、一メートル六十三、四センチ、死体が吊り下げられていた状況では、足のつま先は畳から数センチの高さしか上がっていなかった。鴨居にロープを吊るして、踏み台も使わず、ジャンプして首を吊ることは可能だが、落差がないため、山本さんは意識を失うまで時間が掛かり、もがき苦しむことになる。自殺死体は、目が飛び出ていたり、充血したり、あるいは舌をだらりと垂らしているものだ。山本さんの顔は、きれいな顔をしている。一瞬にして首を絞められたからだろう。そもそも首の骨が折れている。数センチの落差で折れるほど、山本さんの体重は重くはないだろう」

　朝倉は顔色も変えずに淡々と説明した。

　さすがに指紋採取はしていないが、鴨居の高さや山本の身長など死体の状況確認から現場撮影まで、最低限必要な状況見分は中村と一緒に行っている。

「ばってん、それだけで殺人とは、決め付けられんけん。そもそも、失禁した跡が足元にあるけん」

　松田の顔が真顔になった。朝倉の主張を理解したということだろう。

「失禁の跡は、俺も疑問に思っている。だが、首吊りではない状況証拠は他にもある」

　朝倉は松田の脇をすり抜けて部屋に上がると、死体を跨《また》いで鴨居の下に立った。

「ここを見ろ。ロープで擦れた跡だ。首吊りをした場合は、ロープで鴨居が擦れるような傷はつかない」

朝倉は人差し指で鴨居の新しい傷を示した。鴨居の傷跡は、重いものをロープで吊り上げて、擦れた跡だろう。ロープをかけて引っ張ったとしてもできる跡ではないのだ。

「……」

鴨居の傷を見た松田は、口を閉ざしたまま首を捻っている。頭が混乱しているのだろう。

「おそらく犯人は、山本さんを鴨居の下に座らせ、ロープを首に巻きつけて、一気に引っ張り上げたんだろう。一メートル以上吊り上げられた山本さんは首の骨を折り、窒息死したに違いない。失禁については、首に掛かった猛烈な負荷が生理的な現象を起こさせた可能性がある」

朝倉は眉間に皺を寄せた。敵は様々な殺しの手口を熟知しており、警察が探知できなかっただけで、自然死や自殺に見せかけた殺しをこれまでも数多く行ってきた可能性がある。

「まさか、そげんこつ……」

松田は眉をハの字に曲げた。首吊り自殺と断定していたが、自信がなくなったらしい。

「だが、不可思議なことはある」

朝倉は畳の上に寝かされている死体の脇に腰を落とした。死体の首にはくっきりとロープが食い込んだ痕があるものの、手首に傷痕はない。

「不可思議？」

松田は朝倉の顔を覗き込んできた。

「犯人は何か凶器で脅したのかもしれないが、山本さんはまったく抵抗せずに従ったのかという疑問だ」

口を塞がれ、手足を縛られていたのなら、理解できる。だが、見たところ、死体に目立った外傷はない。抵抗しなかったということだ。

「鴨居の跡だけじゃ、検察は自殺と判断してしまう」

松田は溜息を漏らした。

「………！」

朝倉は腕時計で時間を確認すると、ポケットからスマートフォンを出して電話を掛けた。

「分析は終わりましたか」

博多総合病院の田村の担当医に電話を掛けたのだ。

「本当ですか。助かりました。ありがとうございます」

電話を終えた朝倉は、大きく息を吐き出した。

「田村の血液から、ごく微量のケタミンが検出された」

「ケタミン？」

松田は首を傾げた。

「睡眠薬の一種だ。病院では田村の手術にケタミンは使っていないそうだ。田村は犯人にケタミンを投与されて、体の自由が利かなくなった。護岸から田村を突き落として、溺死させるつもりだったのだろう。溺死の場合、司法解剖はされても血液の分析まではされない。田村が護岸と反対の方角に逃げて、コンテナから飛び出したのは、そのためだろう」

体の自由が利かなかったため車に轢かれた可能性はあるが、わざと車に飛び込んだのかもしれないと朝倉は思っている。車を避けても、結局は犯人に追いつかれて殺されてしまうからだ。

「ひょっとすると、山本さんもケタミンば投与された可能性があるということですか？」

松田は両眼を見開いた。犯人は山本の判断力を鈍らせる程度の少量のケタミンを使用したのかもしれない。

「田村も完全に気絶するほどは投与されなかったのでしょう。犯人は、自由が利かない程度に量を加減することで、事故死や自然死に見せかける高度なテクニックを使っている可能性がある。県警で司法解剖と、血液の分析をお願いできますか？」

朝倉は頭を下げた。監察医や解剖医が不足している日本では、自殺や事故と判断された場合、司法解剖は行われない。このことを犯人は利用しているのだろう。

「分かりました。お任せください」

松田は大きく頷いた。

フェーズ7：合同捜査

1

福岡県博多警察署、八階大会議室、午後七時。

出入口には、〝南八幡首吊り殺人事件捜査本部〟と書かれた紙が張り出されている。

会議室には三十人ほどの私服の警察官が椅子に腰掛け、雛壇《ひなだん》といわれる奥の長テーブルの向こうには、博多警察署長、福岡県警刑事部長、博多警察署捜査第一課長の三人が厳しい顔つきで椅子に座っていた。

「それでは、これから首吊り殺人事件の捜査会議を開きます」

雛壇の警察幹部に一礼した松田は、ホワイトボードの前で捜査会議の挨拶をした。今回の捜査で進行役を命じられているのだ。

朝倉は、交通課の警察官に代わって現れた松田を博多警察署の刑事第一課の主任クラスだと思っていたが、意外にも一課の課長であったのだ。朝倉らを体良《ていよ》く追い出すために自ら博多埠頭まで出向いてきたのだろう。だが、結果的に捜査の主体となる人物とパイプができたので、話はスムーズに運んだ。

松田はすぐに死体の解剖と血液検査を手配し、死体は県警と提携している大学の法医学教室に搬送された。

県警では捜査一課に検視官室が設置されているため、基本的には県警内で専門の知識を持った職員が検死業務を行う。そのうえで、死体の死因が判然としない場合のみに、県内の大学の法医学教室に送られて司法解剖が行われるのだ。だが、血液中の薬物が時間の経過で分解される恐れがあると判断した松田は、通常の手続きを飛ばして直接大学の医学部に送っている。朝倉の説明を信じたこともあるが、松田は刑事部で実力があるということだろう。

司法解剖の結果、山本の死因は窒息死で、死後九時間から十時間経っていると判断された。山本は上司の自宅へ、前日の十時過ぎに「翌日は欠勤する」という電話を入れている。死亡したのは、その直後らしい。電話は犯人に脅されてかけた可能性もある。

死体には首以外に目立った傷はなかったが、血液中から微量のケタミンが検出されたため、県警で殺人と判断した。ケタミンは、日本の製薬会社から別名で販売されており、静脈注射および筋肉注射で投与される医薬品である。医療関係者でない山本では入手が困難であり、さらに室内から注射器や針が発見されなかったことが判断の根拠となった。

司法解剖の結果を受けて捜査本部を立ち上げることを決め、二時間ほどで資料を作成し、本部と所轄の刑事を招集した松田の手腕はたいしたものである。

朝倉と中村は、会議室の出入口に近い壁際の椅子に座って、捜査会議の様子を見守っていた。たまたま別件で博多にいたということにして、会議を傍聴させてもらっている。

捜査本部を立ち上げるにあたって、朝倉は松田を介して県警幹部と打ち合わせをしている。山本の捜査に関しては、全権を県警に委ねる代わりに捜査情報はすべて朝倉に報告するというものだ。下手《へた》に介入して反感を買いたくないということもあるが、合同捜査という形になれば、自由に動けなくなる可能性もある。また、条件として田村が入院している博多総合病院の警護も約束させた。打ち合わせとはいうが、取引といったほうが正しいだろう。

「まるで、自分が殺人だと気付いたかのような口ぶりですね。朝倉さんが指摘しなきゃ、何も始まらなかったのに」

中村は朝倉の耳元で囁《ささや》いた。松田の説明に、中村は腹を立てているようだ。というのも第一発見者は朝倉ではなく、昨日の事故を取り扱った交通課の警察官で、その場で殺人と判断したのは、松田だということになっているからだ。

「俺が、そうしろと提案したのだ」

朝倉は苦笑した。中村は捜査のイニシアチブを取ることが、手柄だとでも思っているのだろう。たとえ、周囲から手柄として受け取られても、重要なのは犯人の逮捕であり、事件の解明である。朝倉にとっては、他人からの評価などどうでもいいことなのだ。

それに、もし朝倉が第一発見者として捜査の中心に立った場合、山本を訪ねた理由が田村に関係していることまで説明しなければならなくなる。田村に関しては陸自の方から、本人が目覚めて事実関係がはっきりするまで、絶対に地元警察を介入させてはいけないと釘《くぎ》をさされている。陸自の佐官の暗殺未遂となれば、国の安全保障にも関わるからだろう。

「以上、質問はなかな？」

資料の説明を終えた松田は、会場を見渡した。

場内は捜査資料を捲《めく》る紙の音だけが響いている。縊死《いし》（首吊り）に見せかけた絞殺、自殺ではなく他殺ということが分かっているだけで、犯人像すら分かっていない。質問のしようがないのだろう。

「質問がないようなので、〝地取《じど》り〟の組合せを発表します」

松田は捜査員が二人組になるように名前を呼びあげる。殺人捜査に慣れた県警本部の刑事と地元に詳しい博多署や応援で駆けつけた所轄の刑事とを組み合わせるのだ。地域の聞き込みをする〝地取り〟の組分けは捜査を左右することもあるため、松田の手腕が問われる場面である。

「そろそろ行くぞ」

朝倉は腕時計を見て、中村の肩を叩いた。午後八時になろうとしている。昼間の捜査が終わり次第、田村の入院先に行くつもりだったが、遅くなってしまった。田村は一時間ほど前に意識を取り戻しているそうだ。付き添っている北川から連絡をもらったのだが、困ったことに事故当時の記憶が、ほとんどないのだという。

医師の話では、頭部を激しく打ったために記憶を失っているらしい。朝倉も事故で頭部に衝撃を受け、前後の記憶を失ったことがある。だが、その後、完全ではないが断片的に記憶を回復しているので、田村の証言を諦める必要はない。

「朝倉さん、国松さんから電話です」

会議室からエレベーターホールに向かう途中で、中村が後ろから呼び掛けてきた。会議中に切っていたスマートフォンの電源を入れたところで、電話が掛かってきたようだ。

「俺だ」

中村のスマートフォンを受け取った朝倉は、歩きながら返事をした。

――君に電話が通じなくて、中村に電話を掛けたんだ。

国松はまだ対馬の駐屯地にいる。今日は適当に民宿にでも泊まるのだろう。博多を出る時間が遅かったので、対馬に到着するのが遅くなったのだ。

「すまん。会議中で電源を切っていたのだ」

――田村三等陸佐の行動が分かった。彼は訓練中に駐屯地の本部から呼び出されたらしい。というのも統合幕僚監部の防衛計画部長である高橋将補から電話が掛かってきて、できるだけはやく統合幕僚監部に来るように通達があったというのだ。そのため、三等陸佐は訓練を切り上げて、その日のうちに対馬を出るべくフェリーに乗ったらしい。

「田村は、上からの命令に従っただけなんだな」

――だが、私が統合幕僚監部の高橋将補に直接電話をして確認したところ、そんな命令は出してないというのだ。不審に思われた高橋将補が防衛計画部だけでなく、他部署にも確認してくださったが、統合幕僚監部では誰もそんな命令は出していないらしい。

「つまり、偽《にせ》の命令に田村は従ったということか」

――そういうことだ。

「犯人は殺しのプロだが、それを操る奴《やつ》は防衛省にかなり詳しい人間ということになりそうだな」

朝倉は鋭い舌打ちをした。

2

博多総合病院、午後八時十五分。

朝倉は中村とともに、病院三階の非常階段近くに立っている制服の警察官に警察手帳を見せて軽い敬礼をした。田村に会う前に県警に頼んだ警備が機能しているのか、確かめているのだ。

病院側には近くで凶悪犯の目撃情報があったため、病院の警備をするとだけ伝えてある。詳しく話すと、病院側にいらぬ心配をかけてしまうからだ。警備を担当している警察官は全員で三名。交代は三時間ごとに病院に来る。朝倉は六名と要請したが却下された。たったの三名では特戦群と同じような戦闘力を持つ殺人犯に対処することはできないし、彼らも自分の身を守ることはできないだろう。だが、それでも見た目の抑止力にはなるかもしれない。

だが、彼らより頼りになる助っ人が病院に到着していた。一階の受付前の長椅子に座っている四人の屈強な男たちである。対馬警備隊の隊長が、四人の選《え》りすぐりの部下を見舞いと称して、護衛に送ってきたのだ。駐屯地を訪れている国松から田村が偽の命令を受けたことを聞かされ、事故に不審を覚えたためらしい。現役の隊員が四人もいるのなら、警察官を十人以上警護に付けたと考えればいいだろう。

面会時間はすでに終わっているので、院内は深閑《しんかん》としている。

朝倉は三人の警察官の所在を確認すると、三階にある個室のドアをノックし、ドアを開けた。

まるでミイラのように頭や腕に包帯を巻かれた田村がベッドで眠っている。

「やっと、来たか」

ベッド脇の椅子に座っていた北川が、気怠《けだる》そうに右手を上げた。

「所轄に山本殺しの捜査本部が立ち上がったんで、覗いてきた。飯は食ったか？」

朝倉も忙しさのあまり、まだ昼飯も食べていない。

「昼飯は、病院の売店で買ったサンドイッチを食べたが、晩飯はまだだ。交代で飯を食べてきてもいいか？」

疲れた表情をしているのは、腹が減って血糖値が下がっているからだろう。

「そのつもりで、来た。中村と一緒に食べて来い」

病院の近くには飲食店はあまりないが、少し足を伸ばして地下鉄箱崎《はこざき》線の呉服町《ごふくまち》駅周辺にまで行けば夜遅くまでやっている飲食店が何軒かある。

「助かった。中村君、行くか」

北川は両手を上げて立ち上がり、背筋を伸ばした。

「いいんですか。先に行って？」

昼飯を抜いているので不機嫌だった中村は、途端に嬉しそうな顔で言う。警務官としては朝倉の部下である。上官より先に飯を平気で食える男なのだ。

「呉服町駅近くに弁当屋があったはずだ。帰りに適当に二つ買ってきてくれ」

朝倉の体格では一つではとても足りない。三つと言いたいところだが、食べ過ぎは眠気を誘うので、禁物である。

「俺の分も頼む。トンカツと焼肉弁当の二つだ」

寝ていたと思った田村が、体を起こした。意外に元気そうな声である。衝突した車を半壊させるだけあってタフな男だ。もっともこれぐらいでなければ、〝山猫〟と異名を持つ対馬警備隊の副隊長は務まらないのだろう。

「怪我人が何を言っている」

北川が首を左右に振った。

「馬鹿野郎、怪我人だから食うんだ。病院食じゃ、栄養不足で怪我も治らん。おまえは心底民間人になったな」

田村が鼻先で笑った。

自衛隊員の食事は一食あたり千二百から千三百キロカロリーあり、三食では成人男性の一日の摂取カロリー二千五百キロカロリーを軽く超える。だが、朝倉が特戦群にいたころは激しい訓練に明け暮れていたため、米軍なみの一日四千キロカロリー前後を摂取していたものだ。

「中村、田村の分も頼む」

朝倉は中村に一万円札を渡し、壁際に立てかけてあった折り畳み椅子を出して座った。

「気前がいいなあ。俺たちの晩飯代も払ってくれるのか」

「ごっつぁんです」

北川の言葉に中村は、間髪《かんはつ》を容《い》れずにちゃっかり相槌を打った。

「勝手にしろ」

朝倉は払《はら》い除《の》けるように、右手で二人を病室から追い出した。

中村を北川に付けたのは、二人の方が安全だからだが、田村と二人だけで話したかったこともある。

「すぐ駆けつけてくれたそうだな。俺としたことが、丸一日、気を失っていたようだが」

田村は苦笑してみせたが、意識を失っていたせいで時間の感覚がまだないようだ。

「おまえの心配は、していない。車に轢かれたぐらいで死ぬような柔じゃないだろう。捜査の手掛かりは、おまえが握っているはずなんだ。正直言って、意識が戻れば、事件解決の糸口が見つかると、期待はしていた」

「分かっている。俺は犯人の顔を多分見たんだろうな。だが、何も覚えていないんだ」

田村は包帯の巻かれた右手を頭に当てて首を左右に振った。左手には点滴のチューブが打たれている。

「記憶はされていても、頭の引き出しが開かないだけかもしれない。俺もそうだったが、断片的にでも思い出す可能性はある。焦らなくてもいい」

〝ブルー・フォックス〟の関係者を犯人が狙っているのなら、残っているのは朝倉と北川だけである。そういう意味では、今後の被害者についてはさほど心配していない。

「だが、仲間が何人も死んでいる。焦るよ。それに平岡のことも気になる。紛争地で行方不明だなんて酷すぎる。おまえが怪我でリタイヤしたことで、〝ブルー・フォックス〟は解散したが、俺たちの絆は強い。兄弟みたいなものさ。覚えているか、おまえと平岡が大喧嘩したことを」

「覚えている。あの時は、俺と平岡が二人とも顔の形が変わるほど殴り合ったのに、おまえたちは止めなかったよな」

ずいぶん昔の話であるが、サバイバル訓練で腹が減っていて、気が立っていた。リーダーの朝倉とサブリーダーの平岡は、些細《ささい》なことで殴り合いの大喧嘩になり、仲間は手を叩いて喜んでいた記憶がある。

「そうだ、そうだ。だけど、あの喧嘩で、チームの結束が強まったじゃないか。痛《い》てて」

笑った田村は、呻き声を上げた。

「後で、お互いの顔を見て笑ったよ」

翌日、互いの腫れ上がった顔を見て大笑いしたが、訓練後に八神に呼び出されて叱られた上に、腕立て伏せ三百回をその場でさせられた。

「すまん。……実は、おまえに職務上の秘密があって言えないことがあった。前回話すべきだったが、処罰を恐れて口にできなかった」

朝倉の笑い顔を見ていた田村は、声のトーンを落とした。

立ち上がった朝倉は、病室のドアまで行き、廊下に人気のないことを確認した。田村の様子から、深刻な内容だと判断したのだ。

「俺は一応警務官の肩書きも持つが、俺にも言えなかった防衛上の機密か？」

朝倉も声を潜めた。

「機密というほどではないが、防衛上の問題に関わることだ」

田村はゆっくりと頭を上下させた。

「聞こうか」

朝倉は、折り畳み椅子をベッドに近付けて座った。

3

朝倉は折り畳み椅子から立ち上がると、ブラインドの隙間《すきま》から窓の外の風景を覗いた。

病院のすぐ前は博多駅前から博多港までまっすぐ伸びる大博《たいはく》通りで、中央分離帯に植えられている背の高い椰子《やし》の木が異国情緒を醸し出している。

午後八時四十分になっていた。

「どう思う？　事件と関係していると思うか？」

職務上の秘密を朝倉に打ち明けた田村は、尋ねてきた。

「捜査が必要だ。聞いた話だけでは判断できない」

朝倉は振り向きもせず答えた。

田村から聞かされたのは、防衛省の武器調達に関わることであったのだ。一警務官であり、刑事である朝倉が簡単に答えられるような内容ではない。

日本の防衛費はGDPの一パーセントに過ぎないが、世界的にみれば二〇一六年現在で、英国に次ぐ第八位の四百六十一億ドルある。もっとも安倍政権のもとさぞかし増えているだろうと思えば、実は短期的には減少しており、二〇一四年には五百十億ドル、フランスに次ぐ七位であったのだ。

そのうち、自衛隊が使う武器や燃料などを指す防衛装備品の割合は、全体の四十六パーセントほどで、残りは人件費、基地周辺の対策費や在日米軍駐留費などに充てられている。

それでも防衛装備品の調達に二兆円以上の金が動くことになり、それを差配しているのが、防衛省の外局である防衛装備庁、略称〝防装庁〟である。

〝防装庁〟の前身である防衛施設庁は、業者との癒着が問題視され続けていた。二〇〇六年に自衛隊と米軍基地の関連工事で談合や汚職が発覚したことで、翌年防衛庁が省に昇格したことに伴い、二〇〇七年九月に廃止された。

そして二〇一五年、防衛装備品の研究開発・調達・管理等を強化する目的で〝防装庁〟

が発足した。そもそも武器の研究開発や調達だけでも省の一部署が管理できるものではなく、専門の機関がないことの不具合は大きいと言われていた。だが、〝防装庁〟の発足の真の目的は戦後日本が長きにわたり守ってきた武器の輸出を禁じる武器輸出三原則を変更し、武器の輸出入の管理を一元化するためだったのだ。

二〇一四年、安倍内閣で国家安全保障戦略に基づき、武器輸出三原則に代わって、防衛装備移転三原則が制定され、海外への武器輸出が解禁された。左派の政治家や市民団体は猛反発したが、先進国はどこの国でも同盟国と協力して行っていることなので、ある意味、普通の国家になったと言えるかもしれない。

問題なのは、〝防装庁〟の職員がたったの千四百人弱と極端に少ないことである。先進国で武器の調査、選定などを行う機関は、専門の職員が一万人を超える大きな組織である。しかし日本では二〇一六年現在で、職員は事務官・技官が約千四百人、自衛官が約四百人、また、汚職や腐敗を防ぐための監察官が約二十名という零細組織なのだ。

先進国では諸外国に研究員や軍人を送って武器の調査研究をさせるが、この人数ではガラパゴス化していると言われる国内メーカーの武器を売ることはもちろん、他国から優秀な武器を導入することもできない。

それを危惧した〝防装庁〟長官が、防衛省出身の監察官と計らって、自衛隊内外で武器の見識が高く、政治に左右されない人物を〝武器調達アドバイザー〟として極秘に選定した。

　田村はその〝武器調達アドバイザー〟に選任され、〝防装庁〟が調達する防衛装備品についてのアドバイスをしていたというのだ。特に米国からの武器輸入に関して、現場の指揮官としての戦略的な考えを求められたという。

「アドバイザーとしての俺の意見は、結局はいつも政治家の声に掻き消されてしまう。長年〝バディー〟に関しては文句を言っているが、V22の時もそうだった。あれは、降下する際に回転翼軸の角度を変えるティルトローターに負荷がかかりやすい。だから墜落するんだ。それに角度によっては浮力が足りなくなる。米軍の友人から聞いた話じゃ、海兵隊でも嫌われているそうだ。結局は、日本に導入されることになったけどな」

　田村は苦笑し、呻き声を上げた。笑うと怪我に響くのだろう。〝バディー〟とは、陸自の主力小銃である89式5・56ミリ小銃のことで、V22とは、オスプレイのことである。

　89式5・56ミリ小銃は、特戦群では使用しない。米軍のM4カービンに比べて性能が著しく落ちるだけでなく、同じクラスの銃が諸外国では十万から二十万円で調達できるのに対して、国内生産にこだわった89式5・56ミリ小銃は、防衛省の買い取り価格が数十万以上と極端に高いからだ。

「V22か。あれは、政治的な事情で導入が決まったようなものだからな。おまえは〝防装庁〟じゃ、煙たがられていたのか？」

朝倉は八神の自宅を調べた際に出てきた雑誌や資料の中に、オスプレイに関する文献も数多くあったことを思い出した。

「俺に依頼をしてきた田所《たどころ》監察官は、真面目に報告を聞いてくれていた。だが、実際に導入を手配する事務官には、嫌われていたのかもしれないな」

「最近では、何のアドバイスを求められていたんだ？」

オスプレイの配備を進めたのは民主党政権で、沖縄の反対を押し切って米軍の沖縄への配備をバックアップするためであった。さらに同年十二月に選挙で政権に返り咲いた自由民主党の安倍政権が、導入を進めた。今さら、オスプレイの問題で田村が恨みを買ったとは思えないのだ。

「AAV7だ。あれは、本当に、無用の長物、陸自にとって百害あって一利なしだ」

田村は吐き捨てるように言うと、舌打ちした。

AAV7は米国で開発された上陸作戦用水陸装甲兵員輸送車である。

一九六六年から六九年にかけて研究開発がされ、一九七一年より米軍に配備された。実戦では湾岸戦争やイラク戦争で導入されたが、上陸作戦ではなく、もっぱら陸上での兵員輸送に使われただけだ。

湾岸戦争やイラク戦争では上陸作戦自体がなかったこともあるだろうが、水上で時速十三キロと手漕ぎボート並みのスピードしか出せない性能では海岸線から銃やミサイルで狙い撃ちされるだけで、実戦では役に立たないからである。

「俺もそう思う。ＡＡＶ７は、半世紀前の鉄屑《てつくず》だ。そもそも、日本が何に対して、上陸作戦を立てるというのだ」

相槌を打った朝倉は、腕組みをした。半世紀前の武器というだけに、朝倉も性能は充分知っている。なおさら腹が立つのだ。

「半世紀前の鉄屑か。いい表現だ」

田村は傷の痛みを軽減するためか、息を漏らすように笑った。

「まさかとは思うが、亡くなった八神さんもアドバイザーだったのか？」

八神の自宅にもＡＡＶ７の資料がたくさんあった。

「アドバイザーが他人の意見に左右されないようにするため、誰が任命されたかは極秘なんだ。監察官じゃないと知らないと聞いている。だから、俺はアドバーザーの件が、連続殺人事件に関わりがあるのか調べて欲しいんだ。できるか？」

田村は処罰も覚悟で、朝倉にアドバイザーのことを告白したのだ。だからこそ、軽はずみに判断できない。

「やるしかないだろう」

頷いた朝倉は立ちあがった。

4

成田国際空港第二旅客ターミナルビル本館二階、警備室。

八十平米《へいべい》ほどの広さがある部屋の正面奥の壁に、空港内の監視カメラの映像を映し出す無数のモニターが隙間なく並んでいる。中心には監視カメラの位置を示す電飾パネル式の配置図がある。

モニターの前にはパソコンが置かれたデスクが並び、黒い制服を着たオペレーターが作業をしていた。警備室は成田国際空港株式会社傘下《さんか》の警備会社が、運営している。

二〇一六年現在で年間の航空旅客数が三千九百五万三千六百五十人、一日で約十万七千人がこの空港を利用する。乗降客のトラブルだけでなく、置き引きやスリ、テロなどの犯罪を警戒する必要があった。対処する事案が多いため、オペレーターはモニターを見て現場の警備員に指示を出したり、また現場からの無線報告を受けて応援の手配をしたりと、対応に追われる。

そんな忙しい警備室の出入口近くで、デスクの椅子に野口が座り、傍らの丸椅子に佐野が腰かけ、二人はパソコンのモニターを覗いていた。

この警備会社の重役に佐野の元同僚がいるため、頼み込んで特別に設備を使わせてもらっているのだ。本来なら捜査令状を要求されてもおかしくないところである。朝倉が佐野を選んだ理由は、その顔の広さにもあった。

「見当たりませんね」

野口はモニターの監視映像を切り替えながら欠伸を噛み殺した。モニターの横には、聞き込み捜査で得た森口猛の顔写真が置かれており、モニターに映る無数の乗降客の顔と見比べているのだ。

「出国審査場の監視カメラにもそれらしき人物は映っているが、顔が微妙に映っていない。これだけ監視カメラがあるんだぞ、どこかのカメラに顔がはっきり映っていてもいいはずだ。しっかり探してくれ」

佐野も大きな欠伸をした。二人とも疲れが溜まっているようだ。

森口が四月二十九日、デルタ航空の十六時二十五分発ロサンゼルス行きに乗ったことまでは摑んでおり、二人は実際に日本を出国したかどうかを確認するため、空港の監視カメラの映像をチェックしている。だが、時間帯や場所まで絞られていても、監視カメラの映像で森口を見つけることができないのだ。

佐野は森口の動向を徹底的に追及するべきだと考えている。森口の経歴を調べたところ、自衛隊を退役してから四年ほど米国で生活し、帰国後も松本のジムトレーナーとして働きながら何度も渡米している。彼の実家は資産家でもなく、自衛隊の退職金やトレーナーの給料だけでは、四年間の渡米生活やその後の旅費は出せないはずである。にもかかわらず、金に困っている様子はないという。何をしていたのか誰も知らず、腑《ふ》に落ちない点が多いのだ。

時刻は午後七時二十分。二人が警備室に入ってから三時間が過ぎようとしていた。

「苦労しているようだな」

グレーのスーツを着た初老の男が、親しげに話しかけ、野口の前のデスクに缶コーヒーを置いた。警備会社の専務で、佐野の友人である村上俊朗《むらかみとしろう》である。

「さすが民間企業の専務ともなると、気が利くね。マークしている男が、監視カメラに映っていないんだ。顔がはっきり確認できなければ、偽造パスポートを使った別人の可能性もあると私は睨んでいる」

佐野は缶コーヒーを取って、プルトップを開けながら言った。

「特別にうちのオペレーターを貸そう。まあ、警視庁に貸しを作るのも悪くないからな。この男を探しているんだな。利用した便を教えてくれ」

村上はモニター横の森口の写真を手に取ると、デスクの上のメモ用紙を佐野に渡した。

「四月二十九日のデルタ航空、十六時二十五分発ロサンゼルス行きだ」

苦笑を浮かべた佐野は、メモ用紙に便名と出発時刻を書いて渡した。

「まだ、晩飯も食べていないんだろう。休憩がてらレストラン街で食べてくるといい」

村上は近くにいる若いオペレーターを呼び、森口の顔写真とメモ用紙を渡した。

「そうさせてもらうよ」

佐野は急き立てるように野口の背中を叩いて警備室を後にした。

「助かりますが、誰が調べても同じですよ」

野口は歩きながら首を回している。眼精疲労による肩こりだろう。

「彼らは、我々にはない技術を持っているんだろう」

村上が食事に行くように勧めたのは、二人に作業を見られたくないからだろう。

「どういうことですか？」

野口は首を捻ったまま肩を叩いている。

「関西国際空港では、監視カメラの映像で顔認証しているそうだ。おそらく成田もそうなのだろう。公《おおやけ》になれば、プライバシーの問題だと騒ぐ連中がいるから秘密にしているに違いない。我々は時間と場所を特定して調べていたが、顔認証ソフトを使えば、空港のあらゆる監視カメラの映像から探すことができるはずだ。それに我々が見ることができる監視カメラ以外にもカメラがあるかもしれないな」

佐野は周囲を見て笑った。

「なるほど、監視カメラとは分からない隠しカメラのようなものもあるということですか。我々も監視されているかもしれませんね」

野口は佐野の素振りで気が付いたようだ。

「そういうことだ。テロリストなら事前に監視カメラの位置を調べるだろう。監視カメラというのは存在だけで犯罪抑止になるが、犯罪者は顔を背《そむ》けたり、マスクをかけたりと顔が映らないようにする。だが、カメラが見えなければ犯罪者も油断するはずだ。防犯という意味では、警視庁より民間の方が進んでいる」

佐野は溜息を漏らした。

二人はレストラン街の和食の店で食事を済ませ、四十分ほどで警備室に戻った。刑事は早飯が美徳とされるが、村上に気を遣って時間をかけたのだ。

「分かったぞ」

野口が使っていたデスクのすぐ近くに立っていた村上は、待ちかねた様子で言った。その表情が硬い。

「やはり、出国していたか」

佐野は肩を落とした。森口が出国しているのなら連続殺人事件の容疑者から外さなければならない。

「そうじゃない。森口のパスポートを使って出国した男は、別人だ」

村上は険しい表情で答えた。

5

朝倉は新大阪行きの新幹線に乗り、これまで得た捜査資料に目を通していた。

田村から極秘情報を得たため、すぐに中村と博多駅に急ぎ、明日の朝一番に東京へ到着できるように二十一時九分発新大阪行きの新幹線に飛び乗ったのだ。

北川は田村の護衛をまだ続けるというので、病院に残してきた。その他、三人の警察官だけでなく、対馬警備隊の四人の隊員が警護に就いたので朝倉も安心して博多を後にしたのだ。病院側は自衛官の警護に難色を示していたが、四人の男たちが私服でいることを条件に許可している。

田村から告げられた防衛装備庁の〝武器調達アドバイザー〟が事件の鍵となるようなら、捜査は東京で行うべきだと朝倉は考えている。また、一時間ほど前に成田国際空港で捜査をしていた佐野から連絡があり、五月に出国したはずの森口は別人だったと報告を受けていた。佐野らと合流して、捜査方針を立て直す必要が出てきたのだ。

佐野の班に協力してくれた空港の警備会社は、森口の件を成田国際空港警察署に報告するとともに、ロサンゼルス国際空港を管轄する地元警察にも通報した。森口を名乗る偽造パスポートを持つ人物の目的がなんであれ、他人のパスポートを使った時点で犯罪者だからである。

また、佐野は同じ時期に森口本人が他人の名義で海外に出国していないか調べるよう、警備会社に依頼している。

森口が他人を使ってアリバイ作りのため海外に行かせたと考えれば、連続殺人事件に加担している可能性が高い。だが、米国に入国できない犯罪者に名義を貸しているだけかもしれないし、米国以外の国に行くことを偽装するためだったとも考えられる。可能性を一つずつ潰《つぶ》す作業をしながら森口の所在も摑むことができれば、事件解明に繫がるはずである。

現在の日本のパスポートはICチップを内蔵しているため、簡単に偽造できるものではない。彼の背後に大掛かりな犯罪組織が絡んでいる可能性もあり、森口を逮捕できれば事件は一挙に展開するだろう。

捜査協力を頼んだ空港の警備会社も、過去の映像を洗い出すと約束してくれた。

新幹線は広い河原《かわら》を見下ろす鉄道橋を渡った。さきほど間もなく姫路に到着すると車内アナウンスがあったので、姫路市から十五キロほど西を流れる揖保川《いぼがわ》を渡ったらしい。

「中村、起きろ」

朝倉は通路側の席に座って船を漕いでいる中村の肩を軽く押した。

「ねっ、寝ていませんから」

中村は慌てて口元のよだれを掌《てのひら》で拭い、頭を左右に振ってみせた。別に眠っていても構わないのだが、朝倉と行動をともにするなら機敏に動いて欲しいものだ。

新幹線の終着駅である新大阪まで乗っても、明日の朝まで移動手段はない。だが、姫路駅で途中下車して東京行きの寝台特急サンライズ瀬戸に乗れば、明日の午前七時八分には東京駅に到着する。多少窮屈だが寝台列車で眠れば、体力の回復もできるし、時間のロスもないのだ。

午後十一時八分、定刻通りに姫路駅に到着した新幹線ひかり号から朝倉と中村は、ホームに降りた。乗り換え時間は三十分近くあるので急ぐ必要はないのだが、午後十一時を過ぎると駅構内のコンビニも閉まっているので寄るところはない。二人は階段を降りて乗換改札口から駅構内のコンコースを抜け、山陽本線のホームに立った。

寝台特急サンライズ瀬戸は高松を出発し、岡山で出雲《いずも》を出発したサンライズ出雲を連結させ、姫路、大阪、静岡、熱海《あたみ》などに停車し、終点の東京駅まで運行されている。車内は木のぬくもりを感じさせる内装で、仮眠がとれる二段の床状になった座席の車両と完全個室の寝台車に分かれており、個室車両はすべて二階建てだ。

午後十一時三十四分、ベージュと赤のツートンカラーのサンライズ瀬戸がホームに停車した。朝倉らはシングルの個室の切符を購入したが、満席に近かったらしく部屋は別々の車両になった。もっとも、その方がお互い気を遣うこともない。

部屋は幅が九十センチほどのベッドと棚があるだけのシンプルな構造である。

朝倉は9ミリ拳銃をショルダーホルダーから抜くと、ジャケットで包んでショルダーバッグに入れ、棚に置いた。拳銃は肌身離さず身につけている。一日で一番ほっとする瞬間かもしれない。駅の自動販売機で買ったペットボトルのお茶を飲んで一息つくと、部屋に鍵を掛けてタオルを手にラウンジへ向かった。ラウンジの片隅にあるシャワーカード販売機でカードを買う。シャワー室で昼間の汗を流すのだ。

販売機からカードを抜き取った朝倉は、背後の気配に気付き振り返った。

いつの間にか野球帽を被り、無精髭を生やした作業服姿の男が、朝倉の間近に立っていたのだ。

髪は短く、日に焼けている。どこかで見た顔のような気がする。

「……おっ、おまえは」

記憶を辿っていた朝倉は、両眼を見開いた。男の顔は認識できるのだが、意識下でそれを否定している。

「………」

男は無言で右手を朝倉の左肩に載せた。

「むっ！」

肩に微かな痛みを覚えた朝倉は、男の手を振り払った。途端に腰から下に違和感を覚える。

　通路の向こう側から上下黒い服を着た別の男が現れた。知った顔だが、この男も思い出すことができない。というより、思い出すことが億劫《おっくう》に感じるのだ。

　黒ずくめの男が、朝倉の腕を摑んで強引に引っ張る。いつもなら抵抗することができるはずなのに、なぜか力が入らない。

　朝倉は二人の男に引きずられるように通路を移動させられ、乗降ドアに背を向けた状態で立たされた。体を左右に振って抵抗するが、二人の男に腕を摑まれて身動きが取れない。

　作業服の男が、ドア近くのパネルを外し、手を突っ込むと乗降ドアが突然開いた。

「なっ！」

　慌てて朝倉はドア横の手すりにしがみ付いた。

「往生際《おうじょうぎわ》が悪いぜ」

　黒ずくめの男が朝倉の鳩尾を蹴り上げる。

　痛みとともに胃液が持ち上がったが、朝倉は手すりを握りしめて必死に堪えた。だが、体はすでに電車の外にはみ出している。踏ん張っている両足と両手が車内にあるだけだ。

　電車が音を立てて減速し始めた。走行中に乗降ドアが開いたことで運転席に警報ランプが点灯したのだろう。車掌が安全確認をするために駆けつけてくるはずだ。

「死ね」

黒ずくめの男の鋭い前蹴りが、顎に入った。

目の前に星が飛び、体が宙に舞う。

数秒後、激しく地面に叩きつけられた朝倉は、暗闇の斜面を転がり落ち、何かにぶつかってようやく止まった。あたりは街灯もない暗闇に包まれている。

「……………」

朝倉は両手を突いて起き上がろうとしたが、意識は暗闇に溶け込むようになくなった。

フェーズ８：プレイバック

1

「………？」

びくりと体を起こした朝倉は、しかめっ面をして周囲を見渡した。なぜか脇腹に激痛が走り、目覚めたのだ。

白い壁に囲まれた空間にいる。しかもベッドの上で横になり、左腕には点滴を打たれていた。どこかの病院の個室らしい。つい最近も同じような体験を米国クワンティコの病院でしている。

ドアが開き、白衣の看護師が入ってきた。

「気が付かれたのですか」

口元を右手で押さえた看護師は、慌てて部屋を出て行き、若い医師を連れて戻ってきた。

「起き上がってはだめです。横になってください」

医師は朝倉の肩を両手で押さえつけてきた。

「俺は何ともない。ここは、どこですか?」

時間は分からないが、窓から日が差している。久しぶりにちゃんとした眠りについたらしく、気分は悪くない。

「ここは神戸市の霞ケ丘《かすみがおか》病院です。あなたは、半日も気を失っていたんですよ。何が起きたか、覚えていますか?」

医師は朝倉の手首を握り、脈を調べ始めた。質問で朝倉の状態を調べようというのだろう。

「半日?」

朝倉は首を捻った。

博多駅二十一時九分発の新幹線に中村と飛び乗り、姫路駅で寝台特急サンライズ瀬戸に乗り換えたことまでは覚えている。

「あなたは走行中の寝台特急サンライズ瀬戸から落ちて、土手下の金網に引っかかっていたんですよ。一歩間違えれば、死んでいたかもしれない。レントゲン検査で、肋骨《ろっこつ》が三本折れていることは分かっています。それから、右腕と右肩に計十八針の怪我をされています。正直言って、この程度の怪我で済んで驚いています。もし、記憶がないのなら、頭を強打したせいでしょう。頭部の検査も必要なようですね」

返答に困っていると、医師が代わりに答えてくれた。

「うーむ」

悔しいが思い出せないので、思わず唸った。どうして落ちたのか聞きたいが、話しぶりからして理由など知らないだろう。

「詳しくは、あなたの同僚の方にお聞きください。警察からも事情を聞かれたようですから、ご存じのはずです。お昼ご飯を食べに、三十分ほど前に出かけられましたので、まもなく戻られるでしょう。ＭＲＩの予約をしておきます。それから、お腹が空いているようでしたら、病院食が出せるかどうか聞いてみますよ」

「腹は減っていません」

本当は腹ペコだが、病院食なら食わないほうがいい。

「そうですか。くれぐれも安静にしていてください」

医師は腕時計を見てそう言うと、看護師とともに病室を出て行った。

朝倉は体を起こして胡座《あぐら》をかくと、首と両肩を動かしてみた。全体的に右半身が痛い。走行中の列車から落ちたと教えられたが、おそらく右半身の痛みは受け身を取ったからだろう。

右腕と右肩の怪我は二、三日で傷口が塞がるはずだが、肋骨は経験上少なくとも一週間は痛みに耐えねばならない。だが、動くことはできる。

朝倉は左腕に差し込んである点滴の注射針を医療用テープごと、右手で引き剝がすように抜いた。連続殺人事件の捜査中に、呑気に休んではいられない。それに点滴液の中身は、抗生物質と生理食塩水の類だろう。服用することもできるはずだ。

ベッドから素足で降りた朝倉は、近くのサイドチェストを調べた。案の定、朝倉の私物と昨夜着ていた服が入っていた。だが、９ミリ拳銃はない。

とりあえず、靴下とズボンを穿いたが、シャツはビニール袋に入っていた。中を覗くまでもなく、血に染まっていることは分かる。腕時計で時刻を確認し、腕に巻いた。午後一時半になっている。

ドアが開いて、中村が入ってきた。

「なっ、何をしているんですか！」

慌ててドアを閉めた中村が声を上げた。

「うるさい、静かにしろ」

ビニール袋のシャツをゴミ箱に捨てた朝倉は、ベッドを挟んでサイドチェストの反対側にあるスチールロッカーを覗いた。朝倉のショルダーバッグが収められている。

「勘弁してくださいよ、朝倉さん。横になってください。どうみても、怪我人ですし」

中村が両手を合わせて拝んでいる。

「おまえが困ることはないだろう」

朝倉はショルダーバッグから新しいシャツと丸まったジャケットを出すと、ジャケットの中から９ミリ拳銃が出てきた。銃を盗まれていたら、シャレにもならない。

「ショルダーバッグは、朝倉さんの部屋から私が回収しましたよ」

開き直ったのか、中村は恩着せがましく言った。

「俺が列車から落ちた前後のことを報告してくれ。頭を打ったらしく、記憶にないんだ。そもそも、どうして落ちたんだ」

田村とまったく同じである。

「私が聞きたいくらいです。列車は走行中にドアが開けられたので緊急停車し、車掌がドアを閉めて点検作業をしてから四十分後に発車しました。私は朝倉さんが列車に乗っていないことを確認していたので、列車から降りて兵庫県警に通報し、緊急の捜索を依頼しました。県警はすぐさま現場近くにパトカーを出動させ、一時間後、舞子《まいこ》駅から東に二百五十メートル地点の金網近くに倒れている朝倉さんを発見したんです」

中村は一気に説明すると、溜息を吐いた。さすが、できると見込んでチームに入れただけはある。いい働きをしたようだ。

「そうか。助かった。だが、まさかとは思うが、県警は俺が自殺を図ったと思っているわけじゃないだろうな」

朝倉はシャツを着ながら尋ねた。

「列車に乗り込んできた県警の刑事と一緒に、開けられたドア口で争ったような靴跡があることを確認しています。朝倉さんは、列車から突き落とされたのでしょう。県警もすぐに鑑識を列車に乗せて作業をはじめました。次の停車駅の大阪駅までに作業は終えたはずです」

「俺も、とうとう狙われたのか。それなら、なおさら、こんなところでぐずぐずできない。さっさと、行くぞ」

朝倉は靴を履くと、自分のショルダーバッグを中村に投げ渡した。言ってはみたものの、上半身だけでなく、下半身もかなり痛めているらしい。歩くたびに全身に激痛が走る。医者が言うように一歩間違えば、死んでいたのだろう。

「県警が、朝倉さんから事情が聞きたいと言っています。勝手に病院を抜け出したら、問題になりますよ」

バッグを受け取った中村は困惑の表情を浮かべている。

「俺を刑事と紹介したのか、それとも警務官か、どっちで説明した?」

「とっさに、上司だと言ってしまいましたが」

中村は頭を掻いている。

「それでいい。警務官として国家機密に関する捜査をしていると、言えばいいんだ。所轄に対処できることじゃないからな。俺が警視庁の刑事だと言えば、連中は怒るに決まっている」

朝倉は激痛に耐え、足を引きずりながら病室を後にした。

2

午後六時四十分、朝倉は、警視庁の地下駐車場に停められた覆面パトカーの後部座席から降りた。上階に通じるエレベーターに向かって足を引きずりながら歩く。手足は骨折していないが、全身打撲でまともに歩けない。

神戸市にある病院から抜け出した朝倉と中村は、タクシーで新大阪駅まで行き、新幹線で東京駅まで来た。事前に野口に連絡して、駅まで出迎えてもらったのだ。

エレベーターから降りてきた二人の交機の警察官が、ぎょっとした表情で朝倉を避けて通り過ぎて行った。額に貼ってある大きな絆創膏《ばんそうこう》に驚いたらしい。

先にエレベーターに乗り込んだ中村が階数ボタンの2を押すと、「待ってください」と野口が駐車場の方から駆けてくる。広い駐車場にはパトカーや機動隊のバスなどが並んでいるが、近くに停められたのだろう。

「朝倉さん、本当に大丈夫ですか？」

野口は心配顔で見ている。車の中では、ほとんど会話がなかった。というか、朝倉が黙っていたので、質問し辛かったのだろう。

「見た目ほど大したことはない。二、三日、傷口が開かないように注意すれば、大丈夫だ」

自衛官時代は訓練中の怪我はつきものだった。自分の状態はよく分かっている。

朝倉はエレベーターの壁にもたれ掛かった。病院を出るときは、死ぬほど辛かったが、今はだいぶましだ。売るほどの体力と頑丈《がんじょう》な体を自慢しているだけに、数時間でかなり回復した気がする。気のせいかもしれないが。

二階でエレベーターから降りた三人は、朝倉を先頭に特別強行捜査班本部となっている会議室に向かう。すれ違う刑事部の職員が廊下の左右に分かれて朝倉に道を譲り、好奇の目を向ける。見た目は、爆弾テロにでも遭ったかのような酷い顔をしているので、仕方がない。

「やっぱり、誰が見ても怪我人なんですよ」

中村は気を遣っているようだが、顔は笑っている。

「おまえ、この状況を楽しんでいるだろう」

どう見ても朝倉が怪我をしたことを喜んでいるようにしか見えない。右腕と右肩に包帯を巻き、顔面も擦り傷だらけである。朝倉は昔からよく「病院を抜け出してきたような」と言われたものだ。この十日間で二回も病院に担ぎ込まれている。ここまでくると怪我は趣味のようなものだと言われても反論できない。

「誤解ですよ。二、三日は安静にしていなければならないのに、四百五十キロも移動して、まだ仕事をしようとしているんですよ。異常としかいいようがないじゃないですか。私としては、一刻も早く休んで頂きたいと願っているだけです」

中村は顔の前で右手を振っているが、怪しいものだ。

「大きなお世話だ。休みたくても、犯人は待ってくれない。俺がシャワーを浴びようとラウンジに行ったら襲われたんだぞ」

「へえー、そうなんですか？」

中村が口をすぼめて感心している。

「待てよ……」

朝倉は立ち止まった。さきほどまで寝台特急サンライズ瀬戸に乗った記憶は、シングルの部屋に入ったところまでだったのだが、ラウンジにあるシャワールームに行った際に襲われたと無意識に口にしていたのだ。だが、思い出そうとすると、砂嵐がかかったような不鮮明な映像が頭に浮かぶだけである。

「何か、思い出したんですか？」

中村が朝倉の前に立ち、顔を覗き込んできた。

「誰かが、俺の背後に立っていた。だが、思い出そうとしても、はっきりとしない」

また歩き出した朝倉は、腕組みをして特別強行捜査班本部に入った。

佐野と国松、それに戸田が席についていたが、朝倉を見た全員が立ち上がり、唖然《あぜん》としている。

「病院を抜け出したと聞いたが、動いて大丈夫なのか？」

席を立った佐野が、一番に尋ねてきた。

「すみません。これまでの捜査資料を見せてもらえますか？」

朝倉は右手を上げて佐野の質問を遮った。

「わっ、分かった」

佐野は当惑気味に返事をすると、朝倉のデスクにファイリングされた捜査資料を載せた。

「ありがとうございます」

朝倉はこれまで捜査線上に現れた人物で顔写真があるものをファイルから抜き取って、机の上に並べた。

新垣義和、立田博司、八神修平、田村康弘の四人のファイルを並べ、それに北川朗人の書類もあえて加えた。死亡した人物のファイルも並べるのは、先入観をなくすためで、寝台列車での記憶を鮮明にしようとしているのだ。五人の顔写真を見ても頭の中の砂嵐は消えない。

「それに、森口猛、岡田恭平」

意図がわかったらしく、佐野が二人のファイルを追加した。

森口の写真を見た途端、寝台列車のラウンジで襲撃された状況が、フラッシュバックしたかのように蘇《よみがえ》った。

朝倉は目を閉じた。

ラウンジ近くの乗降口の手すりを摑んでいる。森口は黒いTシャツに黒いジーパンを穿いていた。森口の蹴りが鳩尾に決まった。思わず朝倉は腹を押さえる。続けて森口の前蹴りが顎に決まった。瞬間、朝倉は列車から投げ出された。記憶はそこまでだ。さすがに地面に激突した際の記憶は飛んでいるらしい。

「こいつだ。俺を列車から突き落としたのは、森口だ。だが、もう一人いるはずだ。ぼやけた映像が頭に浮かぶ」

目を開けた朝倉は、森口のファイルを手に取ったが、首を捻った。その前の記憶がまだ不鮮明なのだ。

「森口に襲われるまで、順を追って思い出すんだ」

佐野は朝倉に座るように椅子を出し、向かいの席に座った。

朝倉は椅子に深く腰掛け、再び目を閉じた。

「寝台列車に乗った時からはじめよう。何か感じるか？」

佐野は低い落ち着いた声で語りかけるように話し始めた。これは、目撃者に事情を聞く際に記憶を呼び覚ます方法の一つで、催眠術ではないが、心を落ち着けて当時の状況を思い出し、五感から記憶を蘇らせるのである。

「電車が揺れている。二階の個室に入り、ベッドに腰を下ろした。ショルダーホルダーの9ミリ拳銃が重く感じられる。脱いだジャケットで銃を包み、ショルダーバッグに収めた」

当時の記憶を呼び覚ますと、体がだるく感じられる。

「ハードな捜査だ。疲れたんだな。個室は狭いか?」

佐野が小さな声で相槌を打つ。

「部屋は狭い。汗臭いのが気になる。バッグからタオルを出し、部屋の鍵を閉めて、ラウンジに向かった」

朝倉は完全に昨夜の自分に戻り、頭の中でプレイバックしている。

「通路も狭い。それに在来線は揺れる」

佐野はまるでその場に居合わせたかのように朝倉に語りかける。ベテラン捜査員の真骨《しんこつ》頂《ちょう》と言えよう。

「左右に揺られながら、ラウンジに入り、通路の奥にあるシャワーカード販売機に三百二十円を入れた」

朝倉は前かがみになり、右手で硬貨を自動販売機に入れる仕草をした。

「確か六分間、シャワーを使えるカードだったな」

佐野は小声で相槌を打つ。

シャワーカードを自動販売機から抜き取る仕草をした朝倉は、立ち上がった。

列車の騒音で足音に気が付かなかったが、背後に微かな息遣いが聞こえたのだ。

朝倉は振り返った。

瞬間、脳裏に無精髭を生やした男の顔が浮かんだ。

「まさか！」

両眼を見開いた朝倉は、自分のデスクの引き出しの奥からファイルの束を出して捲った。

そのうちの一枚と記憶が一致した。

「平岡だ。平岡は、生きている」

朝倉は平岡のファイルを握りしめた。

3

午後十時半、朝倉は警視庁内にある仮眠室のベッドで横になっていた。

昨夜、寝台特急サンライズ瀬戸で朝倉を襲った犯人は、元自衛官の森口と二ヶ月半前に南スーダンで行方不明になった平岡だと分かった。だが、物的証拠はなく、まして朝倉の記憶だけであるため、他部署の応援を頼むこともできない。

特別強行捜査班としては、たった五人でこの二人の潜伏先を見つけなくてはならないので、当面の捜査方針を決め、一時間前に解散した。

横になって三十分ほど経つが、神戸からの移動中ほとんど眠っていたので寝付けそうにない。夕方頃から微熱も出てきた。体を修復するために体温が上がっているせいなのだろう。人間は三十七度程度の熱があった方が、体内の酵素が働き、細胞は活発に動く。

あらためて襲撃された時の記憶を呼び起こしても、我ながら首を捻ってしまう。というのも特戦群に入隊できなかった森口が、朝倉のいたチーム〝ブルー・フォックス〟のメンバーを逆恨みするのは分かる。だが、メンバーだった平岡がどうして仲間に殺意を抱くのか理解できないのだ。

二人が行動を共にしているということは、何か接点があったのだろう。その接点にこそ連続殺人に駆り立てる理由があるに違いない。

平岡と森口が犯人だという前提に基づき、捜査方針を決定した。

国松と中村の警務隊班には、平岡が南スーダンで行方不明になった経緯を、当時居合わせた他国の平和維持軍に改めて問い合わせてもらうことになった。

破棄されたと思われていた日報は後藤田の尽力で発見することができたのだが、襲撃後の基地の被害状況報告と、平岡の死体が発見できなかった点しか記載されていなかった。

当時派遣されていた司令部要員でもある自衛官は他国の将校とともに基地から離れた街におり、不在だったのだ。

平岡が〝ブルー・フォックス〟のメンバーに殺意を抱くような恨みを持つとしたら、その鍵は南スーダンにあると朝倉は睨んでいる。

また、後藤田を通じて防衛装備庁の加賀《かが》監察官に、朝倉が直接事情を聞けるように調整してもらうことにした。現時点では、〝ブルー・フォックス〟への個人的な意趣返しに見えなくもない。だが、そこに平岡が加わることが、どうしても腑に落ちないのだ。また、元自衛官の森口が偽造パスポートを使っていることも引っかかる。田村から聞いた〝武器調達アドバイザー〟が、殺人の動機にからんでいる線も捨てきれないのだ。

「ふーむ」

朝倉は溜息を漏らした。

仮眠室にはいくつもベッドがあるが、満杯の状態である。家に帰ることのできない刑事たちが服のまま眠っている。誰しも疲れ切り、ストレスを抱えているせいで大きなイビキや歯軋《はぎし》りがあちこちから聞こえていた。ここでは、先に入室して寝た者が勝ちなのだ。そうでなければ、他人の寝息が気になる前に数秒で眠りにつくしかない。

ベッドから降りた朝倉は仮眠室を出ると、足を引きずりながらエレベーターホールに向かった。

「久しぶり。ずいぶんと顔色がよさそうだな。一体、どうしたんだね？」

エレベーターホールに立っていた小柄な男が振り返り、からかってきた。十二係のベテラン刑事である長尾雅俊《ながおまさとし》で、朝倉が十二係にいた頃は、ずいぶんと世話になったものだ。博識なので同僚から〝博士〟と呼ばれている。

「転んで怪我をしたんですよ」

朝倉は頭を掻いてみせた。

「そうか。なんでも寝台列車から突き落とされたって聞いたが、ガセか」

苦笑した長尾は、わざとらしく右手の小指で耳の掃除をする仕草をした。

「えっ、どこでそれを」

朝倉は真顔になった。寝台列車から落ちたことは、兵庫県警とのトラブルを避けるべく警務官として届けている。そのため、警視庁で情報を把握しているのはごくわずかなはずだ。

「おまえが大怪我をしたことは本店で噂《うわさ》になっている。だが、理由までは、誰も知らない。私が佐野さんに頼み込んで教えてもらったんだよ。知っているのは、おまえを心配している仲間だけだ。特行《とっこう》は外様《とざま》も入れて、たった五人のチームなんだ。声を掛けてくれれば、いつでも手伝うよ」

長尾は大きく頷き、朝倉の左肩を叩いた。特別強行捜査班は、庁内では特行と呼ばれているらしい。外様とは警務隊のことである。

「ありがとうございます。気持ちだけでも嬉しいですよ。でもこれから、帰るんでしょう？」

　時刻は午前零時近い。長尾には家族がある。奥さんも苦労していると聞く。もっとも刑事の妻なら、誰でも苦労するものだ。

「新宿の殺人事件の捜査だ。ホシがあがらなきゃ、仕事はエンドレスだからな。そういうおまえはどうなんだ？」

「眠れなくて、上に行こうかと」

　朝倉は苦笑いをした。

「柔道場で眠るつもりか。仮眠室は象や豚の生息地だからな」

　面白い表現だが、動物園や家畜場よりもうるさいかもしれない。

「そういうことです」

　刑事なら誰しも経験があることだ。柔道場に布団はないが、夏なら問題ない。うまくいけば畳敷きの部屋が独占できる。

「あんまり、無理するな。犯人に殺される前に、過労で殺される。犯人は地球の裏側にいるわけじゃなし、やつらだって夜は眠るさ。ゆっくり休め。手助けが欲しい時は、遠慮するなよ」

長尾は下階に向かうエレベーターに乗り込むと、手を振った。博士と言われるだけあって、含蓄《がんちく》のある言葉に優しさが感じられる。

「ありがとうございます……」

頭を下げながら、朝倉は「地球の裏側」という言葉にハッとした。長尾の姿が消えると、スマートフォンを出し、最初に0101と番号を付けて入力した。

――ハロー。どうしたんだ？　珍しいな。

米国にいるハインズである。彼なら基本的に「地球の裏側」にいる。

「今日も本部か？」

海軍犯罪捜査局（NCIS）クワンティコの本部があるバージニア州なら、時差はサマータイムなので十三時間、午前十一時のはずだ。

――俺が暇だとでも言いたいのか？　たしかに俺は本部の自分のデスクでコーヒーを飲みながら、部下の報告書に目を通している。暇じゃないが、退屈だ。楽しい話があるのなら、聞かせてくれ。

ハインズの苦笑が目に浮かぶ。

「頼みたいことがあって、電話したんだ」

日本ならどこにでも自分の足で行くが、海外ともなるとそうはいかない。

――ほお、空飛ぶヒーローからの頼みごとか。光栄だが、内容による。

ハインズは珍しくからかってきた。退屈だというのは本音なのだろう。

二年前にハインズから応援を頼まれて、グアムで海軍犯罪捜査局（ＮＣＩＳ）の捜査に加わったことがある。捜査が一段落し、日本へ帰国しようと乗り込んだ輸送機が離陸する直前に真犯人が分かり、朝倉は強引にパラシュート降下してグアムに戻ったのだ。無茶だとは分かっていたが、結果的に殺されかけていたハインズを救い、犯人を逮捕することができた。

当時、そのパラシュート降下が多くの住民や観光客に目撃されて話題になったが、米軍の特殊部隊の訓練だったと説明され、事件解決に貢献した朝倉への咎めはなかった。

空飛ぶヒーローとはこの件をからかったものだが、未だにハインズは、朝倉に借りがあると思ってくれているらしい。

「森口という元自衛官が、米国で四年間過ごしている。目的はなんだったのか、生活ぶりはどうだったか、知り得る情報をすべて調べて教えてくれないか」

――重要人物か？

「連続殺人犯の可能性がある。俺も命を狙われた。詳しくは後でメールを送る」

最近の渡米は別人だったが、最初の四年間の渡米生活は森口本人に違いない。彼の過去を調べることで、現在の森口の動向が分かるかもしれないのだ。

――イエッサー！

頼もしい返事が返ってきた。

4

ハインツは冷めかかったコーヒーを啜《すす》りながら、パソコンのモニターを見ていた。三十分ほど前に日本の警察官であり友人でもある朝倉から電話があり、調査の依頼をされた。資料を送ると言ってきたが、まだ届いていない。日本は午前零時を過ぎている。この時間まで働いているとしたら、捜査は難航しているのだろう。

「来たな」

ハインズはコーヒーカップをデスクに置き、マウスとキーボードを操作して新たに送られてきたメールを開いた。

「猛・森口……」

送られてきたファイルに書かれている名前を呟いたハインズは咳払いし、思わずフロアを見渡した。

百平米ほどの部屋に二十五のデスクがあり、ハインズは八人のチームを三つ統括している。彼の席は部屋の奥の一角にあり、上部がガラスのパーテーションで囲まれていた。正面にはドアが設置され、ガラス部分はブラインドを下ろすこともできるが、その上は筒抜けのため音は漏れる。

　ハインズは常日頃から、職場にプライベートを持ち込むなと言っているため、ＮＣＩＳの仕事ではない朝倉の依頼を部下に知られたくない。普段通りにしていればいいのだが、後ろめたく感じたのだ。

　朝倉から送られてきたのは、森口という元自衛官のプロフィールである。六年前に自衛隊を辞めると同時に渡米し、四年に渡り米国暮らしをしている。その間、何をしていたのかを解明して欲しいと頼まれたのだ。今年四月二十九日に成田国際空港を出発し、ロサンゼルス空港で米国入りしたことになっていたが、それは偽造パスポートを使った別人だったらしい。

「さて、なにからはじめたものか」

　送られてきた資料には、当時のパスポートのコピーはあるが、長期滞在に必要なビザの資料がない。米国で発行されるものなので日本に控えがなくても仕方がない。森口が四年間一度も日本に帰国していないとすれば、ビザが発行されていたことになる。発行時の状況を調べれば、入国した際の森口の動向はある程度分かるはずだ。

　ビザなしで米国に滞在できるのは九十日までで、一日でもオーバーすれば、強制送還になってしまう。そのため、学生なら学生ビザ、就職を考えてのことなら、まずは研修ビザを取得して最長一年半働き、その間、現地の企業からオファーがあれば、就労ビザを取得できる。また、米国の企業から招かれた場合は、最初から就労ビザを取得することも可能だ。

ハインズはスマートフォンのアドレスブックからケンドール・トレイネンを探し出し、指先で名前をタップした。

――やあ、ハインズ。また、国籍の確認か？　そんな仕事はぺいぺいにやらせろよ。

ケンドールの溜息が聞こえた。彼は、日本の入国管理局に相当する米国国土安全保障省税関・国境取締局（ＣＢＰ）の管理職で、十年来の付き合いがあった。

米軍には米国籍でない兵士もいる。人材確保のため、外国籍でも兵役を務めて優良な兵士と認められれば米国籍と永住権を得られる仕組みになっているのだ。そのため、犯罪を犯した兵士の国籍を確認する場合があり、何度かケンドールには世話になっていた。

「君も部長になったんだろう。現場の仕事が少なくなってきたはずだ。私の依頼は気分転換にいいと思うがな。今メールを送った。見てくれないか」

鼻先で笑ったハインズは、電話をかけながらパソコンでメールを送った。

――見ているよ。この男を調べればいいんだな。海兵隊か？

「そんなところだ。殺人容疑が掛かっている。できれば、急いでくれ」

ＣＢＰに任せれば、六年前の記録もすぐ引き出せる。少なくとも森口を米国で受け入れて就労ビザの発行を可能にした企業は、すぐに分かるはずだ。もし、日本の警察が米国政府へ正式に調査を依頼していたら、関係部署をたらい回しにされて結果が出るまでに数週間掛かることもあるだろう。朝倉がハインズを頼ったのは、正解である。

――分かった。特別に私が調べてやるよ。今度奢《おご》れよ。

いつもケンドールは、つまらない仕事でも引き受けてくれる。本当は管理職で暇なのだろう。

スマートフォンをデスクの上に置き、モニターの画面を部下からの報告書に替えた。一日の大半は、メールと部下からの報告書の確認をし、必要に応じて決済を下すことに費やしている。必然的に座り仕事になるため、毎日ジム通いするようになった。

デスクのスマートフォンが、呼出音であるシューマンの交響曲第四番第一楽章を奏で始めた。デスクワークが多くなったので、ストレスを軽減させるためクラシックに設定してあるのだ。

「ハロー、ハインズだ」

画面にはケンドールの名前が表示されている。依頼の電話をしてから、五分と経っていない。

――とんでもないやつを見つけてきたものだ。森口を雇い入れたのは、悪名高き〝ブラック・キャノピー〟だ。しかも、二ヶ月前、この男の偽造パスポートを使って別人が入国していると、ロサンゼルス署から連絡が入っている。おそらくＦＢＩも動き出すだろう。

ハインズはケンドールに偽造パスポートの件を言ってなかった。偽物を調べる必要はないと思っていたからだ。

「あの民間軍事会社の〝ブラック・キャノピー〟か」

——森口は、〝ブラック・キャノピー〟にプライベート・オペレーターとして雇われたのだろう。すんなりと就労ビザが出るはずだ。イラクかアフガンにでも送られたに違いない。あとは直接〝ブラック・キャノピー〟社に問い合わせてくれ。

民間軍事会社は政府と契約し、戦地で米軍の後方支援や基地の警備、要人護衛などを行う。契約社員である戦闘員は、プライベート・オペレーターあるいは、コントラクターと呼ばれ、退役軍人が雇用されるのが一般的だ。また、軍用トラックの運転手や輸送機のパイロットなど、戦場で必要とされる職種は戦闘員以外にもある。

「ありがとう。助かったよ」

ハインズは電話を切ると、ドア近くのハンガーラックに掛けてあったジャケットを着て部屋を出た。

「ボス、どちらに？」

中央の通路を歩いていると、Bチームのチーフであるアラン・ブレグマンがパソコンのモニターから視線を移して声を掛けてきた。三つのチームはそれぞれ、A、B、Cと簡単なネーミングで区別されている。

「ワシントンD.C.だ。夕方までには帰る」

本当は〝ブラック・キャノピー〟の本社があるレストンに行くのだが、ワシントンD.C.とは方角が多少違うだけで、距離は大して変わらない。

クワンティコからレストンまではバージニア州を北に向かって、四十マイル（約六十四キロ）の距離で一時間も掛からない。往復で三時間もあれば、帰ってこられる。

昼を挟むが、レストンのシーフードレストランのM&Sか、アジアンレストランのミッドタウン・カボブで昼飯を食べることもできるだろう。いずれにせよ、職員用レストランよりもうまいものが食べられそうだ。

「了解。ボスあての電話があったら？」

頷いたブレグマンはパソコンに視線を戻し、キーボードを打ち始めた。ボスと言っても管理職の扱いは所詮こんなものだ。

「君が、処理してくれ。任せる」

にやりとしたハインズは、エレベーターホールに向かった。

5

午後十二時四十分、フェアーファックス・パークウェイを走っていたハインズのアウディ・A3スポーツバックは、サンライズ・バレー・ドライブとの交差点を右折した。

右折せずに一・五マイル北に進んでレストンの中心街まで行き、先に昼食を済ませることも考えたが、先に〝ブラック・キャノピー〟の本社へ行くことにしたのだ。ただでさえ管理職業務で衰えた捜査官としての感覚が、腹が満たされたことで鈍るかもしれないと考えたからである。

レストンは一九六四年から八〇年にかけて開発されたニュータウンで、高層建築物はなくシンプルなデザインの低層ビルが緑豊かな森に囲まれている美しい街である。

内務省米国原住民局の前を通り過ぎて、2ブロック先にある引き込み道路を入り、六階建てのオフィスビルの裏にある駐車場にハインズは車を停めた。

オフィスビルには異なる業種の会社がいくつか入っており、最上階を〝ブラック・キャノピー〟が占有している。

一階はカフェのある広々としたロビーになっており、人工大理石が敷き詰められたフロアに植物園のような緑が配置され、打ち合わせブースが設けられている。テナントとして入っている会社の贅沢《ぜいたく》な共有スペースとなっているらしい。ハインズはロビーからエレベーターで最上階に上がった。

六階でエレベーターを降りると、正面に監視カメラの付けられたドアがあった。その隣りには、黒鷲《くろわし》に〝ブラック・キャノピー〟と記されたロゴマークのあるカウンターが設置され、モニターと内線電話だけが置かれている。

モニターに触れると、「身分証明書をモニターに向けてください」と表示されたので、海軍犯罪捜査局のIDを示す。画面の表示が、営業企画部、業務部、人事部、その他と記されたボタンが並んだ画像に切り替わった。とりあえず、その他を押してみた。すると、ご用件を入力してくださいと表示されると同時に、隣りの内線電話が鳴った。モニターの上部にある小さなカメラで、IDを確認したようだ。

「ハロー」

首を傾げたハインズは、モニターには触れずに電話の受話器を取った。

――私は営業企画部の部長兼常務のデール・エイグスティンですが、どのようなご用件でいらっしゃったのですか？

低い男の声が、受話器から響く。ハインズのIDを確認した社員が、慌てて上司に報告したのだろう。

「耳寄りな情報を持ってきた。君か、できれば社長と話がしたい」

捜査令状を持っていない時に使う常套句《じょうとうく》である。

――……分かりました。

数秒の間を空けて、エイグスティンが答えると、正面のドアが開き、胸に黒鷲のロゴマークが刺繍《ししゅう》された赤いポロシャツを着た男が現れた。腰にはグロックを収めたホルスターが巻かれている。ハインズよりは少し低いが、一八八センチほどの身長と鎧《よろい》のような筋肉を身にまとっている。

「ご案内します」

まるでロボットのように表情を変えずに男は口元だけ動かして言うと、回れ右をして中に入って行った。歩き方からして、元軍人だろう。

やたらと監視カメラが設置してある廊下を抜けて行くと、突き当たりの部屋からスーツを着た中年の男が出てきた。

「ミスター・ハインズ、私がエイグスティンです。何か飲みながら、お話ししましょう」

エイグスティンは案内役の男を下がらせると、廊下を戻り、出入口近くで直角に交わる別の廊下に進み、天井までガラス張りになったサンルームのような部屋に入った。

二百平米ほどの広さがある部屋の奥にはバーカウンターがあり、部屋の中央にあるビリヤードの台を中心に革張りのソファーが数セット配置してある。洒落たバーのような雰囲気の部屋だが、社員用の娯楽室かもしれない。

「この部屋は、VIPルームなんですよ。社員もなかなか入れません。何でもお好きな飲み物をおっしゃってください」

エイグスティンがバーカウンターを指差すと、蝶《ちょう》ネクタイをしたバーテンダーが頷いてみせた。どうやら懐柔策《かいじゅうさく》のつもりらしい。

「コーヒーをもらおうか」

コーヒーなら相手からサービスを受けたことにはならない。

「遠慮はいりませんよ。ウィスキーでもワインでも、上物《じょうもの》が揃《そろ》えてあります」

エイグスティンは、カウンターから離れた窓際の席を勧めてきた。話の内容をバーテンダーにも聞かれたくないのだろう。

「遠慮はしていない。本題に入ろう。この会社のある社員について知りたいんだ」

ハインズはソファーに腰掛けて長い足を組むと、窓の外の景色を見ながら尋ねた。

「うちの社員の情報ですか？　プライバシーに関わることもありますので、いきなり言われても困ります」

「私は君の会社が不名誉なことにならないように、情報を得たいだけなのだ。少なくとも私に協力したほうが、損はない」

「お答えできるか分かりませんが、質問をしてもらえますか」

エイグスティンはバーカウンターに行き、バーテンダーにコーヒーを注文すると、カウンターの上に置いてあったノートパッドを手に、ハインズの向かいの席に座った。

「猛・森口という日本人だ。六年前にこの会社からオファーがあり、就労ビザを取得し、入社していることまでは分かっている」

二年前に日本に帰っているらしいが、あえて口にしなかった。

「猛・森口、日本人……」

エイグスティンはノートパッドの画面を人差し指だけで操作し、調べている。会社のサーバーと繋がっているのだろう。

「あなたのデータは、少し古いようです。猛・森口は、二年前に辞めていますね。うちとはもう関わりはありませんよ。彼がどうかしたのですか?」

エイグスティンはほっとした表情をみせた。

「偽造パスポートを使って入国したらしい。彼は、この会社で何をしていたんだ?」

ハインズは予想していた答えに顔色も変えず聞き返した。殺人の容疑と言うと相手が身構えてしまうので、できるだけ軽微な罪と思わせておくのだ。

「彼は我が社の訓練施設で二ヶ月間研修を受けたのちに、プライベート・オペレーターとして、アフガニスタンとイラクで、それぞれ仕事をしています。主に米軍基地での警備でしたが、最前線に行くわけではなかったので危険な任務はありませんでしたよ」

エイグスティンは、違法性を問われないように気を遣っているのだろう。言葉を選んでいる。

「彼はこの会社を辞めてから、違法に複数回入国しているようだが、心当たりはないか?」

「会社を辞めた人間の管理まではしていませんよ」

エイグスティンは苦笑した。

「それじゃ、森口と親しい人間を教えてくれ」

「森口と一緒にイラクに行って、生きているのはサミエル・ペレスだけですね」

ノートパッドの記録を読んでいたエイグスティンは、そう言ってから慌てた様子で咳払いをした。危険な任務ではないと言っていたにもかかわらず、任務で生還したのは、森口とペレスだけということなのだろう。キナ臭い仕事だったようだ。

「ペレスを紹介してもらおうか」

何も気が付かない振りをしたハインズは、答えを促した。

6

日曜日であるにもかかわらず、午前零時を過ぎた東名高速道路には、専用道路かと思うほど長距離トラックが連なっている。

二台の黒いベンツが、東京方面に向かってトラックの間を縫うように走っていた。さすがに目立つので、我が物顔の大型トラックも道を譲る。

前のベンツの後部座席には、朝倉らが必死に捜索している森口猛が中年のスーツ姿の男と座っていた。中洲でふらついていた平岡に声を掛けた、恰幅のいい男である。

「それにしても、朝倉という男はタフガイだ。走行中の列車から落ちたのに生きていただけでなく、病院を抜け出して東京に戻り、しかも警視庁に姿を現したんだぞ」

スーツの男は独特のアクセントで言うと、鼻先で笑った。〝タフガイ〟の発音が日本人離れしている。

「平岡の話では、特戦群のエリートチームである〝ブルー・フォックス〟の中でも飛び抜けた存在だったようです」

森口は苦々しい表情で答えた。

「おまえは、アフガニスタンとイラクで実際に戦ってきたプロだから、人を撃ったこともない自衛隊員を始末するのは赤子の手を捻るより簡単だと言っていたな。その自信が仇《あだ》となっているのじゃないか？」

スーツの男は森口を横目で見ながら言った。

「そこまでは言っていませんが、見くびっていたことは確かです。戦場に出れば分かることですが、訓練だけ積んでも戦地では役に立ちませんから。列車が速度を落とし始めていたので、朝倉は単に運が良かったんですよ」

「まあ、殺すことはできなかったが、防衛省と防衛装備庁に警告を与えることはできたはずだ。今回はそれで充分だろう」

男は乾いた笑い声をあげた。

「今宮《いまみや》さん、このまま作戦を続行させてください。中途半端に終わらせると、我々の意図を知られてしまいます」

　森口は男を射るような強い視線で見つめている。

「武器アドバイザーだけでなく、〝ブルー・フォックス〟に所属していた人間を殺害し、捜査を攪乱《かくらん》するという計画は、確かに素晴らしい。だからこそ、許可した。だが、そこに執着し過ぎるぞ。おまえは、単に特戦群に入れなかったことで、自衛隊を恨んでいるだけじゃないのか？」

　今宮と呼ばれた男は、森口の視線を無視し、ポケットから加熱式の無煙タバコを出して吸い始めた。

「それもありますが、自衛官を粗末にする防衛省が許せないんですよ。例えば陸自のファースト・エイド・キッドが、米軍の軍用犬の装備より粗末なんですよ。戦闘を想定して、用意されていないじゃないですか。負傷した自衛官は傷の手当ても満足にできずに死ぬほかない。自衛官は戦場じゃ、むしけら同然です。にもかかわらず、政府は面子のために戦闘地域にＰＫＯ活動のために自衛官を送り込むんですよ。許せますか？」

　森口は興奮した様子で答えた。

「おまえは、単に朝倉らを倒して、自分が最強だと証明したいのだろう。そもそも自衛隊の装備が未熟なことを本気で気にしてはいないはずだ。そのことで本気で腹を立てているのなら、私の許《もと》では働かないだろう。おまえは怨讐《おんしゅう》で動いても、信念で仕事をするような男じゃない。金で働くからこそ、役に立つのだ。違うか？」

今宮は鼻先で笑うと、タバコ臭い息を吐き出した。

「まあ、確かにそうですが」

森口は頭を掻いて見せた。図星のようだ。

「日本政府の高官に武器の知識がなく、間抜け揃いだからこそ、米国のいいなりで武器を買うんだぞ。だからこそ、米国は日米の貿易不均衡をさほど問題視しないのだ」

今宮の外見は日本人だが、少なくとも日本のために働いていないことは確からしい。

「今の日本に忠誠を尽くしても裏切られるだけですからね。信用できるのは、金だけですよ。本当に」

「それでいい。俺の前では本音を言え。本心を隠す日本人独特の感覚は好きになれない。私は陰でＶ２２の商談をまとめた。今回のＡＡＶ７の商談も早く取りまとめたいが、列車を停めるような事件が表に出るようなやり方はするな。メディアに嗅ぎつけられたら、動きが取れなくなるぞ」

今宮はオスプレイ（Ｖ２２）と上陸作戦用水陸装甲兵員輸送車（ＡＡＶ７）の選定に関わりを持っているようだ。

「すみません。列車からの飛び降り自殺という筋書きは、少々稚拙《ちせつ》でした。しかし、アドバイザーを狙って殺していることは、防衛装備庁の連中は気付いているはずです。それでも、まだ反抗するようなら、どうしますか？」

「監察官も殺す必要があるだろう。ところで、後ろの車に乗っている男は、本当に役に立っているのか？　私が藤谷という新しい戸籍と金を与えたが、喜んでいるようには見えない。戸籍はともかく金に興味のないやつは信用できないぞ」

「まあ、あいつは死人のようなものですよ。南スーダンで国連軍の基地を襲撃した際、頭を負傷したんです。思考力はかなり落ちているはずですし、ＰＴＳＤの症状も出ています。しかし、これまで殺害した連中は、あいつとは昔馴染みなので、油断するんです。充分役に立っていますよ」

　森口は肩を竦めてみせた。

「それにしても、南スーダンであの男を利用しようと思って助けたのか？　今回の任務は、おまえがアフリカから帰国してから受けているはずだぞ」

　今宮は訝しげな表情で森口を見た。

「正直言って、アフリカまで行って、昔の仲間に遭遇するとは思わなかったので、思わず助けたのが本当のところです。ただ、同時に利用できると思ったんですよ。政府は、あの男を発見するためならいくらでも金を積みます。現に南スーダン政府に平岡発見の報奨金として十万ドル支払うと約束しているそうです。金額もそのうち吊り上がるでしょう。今回の作戦が終わったら、やつをまたアフリカに運んで現地で見つけたと言って、金をもらうつもりです。政府は生きていようが、死んでいようが、発見できれば文句はいいませんからね」

森口は米国人のように指先を擦り合わせて紙幣を数える振りをした。

「日本政府は、日報を破棄するように自衛官の死も隠蔽できればいいと思っている。おまえは計算高いやつだ」

今宮は高い声で笑った。

フェーズ9：監察官

1

中央警務官の制服を着た朝倉は、防衛省の中心にある庁舎A棟の一階ロビーを、同じ制服姿の国松と歩いていた。

東京に戻ってから三日が経っている。全身打撲の痛みは薄らいできたため普通に歩けるようになっていたが、さすがに骨折した肋骨は階段の上り下りなど、負荷がかかると激痛をもたらす。

制服は新調されたもので、肩には一等陸尉の階級章、胸にはレンジャーの徽章《きしょう》がついている。

先ほど中央警務隊隊長室において階級章授与式があり、隊長である後藤田から直々に階級章を取り付けてもらったのだ。これまで、政治的に階級を上げられることを拒んでいたのだが、昨年の虫が島の極秘捜査で中国工作員の陰謀を未然に防いだ功績に基づいて授与される、ということで、昇級を受け入れた。

「一等陸尉殿、ますます偉くなって頭が上がりませんな」

並んで歩いていた国松が、皮肉めかして言った。彼は叩き上げの陸曹長で、他人の昇進を羨むような人間ではない。階級が上がることで慢心するなよ、と言いたいのだろう。大きなお世話である。朝倉も昇進には一切興味がない。ただ自分に与えられた任務をこなすだけである。

「くだらん。それより、加賀監察官とアポは取れたのか？」

後藤田を介して、防衛装備庁の加賀監察官に面会の許可を要請していた。加賀は忙しいらしく、なかなかスケジュールを押さえることができないらしい。

「時間厳守で、午後五時にホテルグランドヒル市ヶ谷で待ち合わせをしたい、という連絡が入っております」

国松は反対側から歩いてきた自衛官とすれ違ったため、急に改まった言葉遣いで答えた。ホテルグランドヒル市ヶ谷は、防衛省に隣接しているため、徒歩でも行ける距離だ。

「ほう、グランドヒルね」

歩きながら朝倉は腕時計で時間を確認した。午後四時半になっている。たった五人の捜査員と情報解析のプロ一人がサポートに加わった六人のチームだが、捜査はそれなりに進んでいる。もっとも犯人と思《おぼ》しき平岡と森口の所在は未だに摑めていないが、森口のここ数年の行動は、協力を要請したハインズの捜査で徐々に判明してきた。

森口は六年前、退官直後に米国へ行き、バージニア州にある軍事会社〝ブラック・キャノピー〟に入社していた。おそらく、退官前にすでに〝ブラック・キャノピー〟と雇用契約が成立していたのだろう。米国にビザなしで入国したにもかかわらず、直後に就労ビザを取得しているからだ。

〝ブラック・キャノピー〟で二ヶ月間の研修を受けたのち、森口はアフガニスタンでプライベート・オペレーターとして一年半働き、米国に帰国してから半年ほど同社の訓練教官を務めている。射撃、格闘技ともに優秀な男らしい。その後、イラクで軍事施設の警護の任務に就いたが、二年後に辞めている。

会社の説明では、森口の個人的な理由で日本に帰国したと言われたが、イラクの仕事がかなりハードで嫌気がさしたのではないかとハインズは見ているようだ。現在、森口と一緒にイラクの仕事に就いていた同僚をハインズは探しているらしい。

「ただ、困ったことに陸自の制服で来られるなら会うという条件を出された」

数人の空自の自衛官のグループとすれ違ってから、国松は少し間をおいて言った。

「何！」

朝倉は思わず立ち止まった。中央警務隊の制服と陸自の制服はもちろん違う。無理難題を言って朝倉と会うのを暗に拒んでいるのだろうか。

「とりあえず私に付いてきてもらえますか」

国松はそう言うと一階フロアを抜けて庁舎A棟を出ると、東側に隣接する庁舎D棟に入った。朝倉が負傷していることに構わず、国松はさっさと歩く。早足で歩くと、肋骨が悲鳴をあげるのだ。そうかと言ってゆっくり歩くよう頼むことは、朝倉のプライドが許さない。

国松はエレベーターでとある階に降りて、廊下を進んで行く。どうやら中央警務隊のフロアのようだ。途中で若い警務官とすれ違った。オッドアイの異相の男が、自分たちと同じ警務官の制服を着ているため、ぎょっとした表情で敬礼していく。

よくよく考えれば、朝倉は中央警務隊の捜査官として二度ほど任務をこなしているが、ここに来るのは初めてなのだ。今さらながら妙な身分だと思い知らされる。

捜査部と記されたドアの前を通り過ぎた国松は、倉庫Aと表示されているドアの鍵を開けて中に入った。

右の壁際には天井まであるロッカーが並び、反対側には段ボール箱が詰め込まれた頑丈な金属製の棚が二列ある。捜査資料の保管庫だろうか。

国松は無言で通路の奥へと進む。

「ほお」

朝倉は感嘆の声を上げた。

ハンガーラックに、陸海空の自衛官の制服が無数に吊り下げてあるのだ。

「我々は、情報本部とは違って、よほどのことがない限り潜入捜査はしないんだが、時と場合によっては秘密裏に捜査することもあるんだ」

国松は気難しい顔で説明した。

情報本部の職員は、各駐屯地の自衛官になりすまし、あらゆる情報を収集するという。自衛官は合法的に武器を扱うことができるため、テロ抑制や犯罪予防、さらには自衛官の左翼化を警戒する目的があるとも言われている。

「なるほど、駐屯地は治外法権であるだけに警察官とは違うということか」

地方の駐屯地では、警務官の捜査が行き過ぎているという噂はたまに聞く。自衛官が自衛官を取り締まるのだ。相手が民間人でないということに慣れが生じ、法的な意識が薄れるということもあるのだろう。もっとも自衛隊に限らず、諸外国の軍でも人権が軽視される傾向がある。

「君に合うサイズは、L1かな？」

国松は陸自と表記されているラックの一番端のハンガーに掛かっている制服を抜き出した。今着ている警務官の上着も一番上のサイズのL1である。

「貸してくれ」

朝倉は国松から制服を受け取り、陸自の上着に袖を通した。

「ちょうどいいじゃないか」

国松は手を叩いて、頷いている。

「これでいい」

上着の肩が少し窮屈なのは、警務隊の制服でも同じである。今穿いているズボンと丈が変わらないなら、詰める必要はなさそうだ。

「そのまま着替えてくれ」

国松は自分に合ったサイズの制服をラックから抜き取りながら言った。更衣室はないらしく、脱いだ警務官のジャケットをそのままラックに掛けている。

「行くぞ」

手早くズボンも穿き替え、陸自のアーミーグリーンのネクタイを締めた朝倉は、のんびりと着替えている国松を急かした。

2

ホテルグランドヒル市ヶ谷は靖国《やすくに》通りと外堀《そとぼり》通りとの交差点近くにあり、防衛省の敷地内に食い込むような形で建っている。

それもそのはずで、一九六四年に防衛庁の福利厚生施設として現在の西館が建設されたのが始まりである。その後ホテルとして新館である東館が増築され、西館のリニューアルを経て現在の姿になった。

庁舎D棟からホテルグランドヒル市ヶ谷までは、四百メートルほどで五分と掛からない。陸自の制服に着替えた朝倉と国松は靖国通りの歩道を歩き、ホテルのエントランスに入った。

「このホテルはレストランが六つあって、どの店も充実している。打ち合わせが終わったら、ここで夕飯を食べないか」

空挺団と特戦群に所属していたため千葉の習志野《ならしの》駐屯地暮らしが長かった朝倉と違い、国松は防衛省がある市ヶ谷勤めが長いため事情通のようだ。

「奢ってくれるんだったらな」

鼻先で笑った朝倉はフロントに向かった。加賀との待ち合わせ場所はフロントに尋ねるようにと言われている。

「朝倉ですが、加賀さんから何かメッセージはありますか？」

朝倉はフロントに立つ男性職員に聞いてみた。

「伺っております。朝倉様と国松様ですね。西館奥のチャペルにいらっしゃるように加賀様から言付かっております。お時間になりますので、お急ぎください」

フロントは満面に笑みを浮かべ、奥の通路に向けて右手を伸ばして見せた。

「ありがとう」

礼を言った朝倉は急ぎ足で西館に向けて歩き出した。教会で待ち合わせをするというのは、他人の目を気にしてのことだろうか？

「私が先に行こう」

国松はそう言うと朝倉の前に出た。案内役をするつもりらしい。国松は早足で一旦《いったん》ホテルの建物から出て敷地内の歩道を進んでいく。多分その方が早いのだろう。

西館脇を通り抜けると、木々に囲まれたタイル張りの教会が、夕日を浴びて屹立《きつりつ》していた。ホテルの施設とは思えない、立派な建物だ。出入口に通じる階段を上って行くと、制服を着た職員が頭を下げて、ドアを開けてくれた。

「えっ！」

先に教会に入った国松が立ち止まった。

「…………！」

室内を見て右眉を吊り上げた朝倉は国松の背中を押して、一番後ろの長椅子に座った。

教会内はローマ建築を思わせる美しい構造で、ステンドグラスから差し込む光と間接照明の優しい光が室内を照らし出し、アーチ型の天井が崇高な空間を作り出している。

正面の奥の壁にある大きな十字架の下にパイプオルガンの金属管が壁一面を覆い、神聖な教会をシックに演出していた。

中央の通路の両脇に木製の長椅子が並び、びっしりと人で埋め尽くされている。女性はドレスや着物を着ており、男はほとんどが陸自の制服を着ていた。朝倉らも陸自の制服を着ているため、遅れて入ってきた二人を見咎めるものはいない。

白人の神父が入場し、十字架の下の祭壇の前に厳《おごそ》かに立った。

「こっ、これは、結婚式では……」

国松は唖然としているが、間違いなく結婚式である。

――一杯食わされたのか？

首を捻りつつも、途中で退座するわけにもいかない。

朝倉と国松は仕方なく、新郎と新婦を迎えて盛り上がる列席者に合わせて拍手をし、さすがに讃美歌までは歌わなかったが、新郎と新婦が連れ添って退場するまで座っていた。

結婚式も終わり、席を立とうとすると、

「そのままお残りください」

背後から声を掛けられた。

朝倉は振り返らずに国松と立ち上がり、出入口に向かう列席者の邪魔にならないよう道を譲りながら教会の片隅に立った。

ドア近くで列席者を誘導していたホテル職員が一礼して退室し、ドアを閉めた。朝倉らと反対側の角に黒縁の眼鏡をかけた初老の男が立っている。自衛隊の制服ではなく黒いスーツを着て、列席者に紛れ込んでいたらしい。

「加賀です。わざわざご足労願い、すいませんでした。この後教会は使われませんので、ホテルに無理を言って三十分ほど借りたのです。コーヒーも出ませんが、誰にも邪魔されずに話ができますので、お許しください」

頭を下げた加賀は中央の通路を進み、中ほどの席を朝倉らに勧めた。ドアから少しでも離れたいのだろう。

「我々に会うために、結婚式を利用されたのですか？」

長椅子に腰を下ろした朝倉は、通路を隔てて隣りの席に座った加賀に尋ねた。

「まさか教会で人と会うとは、誰も思わないでしょう。知り合いの結婚式がたまたまあると聞いて、思い付いたのです。私の仕事は武器調達に伴う不正がないか、目を光らせることです。立場的には、公正でなければなりません。警務官と接触したとなれば、あらぬ疑いが掛けられてしまいます。少し、用心が過ぎましたが」

ぎこちない笑みを浮かべた加賀は、暑くもないのに額に浮いた汗をハンカチで拭った。極度に緊張しているようだ。これほど用心をするというのは異常であり、危険を感じているのかもしれない。

「時間がないので、単刀直入にお尋ねします。あなたが任命した〝武器調達アドバイザー〟のリストをいただけますか？　ある筋から、あなたが任命したアドバイザーの命が狙われているという情報を得たのです」

田村の名は出さなかった。彼を犯人からだけでなく、権力からも守る必要があるからだ。

「〝武器調達アドバイザー〟？」

加賀は上目遣いで首を捻った。

「あなたは外部に〝武器調達アドバイザー〟を任命し、武器や装備品の資料や意見を集めては、米国からの武器調達に一々注文をつけたり、反対したりして、政府から睨まれているそうじゃないですか。あなたに直接手を出せない犯人が、アドバイザーを殺害し、防衛装備庁に警告を与えていると私は睨んでいる」

朝倉は少々乱暴な口調で尋ねた。

〝武器調達アドバイザー〟殺害が事件と関係しているかどうかはまだはっきりしていないが、少々脅さないとこの手の役人は口を割らない。

「馬鹿な……、私以外にリストの存在は誰も知らないはずだ」

加賀は苦笑して見せ、また額の汗を拭いた。誤魔化したつもりのようだが、〝武器調達アドバイザー〟のことを暗に認めたことに気付いていないらしい。

「次に狙われるのは、あなただ」

朝倉は加賀をジロリと睨んだ。途端に左目が光を帯びる。

「わっ、私は日本の防衛を心配しているだけです。ＦＭＳの下に米国から役立たずの武器ばかり買わされては、日本の防衛力は弱まるばかりです。正直言って、命は惜しい、惜しいですよ。だが、誰かが声を上げなければ、政府は、というより、日本の首相は米国の言いなりなんです」

加賀は呻くように言うと朝倉から視線を外し、俯いた。結婚式を利用してまで、朝倉と会うのを偽装しようとしたのは、やはり、怯えからだったらしい。だが、国防に対する気概は感じられた。加賀は死を恐れてはいるが、決して臆病者ではないようだ。

FMSとは、有償の対外軍事援助のことで、日本政府が米国政府に代金を前払いし、米国から最新鋭の防衛装備品と技術支援を提供してもらうシステムのことである。だが、二〇一七年十一月に来日したトランプ大統領が「非常に重要なことは、日本が（米国から）膨大な兵器を買うことだ」と言ったように、米国大統領や国防総省が日本の総理大臣に米国製の武器を勧めれば、右から左に武器は購入されているのが現状である。

米国で未亡人機と揶揄《やゆ》されているオスプレイV22は一機百十四億円で十七機。最新鋭ステルス戦闘機F35は一機百十七億円で四十二機。運用費を含めれば膨大な金額に上る。いずれも最新鋭と呼ばれているが、武器としての精査は日本ではほとんどされていない。

「あなたの命を狙う者に、心当たりはありませんか？」

いくぶん朝倉は、眼光を緩めた。

「敵は多いですよ。しかし、殺人を犯してまで、私の口を封じようという人間は想像できません」

加賀は腕組みをして、天井を仰いだ。

「とりあえず、思いつく限り、リストアップしてください。それから、〝武器調達アドバイザー〟のリストもメールで送ってください。いいですね」

念を押した朝倉は、自分のアドレスが記された名刺を渡した。

「分かりました」

加賀は溜息混じりに頷いた。

3

朝倉は特別強行捜査班本部のデスクで、書類に目を通していた。午後九時になろうとしている。

書類は防衛装備庁の加賀監察官からメールで送られてきたデータをプリントアウトしたもので、加賀を敵対視する人物、あるいは組織の名前を列挙したリストと、〝武器調達アドバイザー〟の二つのリストである。

「微妙だな」

自席に座っている国松が、独り言のように呟いた。彼も同じ書類に目を通していたのだ。二人とも加賀と面会した後で防衛省に戻り、私服に着替えていた。

「微妙？　何がだ？」

朝倉は書類から目を離し、国松を見た。部屋にいるのは二人だけで、佐野と野口と中村の三人は加賀を見張っている。朝倉が接触したことで、敵、あるいは加賀自身にも動きが出るかもしれないという佐野の提言で動いているのだ。いわゆる「刑事の勘」というやつだが、佐野の場合、長年の刑事としての体験に基づくもので、決して当て推量ではない。

朝倉と国松も二時間後に交代する予定だが、その前に二人で書類を調べているのだ。

「〝武器調達アドバイザー〟のリストだよ。加賀が外部に依頼していたのは、十人。内訳は軍事研究家、軍事ジャーナリスト、経済学者、現役自衛官、退官した自衛官だ。その中に八神さんと田村三等陸佐も含まれる。だが、殺された新垣さんと立田さんの名はない。三等陸佐は未遂だったのかもしれないが、十人の中で殺されたのは、八神さんだけだ。連続殺人事件に〝武器調達アドバイザー〟が関係しているのかどうか、微妙じゃないか」

国松は首を横に振ってみせた。

「十人の内、田村も含めて二人なら確率は高い」

「確率五分の一だ。それよりも、八神さんも〝ブルー・フォックス〟関係者とするのなら、君も含めて、狙われたのは七人中五人。圧倒的に怨恨の線の方が、強くなる」

国松は反論してきた。

「俺は犯人が森口だということに鍵がある気がする。森口は米国で軍事会社に就職し、そこで軍事訓練を受けてアフガニスタンとイラクで働いていたそうだ」

朝倉は森口が米国に行ったことで、プロの殺し屋になったと確信している。博多で田村を撥ねた会社員、山本を殺したのも、森口に違いない。

「説明してくれないか？」

首を捻った国松は、右手を前に出して朝倉を促した。

「まず、森口が米国に渡った理由から説明しよう。自衛官も含めて、軍人は純粋な愛国心だけでは、自分の戦闘能力を高めることはできない。強くなりたいという願望が根底にないとだめなんだ。特に特殊部隊にいる連中はそうだ。でなきゃ厳しい訓練に耐えられない。森口はだからこそ、危険な会社と知りつつ〝ブラック・キャノピー〟と契約し、戦地に行ったはずだ。むろんリスクが高い分、給料もいい。金と力を手っ取り早く手に入れたかったのだろう」

「森口は、最初から、戦地に行くことを希望していたのか。まあ、軍事会社はそのための会社だからな。しかし、戦争に行けば強くなれると思ったとしたら、呆れた男だ」

「ケタミンを使うような暗殺技術も含め、殺人のプロになることが、軍人として最強になることだと勘違いしたんだろう。それから〝ブラック・キャノピー〟もそうだが、軍事会社は、軍需会社と密接な繋がりがある。そこで、軍需会社から〝武器調達アドバイザー〟を殺害し、米国製の武器購入の障害を取り除くという依頼を森口が受けた可能性は高いと、俺は思う」

だが、森口を雇っているのが武器の製造元だと解釈するのは短絡的に過ぎるだろう。武器の調達は日本ではとかく政治絡みで、武器を製造している軍需会社が決めることではないからだ。

「ちょっと待ってくれ、森口がアドバイザー殺しを引き受け、八神さんと三等陸佐を狙った理由は分かるが、新垣さんと立田さんまで殺した理由にはならないだろう」

国松は苛立ち気味に言い返した。

「森口は、仕事を引き受けた際に八神さんと田村の名前を見出し、〝ブルー・フォックス〟のメンバーの抹殺を思い付いた。無関係な人間を殺すことで、〝武器調達アドバイザー〟から目を逸らすと同時に私怨も晴らすことができる。俺たちを抹殺することで、自分が一番強いと自覚し、さらに自分を不合格にした特戦群をコケにしたいのだろう。特戦群に落ちたことでつまずき、自衛隊に落胆するとともに憎んだはずだ。だからこそ俺たちを逆恨みしてもおかしくはない」

朝倉には森口の気持ちが分かるような気がした。

「本来の目的を、意趣返しの殺人と偽装して隠蔽するというのは、説得力がある分析だ。

なるほど、君はあくまでも森口が主犯だと見ているんだな。とすると、平岡はどうするんだ。なぜ、森口に協力しているんだ？　そもそもどうして南スーダンで行方不明になったのに日本にいるんだ？　説明がつかないことが、多過ぎる」

「それが分かれば苦労はしない。だが、日本にいるということは、不法入国したことには間違いない。森口のパスポートの件もそうだが、平岡も偽造パスポートで帰国したんだ。彼らに偽造パスポートを渡したのは同じ組織であり、加賀さんの行動に強い不満を持っているんじゃないか」

現段階では推論を重ねるしかない。だが、推論は、ともすれば捜査を間違った方向に導くため、それが不毛だということも自覚している。

「そもそも加賀さんの敵は、一体誰なんだろう？」

国松は手に持っていた書類をデスクに置いて、大きな溜息を吐き出した。

加賀から渡された敵対する者のリストには、政府高官、与党、米国政府など、漠然とした単語が並んでいるだけで、個人名も企業名もない。本当に真剣に考えているのかと疑いたくなるような内容なのだ。

「敵が多過ぎて分からないというのは、本音かもしれないが、メールでも記録として残したくないのだろう」

苦笑した朝倉は、書類から目を離した。

「我々から情報が漏れて、特定された人物や組織から報復されるのを恐れているというのか？」

国松は肩を竦めてみせた。

「加賀は、政府内に敵がいるかもしれないと身内すら疑っているのだ。俺たちを信用しないのも当然だろう」

朝倉は書類を投げるようにデスクの上に置いた。証言は信頼関係の上で得られるものだ。加賀はまだ朝倉らを信じていないのだろう。

「我々は胡散臭《うさんくさ》いからな。信用できないか」

国松が自嘲《じちょう》した。

「加賀は〝武器調達アドバイザー〟のリストは、流出していないと言っていたが、本当だろうか。本人にもう一度確認する必要があるな」

小首を傾げた朝倉は、デスクの上の書類を摑んだ。

「午後十時前だ。お宅にお邪魔しても大丈夫だろう」

頷いた国松は、席を立った。

4

ハインズは、枕元に置いてあるスマートフォンの不快な電子音で目覚めた。

電話の呼び出し音やスケジュールなどの通知音はクラシック音楽にしてあるが、アラーム音だけは無機質な電子音にしてある。疲れて眠ることが多いため、少々不愉快な音でなければ、起きることができないのだ。

「いかん」

スマートフォンで時刻を確認したハインズは、半身を起こした。午前七時半を過ぎている。アラームは午前七時と七時半にセットしてあったのだが、一回目は眠ったまま停止させていたらしい。

シャワーを浴びてなんとか目を覚まし、着替えてネクタイを締めると、いつも着ているヤンキースのスタジャンを手にガレージに向かった。朝食はいつも本部近くのカフェで食べることにしている。

スタジャンはよく上司から幹部らしくないと言われるが、テーラードのジャケットを着るのがあまり好きではない。ドイツ系は真面目過ぎると思われるのが嫌だということもあるのだが、少々砕けた格好をした方が、部下からの受けがいいのだ。もっとも外出する際には、オフィスのハンガーラックにかけてあるテーラードのジャケットを着るので問題はない。

三日前に朝倉から森口という人物について調査要請があり、時間を見つけては自ら捜査を行っている。ただでさえ管理職として忙しい身なので、ここのところ眠るのが午前二時、三時になり、睡眠不足が続いているのだ。

米国を南北に貫く国道95号線を飛ばし、海軍犯罪捜査局本部に十四分で到着した。自宅から本部まで八・一マイル。これ以上近いと、仕事と私生活の切り替えができない。だが遠くなれば、緊急時に本部へ駆けつけるのに時間がかかる。自分のオフィスに入る前に、本部そばの〝Qタウン・カフェ〟でお気に入りのブレンドコーヒーを頼む時間もいる。車で十五分以内に到着するのがマイベストなのだ。

「おはようございます。ボス、局長がお呼びです」

ハインズのグループエリアに入った途端に、ブレグマンに呼び止められた。

「局長が？　珍しいな」

腕時計を見たハインズは、スタジャンを脱いで自分の部屋のラックに掛けると、一つ上の階にある局長室に向かった。時刻はまだ午前八時半である。局長のフランク・ゴードンは九時以降に出勤することが多いため、特別な用事でもあるのかもしれない。

「失礼します」

ドアをノックしてハインズは、局長室に入った。

東向きの窓にはブラインドが下ろされ、局長のデスクの前にある革張りのソファーには見知らぬスーツ姿の男が座っていた。着こなしから見て国防総省の職員に見えなくもない。

「紹介しよう。ＦＢＩ本部の特別捜査官エディー・ラジョイだ。今朝、知り合いのＦＢＩ幹部から連絡が入り、私を介して君との面会を求めてきたんだ。それで、君よりも早く出勤したというわけだ」

ブラインドの前に立っていた局長は、顎を幾分上げて皮肉を言った。単なる癖なのだろうが、顔の角度が上がることにより、傲慢《ごうまん》に見える。それほど悪い男ではない。むしろ仕事熱心で部下の面倒見もいいのだが、他人に弱みを握られないようにという警戒心が表に出てしまうのだろう。

「ヘルマン・ハインズです。何か？」

頷いたハインズはラジョイの向かいの席に座った。

「あなたは、日本人の猛・森口という男の捜査をしているようですね。どうしてですか？」

ラジョイは唐突に尋ねてきた。おろしたてのような真新しいシャツを着て、ネクタイのセンスもいい。年齢は四十代前半、特別捜査官というが、あまり現場に出ない管理職なのかもしれない。

「ほお、初耳だ。私に報告はないな」

局長は訝しげな表情をすると、ハインズの近くの席に座った。

「まだ捜査に着手する前の段階で、報告するほどのことではありませんから。それにどのチームも事件を抱えているので、私が手の空いている時間を使って調べているに過ぎません。ＦＢＩこそ、なぜ森口を追っているのですか？」

ハインズは表情も変えずに質問で返した。挨拶も抜きで森口のことを聞いてきたということは、ＦＢＩの捜査にハインズが足を踏み込んだに違いない。こちらの事情をベラベラと話せば、情報だけ吸い取られ、捜査の邪魔をするなと言われるだけだ。

「捜査上の問題で話すことができない。あなたの身勝手な捜査で、我々の活動に支障を来す恐れがある。現状で得られた情報を我々に渡し、森口に今後関わらないようにしてもらいたい。少なくともこの件は、海軍と関わりはないはずだ」

食えない男である。ある意味ＦＢＩらしい。彼らはいつもＦＢＩが、米国で一番の捜査機関だと思い込んでいる。ラジョイはハインズに手を引くようにわざわざ言いに来たようだ。

「それで、どうしてその日本人を調べているんだね。うちと関係あるんだろうな」

頰をピクリとさせた局長は、改めて尋ねてきた。ラジョイの物言いに腹を立てているようだ。

米国には様々な捜査機関があり、担当についての線引きが難しいことがある。だが、海軍犯罪捜査局は、たとえ目の前で起きた殺人事件でも、海軍、あるいは海兵隊に関わりがなければ、他の捜査機関に捜査を譲らなければならない。

「猛・森口名義の偽造パスポートを使った人物が、二ヶ月前に入国したことが分かっております が、私が捜査しているのは、彼の友人であるサミエル・ペレスという黒人の元海兵隊員です。ペレスは三ヶ月前に〝ブラック・キャノピー〟を退社し、現在、行方が分かっていません。半年前に許可証なく違法に銃を購入し、所持していることが分かっています。今後、彼がテロ活動を行う可能性もあり、捜査を放棄するわけにはいきません」

ハインズは、この三日間でペレスの身元と過去の罪状を調べ上げた。米国で銃を無断所持するのは、軽犯罪のうちである。その他、駐車違反というのもあったが、さすがに苦しい言い訳になってしまうので口には出さなかった。

まだ、本人の所在が分からないが、そのうち見つけることはできるだろう。

「なるほど、日本人を調べているのは、ペレスを見つけるためか。現在は民間人だが、ペレスが元海兵隊員であれば、ＮＣＩＳが総力を挙げて捜査するべきだな」

局長が相槌を打った。

「なっ、なんですって！」

ラジョイはハインズと局長を交互に睨み付けた。

「我々は、今後もペレスと彼の友人である森口の捜査を続ける。ＦＢＩの身勝手な捜査で、我々の活動に支障を来す恐れがある。現状で得られた君らの情報を我々に渡したらどうだ？」

ハインズはラジョイの台詞《せりふ》をそっくり真似て言い返した。

「ぶっ、無礼な。失礼する！」

真っ赤な顔になったラジョイは、立ち上がって拳を握り締めると、部屋を出て行った。

「ハインズ、森口の捜査に君のチームを割り振ってくれ。ＦＢＩの鼻を明かすんだ」

局長はふんと鼻息を漏らした。よほどラジョイに腹を立てたらしい。

「了解です」

手を叩いたハインズは、勢いよく立ち上がった。

5

千代田区九段北、午後九時五十分。

朝倉は国松と中村、それにサイバー犯罪対策課の戸田を伴い、市ヶ谷駅近くの六階建てマンション〝ブランデン九段〟を訪れていた。

靖国通りはまだ人通りがあるが、道を一本隔てただけで、マンションのある通りはしんと静まり返っている。

すぐ近くの路上にクラウンの覆面パトカーが停めてあり、佐野と野口がマンションの出入口を見張っていた。

エントランスに入った朝倉は、カメラ付きのセキュリティボックスで６１６と入力し、呼び出しボタンを押した。するとスピーカーからは何の返答もないまま目の前のガラスドアが開く。

六一六号室には防衛装備庁の加賀が住んでいる。あらかじめ電話を入れておいたのだが、夜遅くに自宅まで押しかけてきたことに腹を立てているのだろう。

新聞記者が夜更《よふ》けと早朝に警察幹部の自宅へ押しかけることを「夜討《ようち》ち朝駆《あさが》け」というが、刑事も聞き込みで同じことをするものだ。

エレベーターで六階まで行き、六一六号室のインターホンの呼び出しボタンを押した。

マンションは築十一年らしいが、管理が行き届いて古さを感じない。

ドアが開き、チェーンロックをかけたまま、加賀が顔を覗かせた。

「部屋に入れてもらえますか？」

朝倉は表情もなく言った。愛想笑いを浮かべるつもりはない。

「夜遅くに失礼じゃないか。明日、庁舎に来ればいいだろう」

加賀は声を潜めて抗議した。マンションの廊下は音が響くので、気を遣っているのかもしれない。

「それじゃ、防装庁に大勢の捜査官を連れて、押し掛けてもいいんですか？」

「なっ！　どういうことだ」

　加賀の顔が赤くなった。怒っているらしい。

「情報があなたから漏れている疑いがある。部屋を調べさせてもらえませんか。必要なら令状を取ってもいい。無理にとは言いませんが、協力を拒めば、あなたを連続殺人事件の参考人として事情聴取することになる」

　朝倉は声を張り上げた。

「おっ、大きな声を出さないでくれ」

　目を剥いた加賀はドアを閉めてチェーンロックを外し、再びドアを開けた。

「話だけ聞く。入ってくれ」

　うんざりした顔で加賀は手招きした。

「今、部屋に入った。全員、そのまま待機」

　室内に足を踏み入れた朝倉は、ジャケットの襟に付けてあるマイクで、外にいる佐野らに無線連絡をした。別に知らせなくてもいいのだが、加賀に大掛かりな捜査をしているように思わせたい。というのも加賀のような官僚タイプには、少々仕掛けを大きく見せたほうが効果があるのだ。

　朝倉と戸田が靴を脱いで上がると、ジュラルミンの道具箱を持った国松と中村が続いた。

廊下の右手に洗面所とバスルームがあり、その向こうにドアがある。リビングなのだろう。加賀は単身でこのマンションに住んでおり、家族は調布にいることは調べてある。

「話をするだけじゃないのか？」

加賀は腕組みをして廊下に立っている。家には入れたものの、まだ抵抗するつもりらしい。

「………」

朝倉は奥へ行くよう手ぶりで示した。

国松らは道具箱からアンテナの付いたトランシーバーのような形をした盗聴・盗撮器探知機を出し、玄関の壁や天井に向けて調べ始める。彼らは捜査官だが鑑識作業も普段からこなす。盗聴・盗撮器探知機まで持っているのは、自衛隊が中国や北朝鮮の工作活動に常に晒《さら》されており、情報漏洩に関わる現場でのクリーニング作業が必要なためだろう。おかげで、鑑識課を呼ぶ手間が省けた。

加賀も朝倉らの行動が飲み込めたらしく、黙ってドアを開け、リビングに入るとソファーに腰掛けた。十六畳ほどの広さがあるが、ソファーとテーブルの他にはテレビが置いてあるだけだ。単身赴任のため、仮住まいということなのだろう。

朝倉と戸田はリビングの壁際で国松と中村の作業の邪魔にならないように待っている。

「クリア！　盗聴・盗撮器はありませんでした」

国松が朝倉の前で軽い敬礼をしてみせた。警務隊の捜査だと加賀に思わせるためである。

「いつもお使いのノートパソコンを見せてください」

朝倉は加賀の対面に座った。

「それはできない。できるはずがないだろう、国防にかかわる書類が入っているんだぞ。部外者に見せることは服務規程に反する」

加賀は首を左右に大きく振った。

「だからお願いしているのですよ。あなたのパソコンから情報が漏れていないか確かめたいのです。〝武器調達アドバイザー〟のファイルも当然入っていますよね。あなたは意図せずに犯人に協力したのかもしれないのですよ」

防衛装備庁の監察官は、加賀の他にもいる。だが、〝武器調達アドバイザー〟を外部に求めて情報収集しているのは、彼だけだ。

「私はセキュリティに気を配っているし、不正なサイトにもアクセスしたことがない。マルウェアに感染しているはずがないじゃないか」

加賀は苦笑して見せた。マルウェアとは外部からパソコンに侵入する悪意のあるソフトウェアのことで、一般的にコンピュータウィルスやワーム、トロイの木馬と呼ばれるものの総称である。近年防衛関係者のパソコンに北朝鮮や中国から送り込まれたマルウェアが侵入し、軍事機密が盗まれるケースが相次いでいる。

「それではお聞きしますが、〝武器調達アドバイザー〟のメンバーを誰かに教えたことはありますか？」

「いっ、いや、それはない。アドバイザーの選定は私の独断で行い、長官にも名前を伏せて報告している。職種だけは教えてあるが、それだけで個人の特定はできないはずだ」

加賀は口ごもった。さすがに不安になってきたのだろう。

「国家公務員である以上、あなた自身が情報を漏らしていないと証明する責任があるんですよ」

朝倉は強い口調で言った。

「……………」

口をへの字に曲げた加賀は、隣りの寝室からノートパソコンを持ってくると、画面が朝倉らから見えないようにテーブルに置いて立ち上げた。

「戸田、あとは頼む」

朝倉は傍らに立っている戸田の肩を軽く叩くと、国松と中村には外の見張りをしている佐野と野口と交代するように頼んだ。佐野らはまだ夕食も食べていない。少人数のチームで泣かされるのは、見張りや尾行の交代要員である。

「お任せください。失礼します」

戸田はソファーを回り込んで加賀の隣りに座ると、当惑気味の加賀を無視してパソコンを自分の前に引き寄せ、持参したUSBメモリをスロットに差し込んだ。中身には数種のセキュリティソフトが入れられており、彼が自分で一部を組み直したと聞いている。

「パソコンに触るのは構わないが、テキストファイルは、コピーはもちろん、開いたりしないでくれ」

加賀は投げやりに言うと、立ち上がって台所に入り冷蔵庫を開けた。何か飲んでいるらしいが、招かれざる客である朝倉らに飲み物を出すつもりはないらしい。

戸田がパソコンのキーボードを叩く音だけが室内に響く。

朝倉はソファーで足を組んでくつろいだ姿勢で見守り、加賀はキッチンからじっと見つめている。リビングにいないのは、不安な気持ちを抑え切れないためだろう。

「見つかりました。マルウェア対策ソフトそっくりに偽装していますが、これは新種の〝トロイの木馬〟ですね。パソコン内のデータを勝手に外部に送信していますよ」

ものの一、二分でつきとめた戸田が大きく息を吐き出し、額に浮いた汗を手の甲で拭った。

6

加賀の住んでいるマンション〝ブランデン九段〟の斜め向かいに、八階建てのオフィスビルがある。

照明もない屋上には、業務用の大きな室外機が整然と並んでいた。その室外機の陰に森口が微動だにせず、ヘッドフォンをつけて立っている。

ヘッドフォンは三脚に載せられたパラボラ集音マイクから延びるコードに繋がっており、指向性のあるマイクは、〝ブランデン九段〟最上階にある加賀の部屋に向けられていた。ベランダ側のガラス窓を通して漏れてくる音を拾っているのだ。

舌打ちした森口はヘッドフォンを外し、ポケットから出したスマートフォンで電話を掛け始めた。

「加賀のパソコンが朝倉のチームに調べられ、木馬が発見されたようです」

森口は朝倉と戸田の会話を盗聴していたらしい。

——見つかったか。防衛省の情報源の一つが潰されたな。また、新しい木馬を開発させないといけない。まあ、セキュリティ管理が甘い防衛関係者は、いくらでもいる。心配はしていないがな。

森口が今宮と呼んでいた男の声である。今宮の口調はさほど残念がっているようには聞こえない。リスクは承知していたのだろう。

「加賀はどうしましょう」

森口は屋上の縁《ふち》まで進み、加賀の部屋を見下ろしながら尋ねた。

――今殺せば、世間で騒がれる。放っておけ。まだ情報源であることに変わりはない。集音マイクでの盗聴に気付かれていないのなら、機材はその場に置いておけ。交代要員は送る。おまえと藤谷は、日本の警察が血眼《ちまなこ》になって探している。例の隠れ家に行け。あそこなら日本中の警官が探したところで、見つからない。飛行機の手配もしてある。ご苦労だった。

言葉とは裏腹に、今宮の話し方には労《ねぎら》いが感じられない。

「しかし、朝倉を泳がせておくのは、危険です。もう一度、チャンスをください」

――朝倉はこちらで対処する。おまえらが捕まれば、作戦が台無しだ！　分からないのか、馬鹿者！

今宮は語気を強めた。

「……了解しました」

森口は溜息を殺して返事をすると電話を切り、スマートフォンをポケットにねじ込んだ。

「くそっ、くそっ！　ふざけるな！」

森口は靴の踵《かかと》でコンクリートの床を蹴った。

「うん？」

マンションのエントランスを出たところで、国松は足を止めた。

十メートル先に佐野と野口が乗った覆面パトカーが置いてある。国松と中村は佐野らとマンションの見張りを交代することになっていた。

「どうしたんですか〝うん？〟って？　何か思い付いたんですか？」

中村はにやけた表情で尋ねてきた。

「今、上の方から何かを叩くような音がしたんだ」

国松は腕時計で時間を確認すると、マンションの向かいのビルを見て腕組みをし、右手で顎を触った。時刻は午後十時二十分になっている。捜査官としての癖で、何か異変に気付いた際、時刻を確認するのだ。

〝ブランデン九段〟の真向かいは五階建ての古いビルで、その、右隣りは六階建てのこぢんまりとした雑居ビル、左隣りには八階建てのオフィスビルが交差点角に建っていた。

「気のせいでしょう。私は聞こえませんでしたよ。向かいのビルはどこも照明は落ちていますし、マンション内部の音が漏れるとも思えません。ひょっとすると、靖国通りを走っている車のバックファイヤーが、反響して上から聞こえてきたとか」

中村は腕組みをし、右手で顎を触りながら言った。国松の仕草を真似しているのだ。

「微かな音だったが、バックファイヤーとは違う。続けて二度聞こえたんだ。音の具合からしてかなり高い位置だと思う」

国松は八階建てのビルを見上げた。

「まさか、あのビルの屋上に人がいるとでも言うんですか？」

失笑を堪えているかのように中村は口を押さえた。

「馬鹿野郎。声を上げるな。こっちに来い」

国松は中村の腕を摑んで道を渡り、正面の古い建物の壁際まで引っ張った。もし、ビルの屋上に人がいるのなら、道路上では姿を見られてしまうからだ。

「乱暴ですね、まったく。斜め上のビルの屋上に仮に人がいたとして、それがどうしたというのですか。もし、狙撃の恐れがあるというのなら、映画やテレビの見過ぎですよ」

中村は減らず口を叩いた。相変わらず、この男は上官を上官とも思っていないようだ。

「狙撃？　おまえこそ、テレビの見過ぎだ。斜め向かいのビルは八階、加賀の部屋は六階だ。監視するにはちょうどいいとは思わないのか？」

「加賀さんは用心深い人で、いつも窓のカーテンを閉めているそうです。外から監視することはできませんよ。そうか、そういう意味では、狙撃もできませんね」

中村は首を捻ってみせた。

「集音マイクを使えば、窓越しに音は拾えるだろう。屋上を調べるぞ」

「ちょっと待ってくださいよ。捜査令状もなく、勝手に私有地には入れません。それにどのビルもそうですが、屋上への通路は施錠されています」

中村は最初から諦めている。常識から言えば正しいのだが、いつもその枠に捉われていては捜査をドラスティックに進めることはできない。

「あのビルは交差点の角にある。おそらく裏口は脇道にあるはずだ」

国松は中村の忠告を無視して覆面パトカーとは反対側の交差点に向かった。

「頑固だな。いつもながら」

中村は渋々従った。

「……………！」

前を歩いていた国松が交差点の角で突然立ち止まり、後ろの中村を右手で押し返した。八階建てのビルの裏口からマスクをした男が出て来たのだ。

真顔になった中村は、口を閉じて一歩下がった。

「こちら、国松。たった今、怪しげな人物を発見。靖国通りに向かっている。これより尾行する。応援を頼む」

国松はジャケットの襟に付けられた小型マイクで、無線連絡した。無線は全員がモニターしている。

――了解。俺も行く。佐野さん、車で応援よろしく。

朝倉が答えると、

――こちら佐野。応援に行きます。

佐野が即応した。

朝倉はエレベーターに乗るのももどかしく、非常階段を駆け下りた。アドレナリンのせいだろう、脇腹の痛みをほとんど感じない。

一階まで降りた朝倉はエントランスから飛び出すと、数十メートル先の交差点を曲がり、靖国通りまで猛然とダッシュした。

靖国通りとの交差点に国松と中村が立っている。

「どうした？」

立ち止まった朝倉は二人に声を掛けた。

「不審人物は、靖国通りの交差点近くに停めてあったバイクで立ち去りました。佐野さんが覆面で追い掛けています」

首を横に振った国松は、大きな溜息を吐きながら報告した。

「そいつの発見場所を教えてくれ」

「このビルの裏口です」

国松は交差点から数メートル先に位置する八階建てのビル脇のドアを指差した。

「そもそも、どうして、ここに来たんだ？」

朝倉は首を捻った。佐野と野口が乗った覆面パトカーは、交差点の反対側に停まっていたからだ。交代するというのなら国松は反対方向に来たことになる。

「このビルの上のほうから音がしたので、それを確認しようと思ったのです。裏口を探してビルの脇にまわろうとしたところで、マスクをした男を発見したのです」

国松はビルの屋上を指差した。夏にマスクをしているのは不可解である。しかも無人と思われるオフィスビルから出てくるのもおかしい。

「なるほど。……どうやって？」

ドアノブを回して施錠されていることを確認した朝倉は、首を捻った。

「ドアを解錠して、ビルに入るつもりだったのですが」

国松はポケットから小型の電動ドリルのような道具を出して見せた。

「ピックガンか」

国松が持っているのは、米国の警察機関でも使われる銃型のピッキングツールである。

「加賀がマンションの玄関ドアを開けなかったら、使うかもしれないと思ったんですよ。我々もいつも使うわけじゃありませんが、自衛官が犯罪に関与した場合、銃を持っている可能性があるので、ドアを解除して強行突破という場合も想定されますから」

国松は涼しい顔をして言った。

「乱暴だな」

朝倉は苦笑した。

「ほら、言ったでしょう。捜査令状もないのに、勝手に私有地には入れません。我々が法律を無視することはできないのです。違法捜査になりますから」

中村はしたり顔で横から口を出した。

「やってみてくれ」

朝倉は中村を無視して国松を促した。このビルと無関係の男が出入りできたのならば、警備会社と契約していないということだ。もし、侵入者が森口や平岡なら、ビルを早急に調べる必要がある。夜が明けてからビルの管理会社に許可を取っている暇はない。

「なっ！」

「了解」

慌てる中村を横目に国松はピックガンの先端を鍵穴に差し込み、ものの数秒でドアの鍵を開けた。

朝倉は国松と渋る中村を伴い、非常灯の灯《とも》る廊下を進んだ。正面奥にエレベーターホールがあるが、監視カメラに映る可能性があるのでその手前の非常階段を上って行く。八階の突き当たりにドアがあった。国松がまたピックガンでドアを開けると、外に出た。ビルの裏側の角になっているらしく、壁に屋上まで垂直に上る梯子《はしご》がある。

朝倉は国松と中村にハンドシグナルで付いてくるように合図すると、梯子を上った。屋上の中央には業務用の大きな室外機が並んでいる。

梯子の近くで辺りの様子を窺ったが、人の気配はない。国松らが屋上に上がって来ると、二人を時計回りに歩かせ、自分はその反対方向から屋上を調べた。

「誰もいませんね」

半周して顔を合わせた中村は、肩を竦めて見せた。骨折り損だと言いたいのだろう。

「人を探しているわけじゃない」

朝倉はポケットから捜査で使う白手袋を出してはめると、室外機の間に挟み込むように置いてあるスポーツバッグを取り出した。ファスナーを開けると、中からパラボラ集音マイクが出てきた。

「ビンゴ」

朝倉は呟くように言った。

フェーズ10：囮

1

翌日の午後、朝倉は靖国通り沿いにある十二階建ての大型マンション〝レジデンシャル麴町《こうじまち》〟の屋上で中村と張り込みをしていた。

二人はマンションの管理会社の許可をもらい、折り畳みの椅子を持ち込んで座っている。

午後三時三十分、気温は三十一度まで上がり、足下の温度はコンクリートの照り返しで三十五度を超えていた。

「それにしても、このマンションに空き部屋はなかったんですか」

首に巻いたタオルで汗を拭きながら、野球帽を被った中村はパソコンのモニターを見ている。

「市ヶ谷駅に近い人気のマンションだ。空き部屋があるわけがない。屋上を貸してもらえただけありがたいと思え」

隣りに座る朝倉も野球帽を被り、首にタオルを巻いていた。天気予報では昼過ぎに気温が三十度を超えると言っていたので、二人ともジーパンにカラーシャツという軽装にタオルを用意してきたのだ。

パソコンのモニターには、〝レジデンシャル麴町〟の南側に隣接するオフィスビル〝第二協和九段ビル〟の屋上の様子が映っていた。〝第二協和九段ビル〟は加賀が住んでいる〝ブランデン九段〟の斜め向かいにある八階建てのオフィスビルである。

昨夜、〝第二協和九段ビル〟屋上でスポーツバッグに入れられたパラボラ集音マイクを発見している。朝倉は機材を回収せずに、国松にバッグの指紋採取をさせただけで、そのままの状態にしてきた。バッグから採取した指紋を照合したところ、森口の自衛隊に残された記録と一致したのだ。

これらの事実から、昨夜森口は〝第二協和九段ビル〟の屋上からパラボラ集音マイクを使って加賀の部屋を監視していたと考えられる。機材が室外機の陰に隠すように置いてあったことから、森口が加賀の監視活動を再開することが予想された。

そこで、〝第二協和九段ビル〟を見下ろすことができる〝レジデンシャル麴町〟にビデオカメラを設置し、監視活動を行っているのだ。

昨夜、森口と思われるバイクに乗った男を覆面パトカーで追跡したが、靖国通りから明治通りに曲がり、渋滞にはまったところで見失っている。そのため、再び現れるのを待つしかないのだ。

「特行の予算で監視カメラシステムを買い揃えませんか。モバイルWi-Fiや外部バッテリーも含めて無線で遠隔操作できるカメラが数万で買えますよ。有線でコントロールする監視カメラなんて時代遅れですから」

有線のビデオカメラを使った監視カメラシステムは、警視庁から借り出したものである。確かに古い機材だ。ただ、カメラ自体は暗視モードもある優れもので、画質に問題はない。

「それはいい。とりあえず、おまえのポケットマネーで立て替えといてくれ」

出来たての組織というのは、何事も一から用意しなければならないものだ。

「ちゃんと、決済してくださいよ。薄給なんですから。ところで、本当にやつは現れますかね？」

中村はペットボトルのスポーツドリンクを飲みながら言った。

マンションの管理会社に屋上の使用許可を得るのに手間取ったため、午後一時半頃に監視ビデオカメラの設置を終えた。張り込みに入ってまだ二時間ほどしか経っていない。見張り役は三時間交代と決めてあり、国松と野口のコンビに交代するのは、一時間後の予定である。

最年長の佐野は屋上の見張りから外し、警視庁の覆面パトカーで待機させていた。いまさらながら人手不足を実感せざるを得ない。

メンバーをいつもと違う組合せにしたのは、チームの中で大型と中型のバイクの免許を持っているのが、朝倉と野口だけだからだ。屋上の見張りについていない国松らのチームは、近くにある郵便局の脇の駐車スペースに停めた警務隊の覆面パトカーで二百五十ＣＣのバイクとともに待機している。森口と思しき人物がまたバイクで来た場合を想定し、いつでもバイクで尾行できるようにしているのだ。

「加賀は、午後四時半に防装庁から帰って来ることになっている。敵は涼しくなってから来るんじゃないか。だからといって、俺たちもその頃来たんじゃ、怠慢だろう。捜査は地味で辛いと昔から決まっているんだ」

機材を明るいうちに設置しに来る可能性もある。設置後に姿を消されては話にならない。加賀には囮としてなるべく自宅にいるように要請し、通常よりも早く帰宅することを約束させた。また、防衛装備庁との往復は、運転手付きの車に替え、護衛も同乗させるようにした。

「こんな面倒なことはしないで、森口を見つけ次第、拘束できませんかね」

「森口と平岡は殺人犯かもしれないが、逮捕状が取れるまでの証拠はない。それにやつらを捕まえても黒幕を捕まえなければ意味がないんだ。俺たちは警察と警務隊のハイブリッドの捜査班だが、法を曲げてまで執行することはできない。おまえも昨日、そう言っていただろう」

「分かりました。それでは後一時間頑張れるようにします」

中村はやおらズボンと靴下を脱ぐと、持参したスポーツバッグの中からハーフパンツとスポーツサンダルを出して着替え始めた。用意のいい男である。

「その格好なら、交代しなくてもよさそうだな」

朝倉は苦笑した。

昨日は、朝から夕方近くまで雨が降っていた。雨の張り込みも嫌だが、かんかん照りも刑事泣かせである。野球帽を被っているものの、日差しはどうしようもない。これなら雨傘も用意するべきだった。

「やっぱり、現れるとしても、日が陰ってからですかね」

一時間ほどして中村はげっそりとした様子で言った。

「まあ、そんなところだろ。そろそろ野口が顔を見せるころだ、着替えるんだな」

腕時計で時間を確かめた朝倉は、両手を伸ばして背伸びをした。時刻は午後四時二十四分である。国松・野口組と交代の時間が迫っていた。

見張りが二人一度に交代すると互いの持ち場が留守になるため、野口が屋上に来たら中村が代わり、中村が覆面パトカーに行ったら、国松が屋上に向かうという手順だ。

——こちら佐野、今、加賀がマンションに戻った。

マンションの駐車場が見える場所で、張り込みをしている佐野からの無線連絡だ。

「了解しました」

朝倉はイヤホンを耳に押し込みながら答えた。

「あっ、人が現れました」

パソコンの画面を見ていた中村が、小声で言った。周りを気にしているようだが、靖国通りの車の音がうるさいため気にする必要はない。

「こちら朝倉、屋上に未確認の男。全員待機」

朝倉は無線で仲間に連絡した。男は清掃員のような格好をしているが、森口とも平岡とも違っている。加賀の帰宅とともに現れたということは、加賀を尾行してきたのか、あるいは防衛装備庁を見張っている仲間から連絡を受けて行動しているに違いない。

——国松、了解。

——佐野、了解。そいつは私がさっき見た男だな。〝第二協和九段ビル〟の前にバイクを停めたぞ。

それぞれの覆面パトカーに乗っている二人から連絡があった。

「ここからだ」

朝倉は拳を握りしめた。

2

午後七時二十分、朝倉は中村とともに〝ブランデン九段〟近くの駐車場に停めてある覆面パトカーで待機していた。

〝レジデンシャル麴町〟での張り込みは、午後四時半に国松・野口組と交代している。三時間ごとの交代なので、そろそろまた中村が向かう時間である。

腕時計を見た朝倉は、スマートフォンで加賀に電話した。

午後四時半に帰宅した加賀には、普段通りに生活するように指示してある。

——はい、加賀です。その件ですか。現在、調査中です。〇〇工業からの申し出は破格値ですが、担当者には他社にも見積もりを立てさせるように言うつもりです。

加賀が勝手に話し始めると、朝倉は通話を止めてスマートフォンを仕舞った。加賀が仕事の話を始めたら、異常がないという意味なのだ。もし異常があれば「どちらさまですか？」と電話に出ることに決めていた。

加賀の部屋を盗聴している連中は、彼が情報源である限りは手を出さないだろう。加賀に囮になってもらうと同時に加賀の身の安全を図るために、朝倉は二、三十分おきに電話を掛けているのだ。

——こちら佐野、例の男のバイクの横に別の男がバイクを停めた。〝第二協和九段ビル〟に入って行くぞ。

オフィスビル〝第二協和九段ビル〟の屋上で加賀の部屋の盗聴をしている清掃作業員風の男が、路上に150CCバイクを停めていることは確認している。佐野は〝第二協和九段ビル〟の交差点が見える場所で一人張り込みをしていた。

——こちら国松、別の男が屋上に現れた。見張りを交代するようだ。

ほどなくして国松からの無線連絡が入った。佐野が確認した男に違いない。

「頼んだぞ」

運転席の中村をちらりと見た朝倉は助手席から降りて、近くに置いてあるヤマハYZF25のバックミラーに掛けてあるフルフェイスのヘルメットを被る。バイクは野口の私物で、若者に人気のスポーツタイプ250CCである。本来なら白バイに採用されているような大型バイクを使用したいところだが、贅沢は言えない。

朝倉はバイクのエンジンを掛けて郵便局の駐車スペースから出し、裏通りの交差点まで移動した。

バイクに乗った清掃作業員風の男が姿を現し、朝倉の眼の前で左折すると、靖国通りとの交差点を左に曲がった。

朝倉もすかさずバイクに跨がり、靖国通りに出ると男のバイクを追った。

急ぐでもなく男は、淡々と走る。尾行されているとは思っていないからだろう。市ケ谷駅を抜け、靖国通りを進み、新宿五丁目東の交差点を右折し、交通量が多い明治通りに入った。昨夜、この辺りで佐野と野口が乗った覆面パトカーは渋滞に巻き込まれ、バイクに乗った森口らしき男を見失っている。

男は明治通りに入ると、走行中の車の間をすり抜けて走り始めた。朝倉も男に気付かれないように車を追い越して行く。車で尾行していたら、この時点でまかれていただろう。前方のバイクは明治通りから東新宿の交差点で左折して職安《しょくあん》通りに入った。そのまま山手線と中央線のガード下を潜り、北新宿百人町《ひゃくにんちょう》の交差点で左折し小滝橋通りに入ると、新宿大ガード西で右折して青梅《おうめ》街道に入った。

靖国通りを新宿五丁目東で右折しないで直進すれば、新宿大ガード西で青梅街道に入る。バイクの男は、尾行を振り切るために迂回したのだろう。だからといって、後ろを気にしている素振りはないので、あらかじめ決められたルートを走っているようだ。

やがて男のバイクは、中野坂上の交差点から数ブロック先の路地の角で停まった。朝倉は二十メートルほど手前で左折して路地にバイクを停めると、ヘルメットを脱いでバイクから飛び降り、急いで青梅街道沿いにあるビルの陰から男の様子を窺った。

男はさりげなく辺りを窺うと、バイクを押して一方通行の出口から路地に入って行く。朝倉は男が入っていった場所まで全力で走り、路地を覗いた。男は角から二番目にある三階建てビルの前にバイクを停めて玄関から中に入った。

ポケットからスマートフォンを出した朝倉は、佐野に電話をかけた。

「朝倉です。ホシのアジトらしき場所を見つけました。中村も連れて、応援お願いします」

朝倉・中村組が〝レジデンシャル麹町〟の屋上に上がり、国松・野口組と張り込みを交代する時間だが、囮となっている加賀の役目はほぼ終わったといって間違いないだろう。不測の事態も想定して当面は〝レジデンシャル麹町〟の張り込みも続けるが、主力はバイクの男が入った三階建てビルの見張りに移すつもりだ。

――了解。狙いは当たったらしいな。

佐野の嬉しそうな声が聞こえる。だが、喜んでもいられない。たった五人の張り込みチームが二つに分かれてしまえば、機能不全に陥るからだ。

「そうだと、いいんですが」

朝倉は浮かない表情で返事をした。

3

翌日の午後、中野本町《なかのほんちょう》の細い路地にある丸石金物店《まるいしかなもの》とシャッターに書かれた店舗の前でヘルメットにとび職の格好をした朝倉と中村が、トラックから足場用の機材を降ろしていた。

「そんなに一度に運ばなくてもいいんだ。そういうのを馬鹿の力って言うんだよ」

朝倉が足場に使う亜鉛《あえん》メッキのパイプを一抱《ひとかか》え担《かつ》いでいると、現場監督である相川正《あいかわしょう》蔵《ぞう》に叱られた。

「すみません。でも大して重くないっすよ」

苦笑した朝倉は、足場を組む建物の前にパイプを降ろした。

「転んで道にぶちまけたら、通行人が怪我するだろう。おめえのことを心配して言っているんじゃねえんだよ」

相川は大きな溜息を漏らした。

丸石金物店は数年前に倒産しており、昨夜、朝倉が尾行した清掃作業員風の男が入って行った三階建てのビルの斜め向かいにある。

ビルを調べたところ、一階と二階のテナントは不在で、三階に事務所を構える不動産業者〝暄風《けんぷう》不動産〟が管理している。つまり、ビルはまるごと不動産業者のものなのだ。

〝暄風不動産〟に関しては、朝から佐野と野口に調べさせ、張り込みは朝倉と国松と中村の三人が担当している。また、加賀の張り込みは中断し、中央警務隊に彼の護衛とマンションの警備を要請した。

〝暄風不動産〟が入っているビルは、狭い場所にあるので張り込みが難しい。また道を挟んで反対側は工事中で入ることができない。

そこで三階建てのビルの斜め向かいにある潰れた金物屋に目を付けた佐野が、知り合いを通じて金物屋の物件を所有している不動産屋に使用許可を得た。金物屋の中には現在何もないので、張り込みをする上では最適なのだ。だが問題は、シャッターが下りた無人の建物に気付かれず出入りすることが不可能であるということだった。

そこで佐野が、金物屋跡に足場を組んで建て替え工事らしく見せれば、人の出入りは怪しまれないと提案した。佐野は知り合いの工務店の社長である相川に頼み込んで、トラックと機材を借りたのだが、さすがにとび職人を何人も借りることはできないので、朝倉と中村が変装して機材の運搬をしているのだ。足場の組み立ては、朝倉も手伝うが相川と社員である高部《たかべ》が行う。二人とも足場を組み上げたら、他の工事現場に向かうらしい。

佐野はポケットマネーで謝礼を払ったようなので、朝倉は後で聞き出して清算するように言うつもりだ。新しいチームに迎え入れたばかりに身銭を切らせるようでは、責任者として失格である。

足場は一時間半ほどで組み上がり、工事用の白いシートを周囲に張って作業は終了した。一階店舗のシャッターは開けっ放しにしてあるので、出入りは自由にできる。工事関係者らしく、白いバンで来れば怪しまれることはないだろう。

また、シートに穴を開け、斜め向かいのビルに向けて足場に監視カメラを取り付ける予定だ。設置は、中村が担当している。

「俺たちは、他の現場に行く。ここは頼んだぞ」

高部が運転するトラックの助手席から相川が笑みを浮かべて手を振った。随分前の話だが、相川の会社の若い社員が傷害事件を起こした際に、佐野が便宜を図ってやったらしい。社員に非はなく、被害者とされた相手が暴力団関係者で、恐喝目的に挑発したという事件だったようだ。

「任せてください」

軽く手を振って相川らを見送った朝倉は工事用シートを潜り、店舗跡を抜けて奥の階段から二階に上がった。

二階の道路際の部屋は六畳の畳部屋になっており、ブルーシートを広げて折り畳みの小さなテーブルの上に監視カメラの映像を映し出すノートパソコンが置いてある。

「どうだ？」

朝倉はノートパソコンを見ている国松に尋ねた。

「上々」

国松は朝倉を横目で見て答えた。覗きこむと、パソコンのモニターには、〝暄風不動産〟の一階の玄関が映っている。出入りする人物の特定はできるが、それだけでは物足りない。

テーブルに置かれたスマートフォンの呼び出し音が鳴り、国松が応答した。

「どうだ？　うん、そうか。了解」

国松は電話に出ながらパソコンのキーボードを叩いた。すると、パソコンのモニターにビルの玄関とは別のアングルの映像が映った。〝暄風不動産〟ビルの正面からの映像だ。

「これは、どうやって？」

朝倉は目を見張った。

「監視カメラを一つ、隣りの工事現場の足場に付けさせてもらったんだ。責任者に、警視庁の極秘の捜査に協力して欲しいと頼んでね」

国松は、左手にスマートフォンを持ったままニヤリと笑った。中央警務隊の名前を出さずに、警視庁の警察官と名乗ったらしい。彼がたまに使う手で、警務隊の警察手帳をちらりと見せれば、一般人は区別がつかない。警務隊を名乗ればややこしくなるからだろう。

「隣りの工事現場？　ということは無線の監視カメラか」

「午前中に中村に買い揃えさせたんだ。後で領収書を渡すよ。ちょっと待ってくれ」

国松はパソコンを操作した。三階のビルの窓が拡大され、ブラインドの隙間から何か見えそうだ。

「レンズの角度はそのままで、少しずつ上にカメラを持ち上げてくれ」

国松がスマートフォンで指示すると映像の視野が徐々に変わり、やがてブラインドの隙間から室内が見えるようになった。工事現場で中村が調整しているらしい。ブラインドの角度は道路から見えないように上向きにしてあるため、高い位置にカメラを設置すれば室内が丸見えなのだ。

「ストップ！　そこだ。そこに固定してくれ」

国松が叫ぶと、映像は停止した。

ブラインドのスリットが少々邪魔だが、部屋の様子は分かる。大きな机があり、ワイシャツを着た男が窓を背にして座っていた。ジャケットは、近くのハンガーラックに掛かっている。それ以上先は見えないが、昨日、清掃作業員の格好をしていた男の姿はない。部屋の奥か、別の部屋にいるのかもしれない。

「この男の顔が撮影できたら、教えてくれ」

朝倉は男の服装から、責任者に近い存在だと考えた。

4

機体を横切る紺とオレンジのラインに、白とグレーのカラーリング。米国海軍の艦隊補給支援飛行隊に所属する〝クリッパー〟が、ジブチ国際空港上空に差し掛かった。

〝クリッパー〟は、ボーイング７３７‐７００旅客機を軍用にしたＣ４０の愛称である。

軍用機らしく高い角度から着陸したクリッパーは誘導路に曲がり、空港の南に隣接する米軍のキャンプ・レモニエのエプロンまで移動した。

停止したクリッパーの左側から折り畳み式のタラップが下ろされる。

ジブチ港に停泊する米艦隊の交代要員として送り込まれた海兵隊の迷彩服の兵士たちに交じって、私服姿の三人の男がタラップを降りてきた。中でもひときわ背の高い男が、人目を引く。海軍犯罪捜査局ＮＣＩＳの特別捜査官、ハインズである。

「まだ午前九時なのに、強烈な暑さですね」

ハインズの傍らを歩くＢチームのチーフ、アラン・ブレグマンがシャツのボタンを外しながら言った。

朝倉が中野で張り込みをはじめたころ、時差がマイナス六時間のジブチでは、最低気温が三十五度、最高気温は四十五度という日が続いている。

「クワンティコよりは少々暑いが、たまには気晴らしにいいだろう」

ハインズはすました顔で答えた。

「少々！　気晴らしなら、ハワイかグアムにしてもらえませんか。地球の裏側まで捜査に来なくてもいいでしょう」

ブレグマンは頬を膨らませ、大きな息を吐き出した。

「まあ、そう言うな。ジブチの名物料理を食べれば、気が変わるぞ。マルテス、黙っているが気分でも悪いのか？」

二人の後を重い足取りでついてくる黒人の男に、ハインズは尋ねた。

「クワンティコから二十時間も掛かっているんですよ。疲れないわけがないじゃないですか」

マルテスは首を左右に振った。額にじっとりと汗をかいている。相当疲れた様子だ。

バージニア州のラングレー海軍基地から出発したクリッパーは、途中、マサチューセッツ州のオーティス空軍基地と、スペインはアンダルシア州にあるロタ海軍基地に給油のため立ち寄り、ジブチまで十九時間五十分を掛けて来たのだ。

「水分を摂れ。多分、熱中症にかかっているのだろう。基地での打ち合わせや聞き込みは、ホテルに荷物を預けてからでもいいんだぞ」

ハインズは若いマルテスに気を遣った。彼はブレグマンのチームのメンバーだが、ルイジアナ州警察から転身して二年目、今年からブレグマンのチームに入ったばかりの新人捜査官である。経験のためにブレグマンが選んで、同行させたのだ。

「お気遣いは無用です。基地のレストランで朝食を摂らせてください。血糖値が下がっているだけだと思います。ホテルに行くのは時間の無駄ですから、早く終わらせてクワンティコに帰りましょう」

根性があるかと思いきや、帰りたい一心のようだ。

「分かった。ここから一番近いのは、ピザハットだ。そこで、冷たいバドワイザーとモーニングピザでも食べるか」

キャンプ・レモニエ内は小さな街と同じで、レストランもあれば映画館もある。

「朝からビールとピザですか。私はスペイン系だから、勘弁してください」

マルテスは両手と頭を振ってみせた。スペイン系に限らず、朝からピザを好んで食べるような人間は、米国人でもあまりいないだろう。

「冗談だ。車で迎えが来ている。カフェかサブウェイで、朝食だ」

ハインズが手を振ると、航空機格納庫の陰に停められていた大型のSUVが走り出し、目の前に停まった。

「チーフ！」

運転席から髭面の男が手を振ってみせた。

「ありがとう、ソリア、助かったよ。地上勤務はどうだ？」

助手席に乗り込んだハインズは、髭面男に礼を言った。ホルへ・ソリア、三十四歳、七年前までハインズの下で働いていた。ハインズがチームのチーフだったころだ。

「あなたの頼みですから、断れないでしょう。ここはクソ暑いですが、艦上勤務よりはマシですよ」

原子力空母は個艦要員と航空要員、それに司令部要員も含めて六千人近くが乗艦するため、空母自体が一つの都市と同じ機能を持つ。そのため艦内で発生する犯罪に対処するべく、海軍憲兵隊だけでなく海軍犯罪捜査局の捜査官も常駐している。

「サミエル・ペレスの件は、その後何か分かったか？」

ハインズはペレスの家族を苦労して見つけたが、その二ヶ月前にジブチの病院から死亡の連絡が入り、遺品が送られてきていたことが分かった。

ハインズが〝ブラック・キャノピー〟の営業企画部長、デール・エイグスティンに改めて問い合わせると、退職届は電話で受けたに過ぎないため、死んでいたとは知らなかったという、なんとも間の抜けた返事であった。エイグスティンは死亡を知っていてあえてペレスの情報を漏らしたに違いない。

諦めきれないハインズは、ジブチ駐在のソリアに調査を依頼した。すると、地元警察の記録から市内で強盗に殺害されて病院に運ばれたことが分かった。ソリアが病院に直接訊《き》くと、病院に運ばれてきた時点でペレスは死亡しており、遺留品から身元が判断されたということだった。

そして、死亡記録として残されていた遺体写真を確認したところ、別人だと分かったのだ。どうやら、死体は強盗のほうで、そこにたまたまペレスのＩＤが落ちていたということらしい。ペレスはまだ生きている可能性があり、出国の記録もないことからまだジブチ、少なくともアフリカにいる可能性が出てきた。そこで、ハインズは二人の部下を連れて調べに来たのである。

「念のためにジブチ国際空港の監視カメラの映像を三ヶ月前まで遡って顔認証ソフトを使って調べ、入国管理官にもペレスの写真を見せて聞き込みをしましたが、出国した様子はないですね。ペレスは市内に潜伏しているか、それとも近隣国に行ったのか、いかんせん……」

ソリアは言葉を濁した。ジブチ駐在の海軍犯罪捜査局の職員はソリアも含めて三人である。近隣国にまで捜査を広げるには、とてもじゃないが人手が足りないのだ。

「だからこそ、我々が来たのだ」

ソリアの言葉を汲んだハインズは、笑顔で頷いた。

5

午後八時になろうとしている。

朝倉はトビ職の作業服からジーパンにTシャツというラフな格好に着替え、丸石金物店一階の壁際に立っていた。傍らには、今回の張り込みで大いに活躍している野口のバイク、YZF25が置かれている。

ジーパンのポケットに入れてあるスマートフォンが反応した。朝倉はそれを取り出し、通話ボタンを押した。

——ハロー！　今私がどこにいるか分かるか？

ハインズである。一昨日の夜から連絡がなかったが、やけに張り切った声である。

「アメリカに、いないのか？」

わざわざ聞いてくるところをみると、海外にいるに違いない。

——ジブチに来ている。森口とイラクで行動を共にしていたサミエル・ペレスがジブチに来ていたことが分かったのだ。

ペレスは現地で強盗に殺害されたことになっていたが、調べてみると別人だったらしい。発見時にペレスのＩＤが現場に落ちていたので、警察と病院が死体はペレスだと勘違いしたようだ。

「ジブチまで行ったのか、驚いたな。それで、ペレスのＩＤと死体が発見されたのは、いつのことだ？」

ハインズに森口を調べて欲しいと頼んだのは、米国で調べられる範囲でというつもりであった。気軽に頼んだが、わざわざアフリカまで行ってくれたらしい。局の許可を得て本格的な捜査をしているようだ。

——死体が発見されたのは、四月三十日だ。どうしてだ？

「実は現在、森口と一緒に行動している平岡という男がいる。そいつは自衛官で、五月三日に南スーダンで武装勢力に襲われて行方不明になっていたんだ。ところが、二ヶ月経って忽然《こつぜん》と日本に現れた。ジブチは南スーダンに近い。ひょっとすると事件の鍵は、ジブチにあるんじゃないのか」

　紛争地帯の南スーダンを脱出し、日本へ帰るには、どこかでアフリカの安全な国を経由しなければならないはずだ。これまで、平岡の帰国経路は南スーダンと接しているエチオピアかケニアだと思っていたが、ジブチなら空港も港も充実している。

　また、偽造パスポートで日本に入国したとすれば、森口が平岡の入出国を手引きしたはずだ。平岡もジブチにいた可能性がある。

――現在、手分けしてペレスと森口の写真を見せて、ジブチのホテルを聞き込みしている。何か分かったらまた連絡する。そっちの捜査が一段落したら、こっちに来ないか。ジブチまで来る米軍の輸送機が横田基地か嘉手納《かでな》基地から出ているはずだ。使うのなら、空軍か海軍の許可を取っておくぞ。

「米軍輸送機か。金を使わなくてすむが、こっちはまだまだ時間がかかる。新たな不審人物も浮かび上がった。平岡の写真と一緒に送るから、そっちでも調べてくれ」

〝暄風不動産〟ビルの三階の部屋にいた男である。向かいの工事現場に設置した監視カメラから、少々俯瞰《ふかん》ではあるが、窓の外を見ようとブラインドを開けた瞬間の男の顔が撮影できた。年齢は四十代半ば、彫りが深く眼付きの鋭い顔をしている。

戸田に頼んで警視庁のデータベースと照合させているが、ハインズにも情報をどんどん流すつもりだ。

――了解。楽しくなってきたな。

ハインズの声が弾んでいる。現場に出たいと愚痴をこぼしていたので、言葉通りに捜査を楽しんでいるのだろう。

「よろしく」

朝倉も笑顔で電話を終えた。

――こちら佐野、いい情報が入った。

ハインズの電話と入れ替わるように、佐野からの無線連絡がきた。

佐野と野口は覆面パトカーで、〝暄風不動産〟ビルにほど近い青梅街道沿いで待機していた。本来なら青梅街道の上りと下りに二台の覆面パトカーを配備したいところだが、人員不足のためできない。

「晋《しん》さん焦《じ》らさないでくださいよ」

朝倉はニヤリとした。ベテランの佐野が「いい情報」というだけに期待してしまう。

――例の男の写真だが、警視庁の信頼できる仲間に回覧してみたんだよ。そしたら米国人らしいことが分かったんだ。

「米国人？」

――六月十二日から十四日まで、幕張で武器見本市が開かれていた。その一週間前に、米国国防総省の要人ブラッド・マリスニックが、下見を兼ねて日本にやってきている。ビジネス外交というやつだ。その時、警視庁警備部警護課にいる白川《しらかわ》というやつが、警護責任者だったのだ。

二〇一四年に武器輸出三原則が撤廃された翌年、横浜で第一回目の武器見本市が開催された。今年で二回目になる。日本の武器メーカー十四社も含め、十八ヶ国百二十五社が参加した。

白川は国防総省の要人と彼が引き連れてきた軍需関係者の警護を任されていたそうだ。

「なるほど、国防総省の要人が連れて来た軍需関係者の中に例の男がいたわけですね」

――白川は警護なので、要人の名前しか分からなかったそうだが、防衛装備庁の調達事業部の部長は全員と名刺交換しているらしい。中央警務隊経由で名簿を請求してくれないか。写真は今送ったから、見てくれ。

佐野は最近ガラケーの携帯電話をやめてスマートフォンを使い出した。意外に使いこなせているらしい。朝倉のスマートフォンに佐野からメールが届き、写真が添付されていた。スーツを着た白人や黒人に混じってアジア系の男が一人だけ写っている。写真で見る限りは、朝倉らが追っている男と似ていた。

「了解です。その写真を国松にも送ってください」

いる。

特別強行捜査班のメンバーは、個人の電話番号だけでなく、メールアドレスも共有している。

——お安い御用だ。

「ところで、さっきの写真は隠し撮りですよね。三係では、そこまでするんですか?」

警備部警護課はセキュリティポリス(SP)と呼ばれ、係によって警護対象は異なる。警護第三係は国賓、公賓や外交使節団など国外の要人の警護を行う。外国要人に対して隠し撮りを行うなど、下手をすれば、国際問題に発展する恐れもあるからだ。

——確かにそうだが、警護する対象を把握しなければ、テロリストがいつの間にか交じっていたなんてこともあり得る。隠し撮りした写真は、担当する警護官全員に送り、情報を共有するのが一番の目的なのだそうだ。これは噂だが、米中露などの大国は、国賓が平気でスパイを同行させてくるため、隠し撮りされた写真や画像は公安の外事課に流れているらしい。

警視庁公安部の外事課は三課まであり、外国の工作活動や国際テロリストなどに目を光らせている。

「それにしても、米国の軍需関係者だということは明らかなわけだ」

朝倉は呟くように言った。

——私もそれが気になっている。連続殺人事件の容疑者は、森口と平岡で、二人とも日本人だ。だから、彼らの背後にいるのは防衛省、あるいは政府高官だと思っていた。だが、森口と米国の軍需会社関係者が繋がっているとなれば、敵は米国内にいることになる。我々では解決することができないかもしれない。

佐野が珍しく弱気な発言をした。

「何言っているんですか。日米間には犯罪人引渡し条約があります。それにいざとなったら、米国に乗り込むまでです。幸い、向こうには知り合いがいますから、なんとかなりますよ。実際NCISがわざわざジブチまで飛んでくれています。犯人も彼らを操っている連中も逃がしはしませんよ。我々特捜班に強行という二文字が入るのは、そのためじゃないですか」

朝倉もようやく自分が採用された意味を自覚し始めていた。佐野がその豊富な経験と人脈を駆使し、幅広い分野から協力を取りつけてくるように、朝倉も持てる力を使えばいいのだ。

「さすがだ。老刑事の出番はないと思っていたが、私もまだまだ役に立てるぞ」

先ほどまでとは違って、佐野の声に張りが出ている。疲れているだけで、心配することはないようだ。

「頼りにしていますよ」

朝倉は頬を緩ませた。

6

――写真の男がビルから出てきたぞ。青梅街道に向かっている。

佐野との無線を終えると、今度は国松からの無線連絡が入った。佐野から送られてきた写真の件を伝えようとした矢先である。

国松は丸石金物店跡の二階で、監視カメラに映る〝暄風不動産〟ビルの三階と玄関の映像を見ていた。

「了解！」

フルフェイスのヘルメットを被った朝倉は、バイクを押して工事用のシートの隙間から通りを窺った。

〝暄風不動産〟ビルを出た男は青梅街道の交差点を左に曲がって行く。朝倉はバイクに跨がりエンジンをかけると、低速で青梅街道の手前まで進んだ。

――中村です。ターゲットは横断歩道で信号待ちをしています。

青梅街道で張り込みをしていた中村から連絡が入った。

「分かった」

朝倉は左折して青梅街道に出ると、男の前をさりげなく通り越した。すぐ近くの中野警察署西の交差点を右折して狭い路地に入ると、その先の交差点を左へ左へと曲がって青梅街道に戻って左折し、百五十メートルほど進んだ道路脇に停車した。男が渡ろうとしている横断歩道は三十メートル先にある。警察署に近いだけにさすがに青梅街道でUターンはできず、少々大回りをして方向転換したのだ。

――中村です。ターゲットは横断歩道を渡り、タクシーに乗りました。黄色の東亜《とうあ》タクシーです。

「了解。尾行班、待機しているか」

朝倉はバイクを進めながら指示を出した。

――こちら尾行班、野口。朝倉さんの位置を確認しています。Uターンして追いつきます。

人員不足を補うために朝倉も含めて尾行班は全員位置発信器を身に付けることにしている。直径四センチ、厚さ五ミリの小さな機材だが、スマートフォンで位置を知ることができる優れもので、国松が中央警務隊の備品を持ち出したのだ。

被疑者に密かに持たせて位置を知るのは法的に問題があるのだが、捜査官が持ち歩き、互いの位置を知るためには有効な手段であり、常時人手不足の中央警務隊では尾行や張り込みで使うこともあるらしい。

男の乗った東亜タクシーは、中野坂上《さかうえ》の交差点を右折し、山手通りに入った。

——こちら野口、朝倉さんの百メートル後方に付けました。

朝倉も山手通りに入ると、野口から連絡があった。後方で一瞬だけパトカーのサイレンが聞こえたので、サイレンを鳴らし、赤色灯を光らせて青梅街道を無理やりUターンしたのだろう。

「タクシーはオペラシティの手前で都道431号に右折し、停車した。野口、甲州街道に回り込み、京王線《けいおうせん》の東口前で待機」

都道431号は、初台《はつだい》の東京オペラシティと、その西側に隣接する新国立劇場の裏側に位置する通りで、タクシーが停まった場所には東京オペラシティへと抜ける階段がある。時刻は午後九時。この時間に開演する舞台があるとは思えないので、男は尾行をまくために東京オペラシティを通り抜けて、甲州街道でタクシーに乗るか、京王線の初台駅に行くに違いない。

——了解です。男を待ち受けます。

こちらの意図が分かったようだ。

男はタクシーを降りると、東京オペラシティの地下駐車場入口脇にある長い階段を上って行く。

朝倉は階段手前の歩道にバイクを停めると、階段下からちらりと上を見上げた。

男が振り返る。

——あぶねえ。——

慌てて朝倉は、頭を引っ込めた。

男は尾行を確認するためにこの場所を選んだに違いない。

東京オペラシティを抜けて反対側の甲州街道まで行くか、あるいは途中で曲がって山手通りに出るか、また新国立劇場の裏側から脇道に向かうことも考えられる。朝倉が尾行して確認しなければ、まんまと逃げられてしまう。

——こちら国松、応援の尾行班がまもなく到着する。直接指示してくれ。

国松から新たな無線連絡が入った。

「朝倉だ。申請が通ったのか？」

ニヤリとした朝倉は、問い返した。事件が防衛装備庁に関わることだと分かったため、国松は上層部に捜査官の応援を申請していたのだ。

——なんとか、間に合った。とりあえず十人確保したぞ。北井《きたい》が指揮を取っている。彼らには男の顔写真を配布してある。直接命令してくれ。

北井とはこれまで何度も一緒に捜査をしたことがある。真面目で仕事のできる男だ。

「了解。助かった」

——こちら、北井、尾行班到着しました。指示をお願いします。

北井もチャンネルを合わせて国松との会話を聞いていたらしい。

「先発の尾行班は甲州街道沿いの東口前にいる。おまえたちは、オペラシティの山手通り側と新国立劇場の西側の通り、それから京王線の北口の三ヶ所を見張ってくれ」

東口と北口の出入口を押さえれば、甲州街道沿いと京王線への経路は見張れるはずだ。

――了解しました。A、B、C、三班に分けます。

朝倉は階段の上方を窺って男の姿がないことを確認すると、階段を駆け上がった。

「くそっ!」

階段を上りきった朝倉は舌打ちした。その先の新国立劇場の西側まで続く通路に、男の姿はない。

朝倉は通路を進んで途中で左に曲がり、東京オペラシティと新国立劇場を結ぶガレリアという巨大な通路に足を踏み入れた。ガラス天井が二百メートルも続き、中央に木が植えられ、間接照明が美しい、洒落た空間である。

午後九時二十分、ガレリアにもまだ多くの人がいるが、広過ぎるため人出はまばらに見える。ここにも男の姿はなかった。走って姿を消したのか、北井の応援チームが現場に着く前に山手通りに抜けてしまうかもしれない。

――こちら、B班。男は見当たりません。

――C班。男は見当たりません。

――A班、北井。こちらもまだ発見できない。各班、任務続行せよ。

彼らが到着して十分ほど経っても、男の姿を見出すことはできない。

「待てよ」

朝倉はガレリアから近くのエレベーターに乗り、地下二階の駐車場に向かった。あらかじめ車を停めておけば、誰にも見られることなく、外に出ることができる。

地下二階には四百台が停められる東京オペラシティ専用の駐車場があり、エレベーターを降りた朝倉は思わず舌打ちした。どこの大型地下駐車場でもそうだが、場内は無数の壁で仕切られており、見渡すことはできない。

今さら後悔しても遅いが、徒歩で尾行せずにバイクで待機しておくべきだった。朝倉は仕方なく、駐車場を走り回った。

「……………！」

朝倉は柱の陰に慌てて隠れた。例の中年男が白いバンに乗り込もうとしている。

「ミスター・朝倉、隠れていないで、出てきたらどうだ」

男はこちらを見向きもせずに言った。動きを読まれていたらしい。

「どうして、尾行に気が付いた？」

朝倉は柱の陰から両手を上げて出た。背後に二人の男が銃口を朝倉の背中に向けている。

「ついさっきまで気が付かなかった。だが、オペラシティに配備しておいた部下が、張り込みをしている連中がいると知らせてくれたのだ。君にはいつか追い詰められるのではないかと思って部下を配置しておいたのが、功を奏したらしい」

男は朝倉に顔を向けて、わざとらしく肩を竦めてみせた。

「どうするつもりだ？」

朝倉はゆっくりと男に近付いた。

「少しドライブしないか。聞きたいことが山ほどある」

男は腕を伸ばし、後部座席を優雅に示した。

「そいつは、いいね」

朝倉は鼻先で笑った。

7

ジブチ、午後四時五十五分。

太陽が西に傾き始めたせいか、四十五度まで上がっていた気温は四十一度に下がった。

「ここで最後か」

ホテル・ホーシードという安宿から出てきたハインズは、大きな溜息を漏らした。

市内の五つ星ホテルからゲストハウスまで、森口とペレス、それに平岡の三人の写真を見せて聞き込みをしたが当たりはなかった。

「ジブチには泊まらなかったのかもしれませんね」

ブレグマンは額の汗をハンカチで拭きながら言った。

「もらったリスト以外にも安宿はあるそうですが、治安が悪そうですよ」

マルテスはプリントアウトされたリストを見ながら首を横に振っている。ジブチ勤務のソリアが用意したものだ。

「我々は、捜査の基本を忘れていたようだ」

ハインズはミネラルウォーターのペットボトルのキャップを外しながら渋い表情になった。

「基本？」

ブレグマンが首を傾げた。

「まずは、ペレスを襲った強盗の死体があった場所に行くべきだった」

ミネラルウォーターを飲んだハインズは、ホテルの前に停められているトヨタの白いハイラックスの助手席に乗り込んだ。中東やアフリカで絶大な人気を誇る車種で、ソリアの自家用車を借りたのだ。

「なるほど」

運転席に座ったブレグマンは大きく頷き、車を出した。

車を五分ほど走らせ、街の南部にあるシーフードレストラン〝ラ・マ・ルージュ〟の駐車場に到着した。カニやエビを使った地中海料理だけでなく、新鮮な魚の刺身や寿司や天ぷらなどの和食も出すという人気店である。

「ここか」

ハインズは小さなショルダーバッグを肩に掛けて車から降りると、駐車場の一角に茂るサバンナ・アカシアに近付いた。

雨が滅多に降らないため、街中は街路樹もなく荒涼とした景色だが、たまに乾燥に強いアカシア科の樹木を見かける。もともと生えていたものもあるかもしれないが、二〇〇六年に始まったサハラ砂漠拡大防止のためのプロジェクトにより、アカシア科の樹木が主に植林されている。プロジェクトはセネガルからジブチまでの約七千キロを植林帯で繋ぐという壮大な計画で、二〇一六年現在で目標の十パーセントを達成しているそうだ。

強盗の死体はこのサバンナ・アカシアの根元に転がっていたらしい。

「店に入ろう」

アカシアの根元の乾いた大地を見つめていたハインズは、店に向かった。

入口に、午後の営業は十八時から二十三時までと書かれた札が下がっている。ドアを開けると、テーブルの準備をしていたウェイターらしき黒人の男が振り返って身構えた。ジブチの治安はそれほど悪くないはずだが、ハインズらの人相が悪いからかもしれない。

「我々は、米海軍犯罪捜査局の捜査官だが、ある男を探している。写真を見てくれないか？」

「なんだ、またあんたたちか。この間も別の捜査官が来たけど、知りませんよ」

ハインズが切り出すと、ウェイターは首を左右に振ってみせた。ソリアがペレスの写真を見せに来たようだ。

「そう言わずに見てくれ」

ハインズはショルダーバッグから小型のノートパッドを出し、画面に森口、それに平岡の写真を表示してウェイターに渡した。

「このシネの顔は覚えてないが、こっちの男は見覚えがあるな。東洋人は珍しいからなんとなく覚えているんだ」

ウェイターは、森口の写真を指先で示した。シネとは、中国人のことである。

「だとしたら、もう一度この男の顔も見てくれ」

ハインズは平岡の写真を閉じると、ペレスの写真を森口の写真の横に並べた。

「この写真とは、少し感じが違うな。シネと一緒にいた男たちは、みんな口髭を生やしていたから」

ウェイターは、首を傾げた。一枚の写真では、印象が変われば認識できない場合もある。

「男たち？　何人くらいいた？」

ハインズはペイントソフトでペレスの顔に髭を書き込んだ。

「そうそう、この男だよ。シネと一緒に五、六人の男がいたんだ。その中にいたよ。あんた、髭を描くのがうまいな」

ウェイターは手を叩いて喜んでいる。

「五、六人？　どんな男たちだった？」

「みんな体格が良かったね。軍人のようだった。そういえば、そのうちの三人が同じ帽子を被っていたよ。黒鷲のマークが付いた格好いい野球帽だ」

「黒鷲！　ちょっと待ってくれ」

ハインズはノートパッドに捜査資料のデータの一部を表示させた。

「そうそう、このマークだ。アメリカの野球チームの野球帽なんだろう？　どこで買ったんだって、被っていた男に聞いたらそう教えられたよ」

ウェイターは答えると、何度も頷いて見せた。彼が指差したのは、軍事会社〝ブラック・キャノピー〟のロゴマークである。

〝ブラック・キャノピー〟の営業企画部長であるデール・エイグスティンは、森口は二年前に会社を辞めており所在は知らないと言っていたが、少なくとも二ヶ月前に社員と思しき男たちと行動を共にしていたようだ。

「どこに行くか、聞かなかったか？」

「それは聞かなかったが、白ワインの給仕に行った時に、これから野蛮な肉料理ばかり食べさせられるから、魚の刺身は食い納めだと言っていたよ」

ウェイターは記憶を辿っているのか、天井を見上げながら答えた。

「羊料理は、ジブチも名物だ。もし、君なら肉料理ばかりというなら、どこだと思う？」

「隣りのソマリア・ランドさ。俺もそうだけど、ジブチにはソマリア人が沢山いるんだ。ソマリアの羊料理は、よく煮込んで柔らかくて美味《おい》しいんだ。もっともエチオピアでは、羊肉は煮るより焼くんだ。それに彼らは、牛もよく食べる。なんて言ったって、エチオピア人は牛の生肉が最高だっていうんだから、ちょっと変だと思わない？」

羊料理のことを聞いたら故郷を思い出したのか、ウェイターは饒舌《じょうぜつ》に語った。

「ありがとう。助かったよ」

苦笑を浮かべたハインズは、ブレグマンらと店を後にした。

「魚の刺身は俺も好きですけど、生の牛肉は抵抗ありますね。知り合いが、エチオピアで生肉料理を食べたら、うまかったけど腹を壊したと聞きました。男たちが野蛮って言ったのは、ソマリア・ランドじゃなく、エチオピアのことだったのかもしれませんね」

運転席に乗り込んだブレグマンは、助手席のハインズを横目で見て言った。

「この店は、空港に近い。エチオピアに行くためのトランジットの合間を利用して来たのなら、市内に宿泊しなかったとしてもおかしくはない。もっとも、海鮮料理の店は極端に少ないから、決めつけることはできないがな」

この店では刺身の盛り合わせも出す。ジブチどころか北アフリカでは唯一の存在かもしれない。

「どうします。肉料理というだけで、エチオピアにまでは行けませんよね」

「当然だ。確証がなければ、行くつもりはない。だが、男たちの足取りは意外とすぐに摑めるかもしれないぞ」

ハインズは自慢げに鼻先で笑った。

「もったいぶらないでください。何かわかったのですか？」

「エチオピアに民間機で行くなら、通常はトルコかスペイン、あるいはバーレーンを経由するだろう。ジブチで乗り換えることはない。ハブ空港じゃないからな」

「そういえばそうだ。ジブチを経由するということは、我々と同じで、軍用機に乗ってきたんですね」

ブレグマンが指先を鳴らした。勘のいい男である。

「そういうことだ。〝ブラック・キャノピー〟の社員として、ここまで来ているに違いない。乗ってきた輸送機を調べれば、何か分かるだろう。本部に〝ブラック・キャノピー〟を徹底的に調査してもらうつもりだ。私に嘘《うそ》をついた代償は大きいことを分からせてやる」

ハインズが右拳を振り上げると、

「そうこなくちゃ！」

ブレグマンが気勢を上げた。

フェーズ11：軍事会社の罠

1

轟音が鳴り響き、無数の火花が夜空を真昼のように輝かせる。

立て膝でM4カービンを構える朝倉は、数百メートル先で繰り広げられる90式戦車と87式自走高射機関砲の訓練を眺めていた。

ワシントン州にある米軍ヤキマ演習場での訓練である。日本国内では戦車の砲撃やミサイルの発射訓練に制限を受けるため、日本から貨物船で陸自の武器や弾薬を輸送し、米国の演習場を借りているのだ。米軍が沖縄で訓練をすれば日本では非難轟々《ごうごう》であるが、その逆もある。多くの日本人が知らないだけである。

もっとも、ヤキマ演習場は三十二万四千エーカーという広大な面積を誇り、砂漠地帯にあるため周囲に住民はいない。沖縄のように騒音問題で地域住民からクレームが来る心配はないのだ。

朝倉が所属する空挺団は、北部方面隊の戦車連隊と合同で訓練を行っていた。

轟音、そして火花。

だが、それは90式戦車の120ミリ滑走砲でも87式自走高射機関砲の35ミリ対空機関砲でもなかった。目の前に火花が散った途端、演習場の光景は消えた。

「くっ！」

背もたれ付きの木製の椅子に縛られている朝倉は、衝撃で仰《の》け反《ぞ》った。顔面は腫《は》れ上がり、鼻と口から血を流している。

「しぶといヤツだ」

全身にぐっしょりと汗をかいた短髪の若い男が、革の手袋をした右手の甲を左手で押さえて顔をしかめた。傍らにはもう一人、髪の長い男が立っている。東京オペラシティの地下駐車場で、朝倉に銃を突きつけてきた男たちだ。

「蚊の止まるようなパンチだが、右手を痛めたんだろう。無理するな」

朝倉は口を歪ませた。笑ったつもりである。

二人の男に代わる代わる二十発以上顔面や腹を殴られ、さすがに一瞬気を失った。おかげで十数年前、陸自の空挺団に所属していたころに米国で経験した訓練の夢を見た。怪我をするたびに陸自時代の厳しい訓練の夢を見るのには我ながら呆れているが、肉体的な苦痛が過去の記憶を呼び覚ますのだろう。

「強がりは止《や》めろ！　おまえたちが我々のことで知り得た情報を白状するんだ」

男たちの背後に立つ、目付きの鋭い男が怒鳴った。朝倉が追っていた中年男である。

「手下に俺を殴らせるのは、俺が怖いからだろう。肝っ玉の小せえやつだな。You're really an ass.」

朝倉は米国のスラングを言うと、床に血が混じった真っ赤な唾を吐いた。「ケツの穴野郎」という意味である。

「サノババビッチ！」

中年男は英語で口汚く罵ると、朝倉に近づき、顔面を拳で殴った。スラングに反応したということは、やはり、米国人なのだろう。佐野から聞いた米軍使節団の一員かどうかを確かめたかったのだ。日系なのかもしれない。

「……ノミのパンチだな。だが、これでおまえを逮捕する理由ができた。三人とも誘拐罪と公務執行妨害、および暴行罪で検察に送ることができる。言っておくが、公務執行妨害は現行犯で逮捕できるんだぞ」

衝撃で椅子が揺れて倒れそうになったが、朝倉はなんとか踏み堪え、淡々と言った。若い男ほどではないが、拳のパンチは顎に入ったのでそれなりに効いた。だが、他人を殴った経験はあまりないのだろう。朝倉の顎は頑丈なので、下手をすれば殴った手のほうが骨折するはずだ。

「殴られすぎて、頭がおかしくなったのか？　警官に暴力を振るって生かしておくとでも思ったのか？」

中年男はふてぶてしく笑った。

「殺すというのか。それなら文字通り、聞いたことは、墓に持って行くことになる。俺の質問に答えろ。質問の内容で、俺がどこまで知っているか分かるはずだ」

朝倉は腫れた瞼《まぶた》を上げ、鋭い眼光を中年男に向けた。

「馬鹿にしやがって、質問できる立場だと思っているのか！」

短髪の男が顔を真っ赤にして拳を振り上げた。パンチが効かないと思って焦っているに違いない。だが次に殴れば、壊れるのは男の手の方だろう。

「面白い。質問するがいい。おまえの度胸が、気に入ったよ」

中年男は、若い男の手首を握って引き止めた。

「まず名前を聞こうか。名無しじゃ、質問し辛い。米国でも互いに名乗って会話するのが、礼儀だろう？」

「私が米国人だというのか？」

中年男は一瞬眉を吊り上げたが、笑って首を振ってみせた。まだまだ本音で話すつもりはないらしい。

「名前を言えよ」

「……いいだろう。私の名は、マイク・今宮だ」

しばし沈黙した今宮は、名乗った。

「これで話がしやすくなった」

朝倉は椅子にもたれ掛かり、満足げに頷いた。

2

騒音と共に建物が振動し、天井から埃《ほこり》が舞い落ちる。鉄道高架の下にある古いビルなのだろう、頭上で列車が通過する規則正しい揺れを感じる。

朝倉は倉庫のような薄暗い部屋で木製の椅子に縛られていた。ここまで来る際、目隠しをされていたので場所は分からない。だが、車に乗っていたのは二十分ほどで、高速道路を使った気配はなかったので、都内であることは間違いなさそうだ。

「何を聞きたいんだ。ミスター・朝倉」

今宮は壁際に立ててある折り畳み椅子を出して座ると、ジャケットの内ポケットから細身の葉巻を出して、おもむろにジッポで火を点けて吸い始めた。吸い口はあらかじめカットされていたのか、あるいは煙草タイプの葉巻だろう。埃っぽい部屋に葉巻独特の鼻をつく香りが立ち込める。

「森口は平岡を利用しているようだが、アフリカから出国させるのにジブチを経由したのか？」

朝倉は潰れかかった目で、今宮を見つめながら尋ねた。

ハインズから森口がジブチにいた可能性があると聞いた。その理由は謎だった。もし、森口が平岡を伴ってアフリカを出たというのなら、偽造パスポートが必要だ。だが、日本のパスポートはＩＣ内蔵で極めて偽造が難しい。アフリカで用意できるのか疑問である。だが、答えは意外にもハインズとの何気ない会話の中にあったのだ。

彼は朝倉に、米軍の輸送機を使ってジブチに来るよう誘ってきた。乗り心地の悪さを我慢すれば、運賃はかからないし、目的地まで早く行くことができる可能性もある。それだけではない。基地の外に出なければ、入出国の手続きもいらないのだ。

森口は平岡を〝ブラック・キャノピー〟の社員として手続きし、米軍機で日本に帰国させたと考えれば、パスポートは携帯しなくても済むかもしれない。

「ジブチだと！」

今宮は目を剝いた。

「なるほど。ジブチ経由ということか。平岡は俺たちを抹殺しようとしているが、森口に騙《だま》されているのだろう。〝国連南スーダン派遣団〟に参加していた平岡は、南スーダンで武装集団に襲撃された際に森口に助け出されたはずだ。事実関係はどうか知らないが、少なくとも平岡はそう信じている。だからこそ、森口の悪事に加担しているんだ。そうだよな？」

確証はない。だが、朝倉は平岡が森口の嘘に簡単に騙されるような男ではないと知っている。平岡が森口に従うとすれば、よほどのことがあったのだろう。

「貴様、自信があるようだが、どこまで知っているんだ？」

眉間に皺を寄せた今宮は、朝倉の胸ぐらを摑んだ。

「俺の質問に答えろ！　なぜ武装集団の襲撃にたまたま〝ブラック・キャノピー〟の特殊部隊が居合わせたのか。自衛隊の日報にも、派遣団に参加している他国の軍の報告にも〝ブラック・キャノピー〟が救援に駆けつけたという記録はないぞ」

朝倉は、森口が襲撃事件の現場にいたことは確実だと思っている。また、会社が極秘で彼を使っているということは、特殊な任務を請け負う部隊があるということだ。

「〝ブラック・キャノピー〟のことまで知っているのか？」

今宮はたじろぐように後ろに下がった。

「森口は二年前に〝ブラック・キャノピー〟を退職したことになっている。事実、日本に帰ってきているが、その後何度も日米を往復しているようだ。おそらく退職はカモフラージュで、〝ブラック・キャノピー〟の極秘の任務に就いていたのだろう。日本に帰ってきていたのは、特殊なだけに頻繁に仕事があるというわけでもなかったからだ。任務の時だけの契約だったのかもしれない。いずれにせよ、あんたの組織の命令で〝ブラック・キャノピー〟のチームは動いているんだ」

これまでの捜査で得られた情報を積み重ねると、自ずと森口の行動は読めてくる。

「驚いた。日本の警察はそこまで優秀なのか」

今宮は腕を組んで唸った。否定することなく聞くところを見ると、朝倉の推測はすべて当たっているらしい。

「先月、米国国防総省のブラッド・マリスニックと一緒に防衛装備庁の幹部と会ったそうだな。おまえたちの悪だくみもすべて暴いてやる」

朝倉は呟き込むように笑った。笑ったら、口の筋肉が引き攣《ひ》っ《つ》ってしまったのだ。

「私はすでに警察にマークされているというのか。だが、おまえを殺し、死体を焼却炉で跡形もなく燃やせば証拠は残らない。たとえ私の正体が分かったとしても手出しはできないだろう。そもそも、森口や平岡は、どこにいるというのだ。逆立ちしても、捕まえることはできない。所詮、日本の警察は非力だということを思い知るがいい」

今宮は声を出して笑った。強がりかもしれないが、彼の言っていることは確かである。まずは一連の事件の犯人である森口と平岡を逮捕しなければ、話にならない。

「逆立ちしても？　……そういうことか。すでに日本にいないんだな。だが、米国なら犯罪人引渡し条約がある。それ以外の国ということか」

朝倉は今宮の表情を見ながら、言った。微妙な顔の筋肉の変化で、答えは見出せる。心理戦なら素人に負けることはない。まして、顔面が腫れた今の状態なら、朝倉は表情を読み取られることなく一方的に情報を引き出せるはずだ。

「……………！」

今宮も朝倉の意図がわかったらしい。口を固く閉じたまま、睨みつけている。

「米国、じゃないな。……アフリカだな」

探りを入れたところ、今宮の右頬が「アフリカ」という言葉にピクリと反応した。

「そうか分かってきたぞ。南スーダンに行くにしてもどこか基地が必要だ。近隣国に〝ブラック・キャノピー〟の基地があるんだな」

「ばっ、馬鹿な」

今宮は額にうっすらと汗を浮かべている。圧倒的に不利な状況の朝倉が、逆に尋問していることにまだ気が付いていないのだ。

「ウガンダなら首都カンパラから南スーダンまで近い。……それともケニアか？　違うようだな、エチオピア？　……そうか、エチオピアに基地はあるんだな」

エチオピアという言葉で、今宮の顔面が引き攣った。

「こっ、こいつ、今宮さんの表情で答えを出していますよ」

傍らで見ていた短髪の男の方が堪らずに声を上げた。この男もかなり動揺している。今宮の反応を裏付けたようなものだ。出国した森口らは、エチオピアに向かっているに違いない。

「答えはエチオピアということだな」

朝倉はニヤリとした。

「もういい、殺せ」

今宮は若い男たちに顎で示した。

「分かりました」

二人の男たちは頷き、ポケットから刃先まで黒いナイフを取り出し、シースから抜いた。ブレードに蝶のマークが付いている。米国のナイフメーカーであるベンチメイドのタクティカルナイフ、ニムラバスだ。米軍にも納入されており、実用性が高いため海外派遣の兵士に好まれている。この男たちも、元米軍人か〝ブラック・キャノピー〟の社員なのかもしれない。

「潮時か」

朝倉は椅子ごと立ち上がり、猛然と右側に立つ短髪の男に背中でタックルした。

椅子を背負った朝倉と壁に挟まれた男は気絶し、その場に崩れた。縛られていた椅子が、ナイフをブロックすると同時に武器になったのだ。

「いつでも逃げ出せたんだ」

朝倉は体にまとわり付くロープを、衝撃で壊れた椅子ごと外しながら立ち上がった。

「貴様！」

呆気にとられていた髪の長い男が、ナイフを持った右手を振りかぶった。

だが、朝倉のパンチがいち早く男の顔面に炸裂《さくれつ》した。男は鼻と口から血飛沫《ちしぶき》を上げ、二メートル後方に吹き飛んだ。

「ひっ！」

短い悲鳴をあげた今宮は、出入口のドアを開けて逃げ出した。朝倉を倒そうという気概はないらしい。

「やれやれ」

慌てることなく朝倉は、ゆっくりと部屋を出た。出入口の向こうは鉄製の外階段になっており、目の前に駐車場があった。

朝倉が連れ去られた白いバンの他にも黒いベンツが停められており、駐車場の出入口を三台の覆面パトカーが塞いでいた。

「大丈夫ですか！」

野口が北井と一緒に今宮を押さえつけながら声をかけてきた。

「大丈夫だ。とりあえず、そいつを公務執行妨害で現行犯逮捕しろ」

朝倉は外階段を下りながら右手を軽く上げて言った。

「午後九時四十一分、公務執行妨害で現行犯逮捕！」

腕時計で時間を確認した野口が、今宮に手錠を掛けた。

「すみません。初台で朝倉さんがいなくなったことに気が付かず、駆けつけるのが遅くなりました。それに踏み込むにも状況が摑めなくて、様子を窺っていたんです」

北井は朝倉の腫れ上がった顔を見て、何度も頭を下げた。

彼らは朝倉のズボンのポケットに入れてある位置発信器のGPS信号を追ってきていた。朝倉は、それが分かっていたため落ち着いていたのだ。逆に北井らが遅れたことで、尋問する時間ができた。少々、痛い目に遭ったが、想定内である。

「タイミングは良かった」

朝倉は右手の親指を立てた。

3

アフガニスタン、パルヴァーン州バグラム空軍基地、午後五時二十分。

米兵が数千人も駐留するアフガニスタン最大の米軍基地の一角に、基地の警備を任されている〝ブラック・キャノピー〟の宿舎と事務所があった。

総勢五十六名の警備員は元軍人の猛者《もさ》ばかりで、米国人は四十二名、残りは現地で雇われたアフガニスタン人である。この事務所には、〝ブラック・キャノピー〟の要員が本国からカブールを経由し、イラクやジブチへ行く際の中継基地という役割もあった。

「ちくしょう！　どこに行きやがった」

血相を変えた森口は、Ｍ４カービンを肩に掛けて〝ブラック・キャノピー〟の宿舎から飛び出した。あてがわれた二人部屋に平岡がいないのだ。

二人は沖縄の嘉手納基地から飛び立った米軍輸送機Ｃ１７で、三時間ほど前に空軍基地に到着している。〝ブラック・キャノピー〟の社員は、米軍と契約しているため、会社の発行するＩＤと米軍の通行許可証を所持していれば、輸送機には自由に乗ることができた。米軍をサポートする任務で許可証を得ているので、パスポートの必要はない。

森口らの最終目的地はエチオピアにある〝ブラック・キャノピー〟の秘密基地だが、ジブチ行きの輸送機が明朝出発するため、この基地に一泊することになっていた。とりあえず、ジブチまで行けば、あとは偽造パスポートでアフリカはどこにでも自由に行くことができる。

「俺の連れの日本人を見なかったか？」

森口は宿舎に隣接する会社の事務所に飛び込み、社員のスケジュール管理をしているスタッフに横柄に尋ねた。彼は〝ブラック・キャノピー〟の秘密部隊に属するため、特別な待遇を受けている。他の社員よりも格が上なのだ。

「あんたの連れなら、第二検問所に行ったぞ。検問所の交代要員が乗る車に便乗して行ったんだ。暇だから任務をくれと言ったから与えてやった。問題ないだろう。あんたたちはどうせ明日ジブチに行くだけなんだろう。手伝っても罰は当たらないさ」

四十前半と思しき白人の男は、むっとした表情で度が強そうな眼鏡のズレを直しながら答えた。

「ふざけるな！　あいつがここで死んだら、困るのは俺なんだよ」

森口は、激しい剣幕で迫った。米軍の基地は、常にテロの危険に晒されている。検問所に自爆テロの車が突入し、死傷者を出すことも度々あった。検問所は、基地の最前線と言っても過言ではないのだ。森口は、平岡をエチオピアとスーダンとの国境まで連れて行き、そこで殺害するつもりである。死体で発見したとしても、日本政府は報奨金を払ってくれるからだ。森口にとって、平岡は歩く報奨金以外の何物でもない。

「はっ、はあ」

眼鏡の男は亀のように首を引っ込めた。

「車のキーを貸せよ」

「わっ、分かりました」

男は森口が伸ばした右手に、パトロールで使うフォードのＳＵＶのキーを載せた。

森口はすぐさま宿舎前に停めてあるＳＵＶに乗り込み、基地の東にある第二検問所に向かった。宿舎からは一キロほどの距離である。

「むっ！」

森口は検問所の二十メートル手前で車を停め、助手席に立てかけておいたM４カービンを摑んで車から降りた。

検問所の周囲にM４カービンを構えた警備員が数名いる。彼らの銃口の先に平岡がいたのだ。

「落ち着け！　銃を下ろせ！」

警備員の一人が銃を構えたまま叫んだ。

「寄るな！　おまえらは武装集団だ！　イスラム過激派の悪魔だ！」

平岡は警備員らにM４カービンを向けながら支離滅裂な言葉を発している。その足元は、ふらふらとおぼつかない。

「何事だ？」

森口はM４カービンを肩にかけたまま黒人の警備員に尋ねた。

「こっちが聞きたい。気分が悪そうだから、帰れと言ったらいきなり俺たちに銃を向けたんだ」

黒人の警備員は、肩を竦めた。

「こいつは病気なんだ。俺に任せろ」

森口は警備員を下がらせた。

「平岡！　俺だ。ここに武装集団はいない。それにイスラム過激派もいないんだ。おまえは、疲れている。俺がいつものように薬をやるから、落ち着け」

森口はM4カービンを肩に掛け、両手を上げて平岡の前に立った。

「もっ、森口か。疲れた、薬をくれ」

銃を降ろした平岡は、力なく右手を伸ばした。

「宿舎に帰ろう」

森口は平岡の掌に白い錠剤を二粒載せると、肩を優しく叩いた。錠剤は合成麻薬のMDAである。

「ありがとう」

平岡は貪《むさぼ》るように錠剤を口に入れて飲み込んだ。

南スーダンで武装集団に襲撃されて負傷した平岡は、森口と彼の仲間にエチオピアの病院に運ばれた。退院するまで三週間近くかかり、その間、森口は痛み止めとして麻薬の一種である〝チャット〟の葉を平岡に頻繁に噛ませた。

涼しい乾燥地帯で育つ常緑低木の〝チャット〟の葉には、麻薬と同じ効果があり、エチオピアの成人は習慣的に噛む。コカインより効き目はないが、常用すれば食欲不振や倦怠《けんたい》感《かん》、また暴力的な衝動を覚えるなど麻薬患者と同じ状態になる。

エチオピアで〝チャット〟は何千年もの歴史があるといわれるが、そのために労働力が低下し、生産力が落ちることで貧困から抜け出せない。また、国内で消費するだけでなく、近隣諸国に輸出されることでエチオピア経済の根幹を支えているが、他の産業が育たない原因にもなっている。北アフリカの周辺国でも貧困の連鎖を生み出しているのだ。

平岡は身体的な傷だけでなく、襲撃を受けて取り残された恐怖で心的外傷後ストレス障害（PTSD）に苦しんでいた。そのため〝チャット〟で苦しみから逃れるようになり、森口はさらに合成麻薬を覚えさせて手なずけたのである。

「明日は、エチオピアに帰ることができる。また、毎日〝チャット〟の葉を嚙むことができるぞ。それまで、おとなしくしていろ」

森口も〝チャット〟を口にするが、MDAは決して口にしない。その恐ろしさを知っているからだが、他人をコントロールする手段として使っている。

「楽しみだ」

平岡は焦点の定まらない目で頷いた。

4

翌日の午後、朝倉はエミレーツ航空機の機上であった。

昨日の午後九時四十一分にマイク・今宮を公務執行妨害で現行犯逮捕に導いた朝倉は、そのまま羽田国際空港に向かい、零時三十分発のドバイ経由、ボレ国際空港行きに乗り込んだ。エチオピアの首都アディス・アベバに最短、最速で行く便だからである。

今宮を起訴できるだけの調書は、搭乗時間ギリギリまでかかって作成し、羽田に見送りに来た中村に渡した。彼も一緒に行きたがったが、先発だから一人で充分だと納得させた。

羽田国際空港から十一時間五十分のフライトでドバイ国際空港に到着し、二時間十五分のトランジットでボレ国際空港行きのエミレーツ航空機に乗り換えていた。到着予定時刻は、現地時間で午後十二時四十分である。

今宮を逮捕した直後にジブチで捜査活動をしているハインズと連絡を取り、互いの情報交換をした結果、森口と平岡の逮捕に向けてエチオピアで合流することになったのだ。森口を見失ってから二日半ほど経っているため、二人はその分先行している可能性がある。すでにジブチからエチオピアに向かっているかもしれない。

エチオピア行きは、普段なら経費節約のため躊躇するところだが、南スーダンで行方不明になっている平岡が事件にかかわっていることが分かったことから、予算が大幅に下りた。

殉職したと思われている自衛官が、日本に密入国して犯罪に加担していたとあっては、自衛隊の信頼を根底から揺るがす事態に発展しかねないためで、防衛省から特別予算が下りたのだ。

「まもなく着陸態勢に入ります。シートを元の位置に戻していただけますか？」

ヒジャブ風のスカーフが付いている赤い帽子を被ったフライトアテンダントが、ビジネスシートで眠る朝倉の肩を優しく揺り動かした。

エコノミークラスで搭乗したのだが、朝倉の顔面の怪我があまりにも酷いので、見かねたフライトアテンダントが機長と相談し、無料でビジネスクラスに変更してくれたのだ。拷問《ごうもん》を受けたとは言えないので、交通事故に遭ったと言ったら信じてくれた。またオッドアイのおかげで、怪我がより悲惨に見えるようだ。

「ありがとう」

両腕を上げて背筋を伸ばした朝倉は、フライトアテンダントに笑顔を向けてシートを戻した。もっとも、それを彼女が笑顔として認識したかは別である。

殴られてから二十時間以上経っているため、腫れはかなり引いてきた。フライト中はひたすら眠っていたので、痛みも疲れも、体を動かさない限りほとんど感じない。だが、内出血で顔面がまだらに赤黒くなっている。車に轢かれたと言っても不思議ではないのだ。

予定時刻を十五分ほど遅れてボレ国際空港に到着し、入国審査もなんとか済ませた。パスポートの写真と同一人物だと認められるまでに十分ほど時間を要したが、ここでもオッドアイが功を奏し、審査官を納得させることができた。到着ロビーに出ると、目の前にハインズが立っていた。

「よく俺だと分かったな」

朝倉は軽く右手を上げて挨拶した。怪我の問題ではなく、空港内はどこもかしこも出稼ぎの中国人でごった返しているからだ。中国はアフリカ諸国に多大な投資をしており、資金とともに大量の中国人労働者をアフリカ中に送り込んでいる。

「君がモーゼのように歩いてきたから、遠くからでも分かったよ。それにしても酷くやられたもんだ。一人で来たのか？」

苦笑したハインズは、近くの中国人グループを顎で示した。

朝倉の顔を見た中国人らが、目を逸らして通り過ぎていく。入国審査を経て出口までまっすぐ歩いて来たが、混雑しているにもかかわらず、すんなりと来られたのは、すれ違う降客が道を開けてくれたからだったらしい。赤黒く腫れた顔で堂々と歩く朝倉は誰の目にも異様に映るのだろう。

「国内の捜査がまだ終わっていない。それに俺の目的は、犯人を検察に送ることだ。政府がそれを望まない可能性もある。責任を取るのは俺だけで充分だからな」

朝倉は犯人を検察に送ることにこだわっている。事件の隠蔽を図るために政府の横槍が入ろうと、それは貫くつもりだ。だが、どんな圧力が掛かるか分からない。仲間を巻き込むつもりはなかった。

「歩きながら話そう。俺が逮捕したマイク・今宮だが、〝バックギャモン〟と言う米国の軍事コンサルタント会社の重役で、中東の専門家だったらしい」

「君らしいな」

ハインズは嬉しそうに頷いた。お互い、捜査に対する頑固さは引けをとらない仲だ。

朝倉はドバイでトランジットを待つ間、国際電話で国松からの報告を受けていた。後藤田を介して、今宮と会った防衛装備庁の調達事業部部長に確認が取れたのだ。だが、警視庁で勾留中の今宮は黙秘を貫いているらしい。これまでの事件の全容を明らかにするには、やはり、森口と平岡の逮捕が決め手になるだろう。

「こっちの捜査でも今宮の名前は上がっていた。実は〝ブラック・キャノピー〟について本部で徹底的に洗い出してもらったのだ。すると、〝バックギャモン〟が背後にいることが分かった。〝バックギャモン〟は海外への武器輸出を政治家にコンサルタントすることで、大手軍需会社から多額のマージンを受け取っていたらしい。また、〝ブラック・キャノピー〟が米軍と契約できるように政界に働きかけ、見返りとして〝ブラック・キャノピー〟は〝バックギャモン〟の命令で様々な極秘の汚れ仕事を請け負っているようだ」

国家間の武器の売買には、政治的な要素が絡んでくる。一方で、紛争地の知識がなければ、必要とされる武器の判断ができないため、武器の輸出大国である米国では、軍事コンサルタントの存在が必須となってくるのだ。

「臭い者どうしが、つるんで悪さをしているということか」

朝倉は鼻先で笑った。

「そういうことだ。実は〝バックギャモン〟と〝ブラック・キャノピー〟の捜査は、我々よりも先にFBIが進めていたらしい。特に今宮に関してはFBIもマークしていたらしく、今宮もそれを知って、米国を離れて活動していたようだ。現段階で捜査の最前線にいるのは、我々のほうだがな」

ハインズはわざと声を潜めて話した。FBIと何か一悶着《ひともんちゃく》あったのだろう。

「FBIの鼻を明かしたようだな。今宮はエチオピアに〝ブラック・キャノピー〟の秘密基地があると匂わせたが、そっちの調べではどうなっている？　具体的な場所のあたりはついたのか？」

ハインズがエチオピアまでわざわざ来たからには何か確証があるのだろう。

「その先は、これからの捜査にかかわるので、車に乗ってから話すよ。それに、君を待っていたのは、私だけじゃないんだ」

ハインズは意味ありげに言うと、先に歩き始めた。

空港ビルを出たハインズは、ビルの目の前にある駐車場に出るとトヨタのハイエースの前で立ち止まった。すると後部座席から白人と黒人が、降りてきた。朝倉を待っていたのはハインズの同僚だったらしい。

「私の部下のアラン・ブレグマンとロベルト・マルテスだ。朝倉、待ち人は向こうだ」

二人と握手をしていると、ハインズは駐車場の中ほどに停められている三台のピックアップトラックを指差した。荷台には赤いベレー帽にグリーンの迷彩服を着てＡＫ７４自動小銃を抱えている黒人数名が乗っている。あまり近寄りたくない雰囲気を醸し出していた。

「あれは？」

としか質問ができない。

「彼らは、エチオピア警察だ。本部を通じて地元の警察に協力を要請してもらったのだ。まるで軍隊と見分けがつかないがな」

ハインズは苦笑している。パトカーらしいが、ピックアップトラックには赤色灯は付いていない。お揃いの軍服なのだが、だらしなく着ているので警察官どころか民兵と言った方がいいだろう。

「とりあえず、挨拶するか」

朝倉も苦笑を浮かべると、ピックアップトラックに向かって歩き出した。

5

海外仕様になっているトヨタ・ランドクルーザーのピックアップトラックを先頭に、二台の三菱自動車のピックアップトラック、L200が走っていた。三台の荷台にはAK74を手にした迷彩服姿の警察官が三人ずつ乗っている。アフリカでは、日本車が壊れにくいと根強い人気があり、エチオピア警察でもパトカーとして使うトラックは日本製が多いらしい。

パトカーの後ろには、NCISの特別捜査官であるマルテスが運転するトヨタのハイエースが走っている。助手席には彼の上司であるブレグマン、後部座席には朝倉とハインズが座っていた。

四台の車列はアディス・アベバの市内には入らずにボレ国際空港から西に進み、国道5号線を南西に向かっている。

「ジブチの捜査は、無駄じゃなかったようだな」

ハインズからこれまでの捜査結果を聞いた朝倉は、何度も頷いた。車に乗ってから改めて情報を共有しているのだ。

「そっちこそ、よくマイク・今宮を炙《あぶ》り出《だ》したな。とりあえず、公務執行妨害で勾留しておけば、逃亡の心配はない。我々の捜査が進めば、米国でも今宮を裁判にかけることになりそうだな」

ハインズは満足げに言った。米国は犯人引き渡しを要求してくる可能性があるということだ。

「ところで、〝ブラック・キャノピー〟の秘密基地がよく分かったな。森口はおそらく特殊部隊の一員として、そこから南スーダンに入ったと俺は睨んでいる」

朝倉は道路際でのんびりと寝そべる牛を見ながら言った。エチオピアではよく見かける風景である。

気温は二十度ほどで、空はどんよりと曇っていた。エチオピアの雨季は六月半ばから九月半ばまでで、国土の多くは高原のため、雨がよく降り熱帯とは思えないほど涼しい。乾燥地帯が多いアフリカの中では、自然環境に恵まれている国と言える。

「秘密基地かどうかは分からないが、〝ブラック・キャノピー〟の海外資産をグループ会社も含めてすべて調べた。すると、アディス・アベバの南西三百六十キロにジンマと言う街があり、その郊外に広大な農園を所有していることが分かったんだ。そこから南スーダンとの国境までは直線距離で二百三十七キロ、首都ジュバの郊外にあった平岡が襲撃された国連支援部隊の基地までは、六百六十キロだ」

ハインズは何も見ないでスラスラと答えた。

ヘリコプターの航続距離は機種にもよるが、軍用輸送機なら二千キロ前後ある。往復で千三百キロならヘリコプターの行動範囲だ。

「ヘリでの移動なら問題ない距離だな」

「その通りだ。小型飛行機だと滑走路がいるからな」

ハインズは相槌を打った。

「どうでもいいが、ジンマには飛行機で行けないのか？」

アフリカの道路は舗装してあっても管理が悪く、夜は街灯がないため危険だと聞いたことがある。渋滞しているわけではないが、時折牛が道路にはみ出してくるのでスピードを上げることができない。現在時刻は午後二時を過ぎたところだが、ジンマに着く頃には夜になってしまう。

「街の西にあるアバ・ジンマ空港まで国内線があるのだが、ジンマという街は小さいため、地元の警察は頼れないらしい。結局、アディス・アベバから警官隊と一緒に車で行くほかないのだ」

「この国の警察を無視することはできないから、仕方がないか。ところで、〝ブラック・キャノピー〟が所有しているのは何の農園なんだ？」

舌打ちした朝倉は、話題を変えた。

「〝チャット〟の農園らしい。熱帯高地に育つ常緑樹で合法麻薬なんだ。かつてエチオピアは輸出の大半をコーヒー豆が占めていたが、近年〝チャット〟がそれに代わりつつある。今やこの国で〝チャット〟産業は唯一のビッグビジネスと言っても過言ではないらしい」

〝チャット〟が換金しやすいことから、この数年、コーヒー豆だけでなく穀物畑まで〝チャット〟栽培に切り替える農家が増えているらしい。〝チャット〟を大規模に生産することで、億万長者も生まれているという。

「麻薬とはいえ合法なら、この国では問題にならないはずだ。よくエチオピアの警察が協力してくれるな」

空港の駐車場でハインズから紹介されたムルカンという地元警察の幹部とは、お互い表情もなく握手を交わした。

朝倉は怪我で笑顔を作れなかっただけだが、ムルカンは無表情で朝倉の目を見ようともしなかった。少なくとも歓迎している様子ではなかったのだ。しかし、どこの警察もよそ者を警戒するものだ。総勢十二名もの部下を率いて協力するというのなら、むしろ感謝すべきかもしれない。

「その農園で、別の麻薬が作られている可能性があるんだ。もともとアフガニスタンに駐留する米兵の間で、アフガニスタン産コカインの中毒者が増えていた。だが、近年は合成麻薬も流通しているそうだ。製造元は色々考えられるが、エチオピアも疑われている」

戦場のストレスもあり、米兵の間でコカインが蔓延《まんえん》していることは、かねてから問題視されている。もともとアフガニスタンはコカインの一大生産地で、それを手に入れるために米国は戦争をしていると言われるほどだ。

「エチオピアで生産し、ジブチに持っていけば、米軍の輸送機でアフガニスタンやイラクの駐留基地に送ることができる。ひょっとするとその裏ビジネスを〝ブラック・キャノピー〟が手がけている可能性があるということだな？」

米軍の輸送機で運べば、運搬費もかからない上に検閲《けんえつ》もない。

「そういうことだ。合成麻薬となれば、地元の警察も動かざるを得ないのだ」

ハインズは表情もなく言った。朝倉と違ってムルカンを全面的に信じているような口ぶりだが、彼も時にポーカーフェイスで感情を読み取らせないため、その真意は分からない。

「森口と平岡の消息はそっちで摑めていないのか？」

朝倉がアフリカまで来たのは、二人を逮捕するためであるが、一昨日から消息は分かっていない。森口の偽造パスポートを使って別人が出国したことを受けて、成田国際空港と羽田国際空港の警備と監視体制は強化されている。森口らがこの二つの空港から出国することは極めて難しい。そのため、米軍の輸送機で出国した可能性が高いと朝倉は考えているのだ。

「昨日までは、私の部下が着陸した輸送機を直接確認していたんだがね。まだ二人は見つかっていない。我々は、アディス・アベバの警察と打ち合わせをするため、午前十一時十五分発のエチオピア航空機でこちらに来た。今日、ジブチに到着する米軍輸送機は、午前十時以降に二便あり、現地の職員にチェックを頼んである」

ハインズは朝倉をちらりと見て答えた。現地の職員はあてにならないのかもしれない。

「とりあえず、〝チャット〟の農園に行くほかなさそうだな」

朝倉は溜息を吐いた。

国道5号線を南西に向かう朝倉らを乗せた四台の車列を、上空で追い抜いて行く中型のプロペラ機セスナ208があった。

単発ターボプロップ輸送機であるセスナ208は、大容量のキャビンを持ち、最大巡航速度三百四十一キロ、航続距離二千五百三十九キロ、また離陸滑走距離も九百メートルほどと短く、その性能ゆえに一九八二年の初飛行以来、現在も生産が続けられている。

森口は〝ブラック・キャノピー〟が保有する、このセスナ208の窓から眼下の風景を溜息混じりに眺めていた。機内は通路を挟んで二人席と一人席が、三列ずつ並んでいる。

森口は一番後ろの二人席に座っており、平岡は最前列の一人席で眠っていた。

早朝、カンダハール空軍基地を離陸した米軍の輸送機で、午後十時五十分にジブチへ到着していた。そのまま滑走路を移動し、セスナ208に乗り込む予定だったが、その前にちょっとしたトラブルに見舞われている。

輸送機の後部ハッチ下で、二人のNCIS職員がIDのチェックをしており、森口と平岡の二人を足止めしたのだ。仕方なく森口は平岡を連れて彼らの取り調べに素直に応じる振りをし、空港に隣接する彼らの事務所まで行った。

NCISの事務所にある取調室のような小部屋に連れて行かれた森口は、すぐに二人の職員を殺害し、別室にいた職員も殺した。その間、平岡は何もせずに森口の行動を傍観していたのだ。溜息の理由は、彼のやる気のなさではなく、危うく森口らを置いてセスナ208が離陸しそうになったからである。一緒に行動するには足手まといなのだ。これからも数え切れないほど溜息を吐くことになるだろう。

日本にいる今宮とはなぜか連絡がとれないので確認のしようがないが、NCISに足止めされたのは朝倉が森口の存在を嗅ぎつけ、国際手配したからかもしれない。とはいえ、偽造パスポートを持っているので、別人になりすまして生きていくだけの話である。

席を立った森口は、最前列の席でだらしなく眠る平岡の顔を覗き込んだ。

「笑わせるぜ」

特戦群で最強のチームと言われた〝ブルー・フォックス〟の副リーダーを務めていたこの男は、麻薬中毒になり日に日に弱っている。一刻も早く始末したいが、死体は仲間に頼んで南スーダンの国連軍の基地に運ぶ必要があるため、すぐには殺せない。早く報奨金を手に入れて、どこか暖かい国で贅沢に暮らす。それが今のささやかな夢である。

「もう少しの辛抱だ」

森口は自分に言い聞かせるように呟いた。

6

午後九時五十分、朝倉らはアディス・アベバから三百六十キロ西南に移動し、ジンマの南の外れにある〝ブラック・キャノピー〟が所有する農園に到着していた。ジンマは小さな街だが、街の中心から農園までは二十分近くかかっている。

アディス・アベバから一緒に来た警察隊は、街中にあるホテルにチェックインしてしまった。基本的に日が暮れたら働かないらしい。

農園の周囲には等間隔で打ち込まれた木の杭《くい》に有刺《ゆうし》鉄線が張り巡らされている。簡単な構造だが、侵入するには、鉄線を切断しなければならない。

近辺には街灯もないが、星明かりで何とか空と地面との区別はつく。農園内は、灯《あか》りひとつなくひっそりと静まり返っていた。

ここまで乗ってきたハイエースは、農園の正門を五十メートルほど西に通りすぎた柵《さく》の前に停めてある。街から続く道路とは三十メートルほど離れていた。

「これを使ってくれ」

ハインズが暗視双眼鏡を渡してきた。彼の部下であるブレグマンとマルテスは暗視カメラ付きのドローンの準備をしている。武器の持ち込みはできなかったが、彼らは無線機や監視装置などの機材を色々と準備してきたのだ。全員スロートマイクを首に巻きつけ、無線の音声チェックもした。

夜間に農園の敷地内を外部から調べ、明日の朝、警察隊と踏み込む予定である。この国は特に捜査令状等は必要ないらしく、警察の判断で私有地にまで勝手に入って捜査ができるらしい。だが、それだけ強権的な警察組織と一緒に捜査することで、朝倉らまで正当性を失う恐れがあるため、事前にできるだけ状況を把握しておきたいのだ。

「でかい屋敷が一つに、小屋が二つか」

暗視双眼鏡で見る限り、二階建ての大きな建物と作業小屋らしき建物が二つある。小屋は木造で屋根はトタン、窓もない。森口らがいるとしたら、屋敷の中だろう。

「こいつは驚いた」

後部座席のドアを開け放ち、パソコンのモニターを見ていたブレグマンが、ハインズと朝倉に向かって手招きした。彼はマルテスが操縦するドローンの映像を見ているのだ。

「二機もあるぞ」

先にモニターを覗いたハインズが唸るように言った。モニターの中央部に、二機のヘリコプターが映っている。

「ブラックホークか」

朝倉もモニターを見て険しい表情になった。

ネイティブ・アメリカンの勇猛なソーク族の長の名を冠する、中型多目的軍用ヘリコプターUH60だ。四十年以上も前に開発され、一九七九年から運用が開始されているが、米軍をはじめ世界中の軍隊で改良を重ねながら使われており、仕様が異なるタイプを陸海空自衛隊も保有している。

「これで、〝ブラック・キャノピー〟の特殊部隊は、南スーダンまで飛んだんだな」

ハインズは腕組みをして相槌を打った。朝倉の睨んだ通り、彼らは軍用ヘリを使いこなしているようだ。エチオピアもそうだが、南スーダンも国境を監視できるレーダーなどはない。空から自由に出入りできる。

「……………！」

朝倉は右眉を上げた。ハインズの胸元に赤い点が映ったのだ。

「伏せろ！」

ハインズを押し倒した朝倉は、自ら車の下に転がった。

車に無数の銃弾が炸裂する。レーザードットサイト（照準器）が取り付けられた銃で撃たれたのだ。しかも銃声は、ほとんど聞こえなかった。サプレッサーが取り付けられているに違いない。

車の中から呻き声が聞こえてくる。

「大丈夫か！」

朝倉は仲間に声を掛け、車の陰から暗視双眼鏡で農園の敷地内を覗いた。屋敷の二階の窓に銃を構えている男がいる。距離は百メートルほどか。

「私は大丈夫だ」

傍らからハインズの声がする。

「マルテスが腕を撃たれました」

後部座席からブレグマンが答えた。

「ハインズ、車を運転し、街に戻るんだ」

朝倉は身を屈《かが》めながら運転席のドアを開けた。

「分かった。君はどうするつもりだ？」

体を起こしたハインズは、頭を低くしながら運転席に乗り込んだ。

「考えがある。車を出すんだ。絶対、停まらずに街まで走り続けろ！」

朝倉は後部座席のドアを開けたまま足をかけ、車のフレームを摑んだ。

「分かった。行くぞ！」

ハインズはエンジンをかけると、いきなりアクセルを床まで踏んだ。

車のボディーに弾丸が当たり、火花を散らせる。銃弾が執拗《しつよう》に車を追ってくるのだ。

「応援を呼んでくれ」

二百メートルほど農園から離れ、銃撃もやんだところで朝倉は両手を離し、走行中の車から荒地の藪《やぶ》に転がった。

——何を考えている！

ハインズの怒鳴り声が、耳に押し込んであるイヤホンを震わせる。

「今は、マルテスの救護が先決だ。街に戻って病院に行ってくれ。応援が来るまで、俺はここで見張りを続ける」

朝倉は周囲を警戒しながら小声で話した。スロートマイクは骨伝導のため声を上げる必要はない。

——分かった。無茶するなよ！

ハインズの舌打ちが聞こえた。

通話を終えた朝倉は、ベルトに通してあるタクティカルポーチからレザーマン社製サバイバルツールを出した。

プライヤー、ノコギリ、ドライバー、ワイヤーカッターなど実用的なツールが折り畳まれてポケットサイズになっている優れものである。大自然に囲まれたK島では釣りだけでなく、パトロール中に工具が必要とされる場面も多かったので、いつも持ち歩くようにしていた。

朝倉は農園の東側の雑木林から柵に近づき、ワイヤーカッターで有刺鉄線を一本ずつ切断していく。切断した鉄線は脱出のことも考えてプライヤーで挟んで杭に巻きつけ、完全に通り抜けできるようにした。

首から下げていた暗視双眼鏡のスイッチを入れてみたが、作動しない。車から飛び降りる際に壊れたらしい。

「まあ、いいか」

暗視双眼鏡を投げ捨てた朝倉は柵を抜け、屋敷に向かって全速で走った。

7

「馬鹿野郎！　何やっているんだ！」

森口は窓際でレーザードットサイトが取り付けられたM4カービンを構える平岡の背後から近付き、銃を取り上げた。銃口には、特殊部隊が使うようなサプレッサーが取り付けられている。

「武装集団がいたんだ」

平岡は困惑した表情を見せた。怯えているようにも見える。

「勝手に俺の銃に触るな！　何考えているんだ、まったく！」

森口は怒鳴り散らした。

「本当なんだ。白いバンに乗って来て、こっちを窺っていた。南スーダンで襲ってきた連中のようだった。俺を殺しに来たに違いない」

平岡は開け放たれた窓の外を指差した。

「どこにいるというんだ！　そもそも、武装組織に襲撃されたのならとっくにおまえは撃たれている」

文句を言いながらも森口は、取り上げたM４カービンの暗視スコープで見える範囲を調べた。

「もう逃げて行った」

平岡は力なく言う。体力がないのか、窓際のベッドにへたり込むように座った。

「幻覚でも見たのだろう。おまえは病気なんだ。明日、病院に連れて行ってやる。もういいから寝ろ」

窓を閉めた森口は、たしなめるように言った。

「目が冴《さ》えて、眠れないんだ。だから、外を監視していたんだ」

気怠《けだる》げな平岡は、左右に首を振った。午後十時二十分になっているが、麻薬に冒された脳は睡眠を必要としないのだろう。

「そうかよ。俺は早朝からの移動で、疲れているんだ。いつも俺が言うように〝チャット〟を嚙んで、衛星放送でも見ていろ」

森口はベッドの脇のサイドチェストの上に置いてある〝チャット〟の枝を摑んで、平岡に投げ渡すと部屋を出た。〝チャット〟は二、三十センチに切られた枝に付いている葉をむしり取ってガムのように噛み続けることで効果が出てくる。

「分かった」

平岡は〝チャット〟の葉をちぎって口に入れると、十八畳ほどの広さがある部屋の中央に置いてある木製の椅子に座り、テーブルの上のリモコンのスイッチを押した。壁際には四十インチのテレビが置いてあり、屋敷の屋根に設置してあるパラボラアンテナで中東のテレビ番組が視聴できる。

——そういうことか。——

朝倉は平岡のいる部屋の下の壁にへばりつくように身を寄せ、二人の会話を聞いていた。平岡が森口に麻薬で操作されていると理解した。平岡のような男でも、麻薬の魔力には勝てなかったらしい。おそらく、南スーダンで襲撃された極度のストレスで、心が弱くなっているのだろう。重いＰＴＳＤを患《わずら》っているのかもしれない。

屋敷を壁伝いに移動し、裏口と思われるドアをピックガンで開錠した。国松が使っていた道具を借りてきたのだ。海外で捜査するにあたって、銃を持ち出せないため、使えそうな道具はなんでも持ってきた。

——おっと。——

勝手口かと思っていたが、リビングのような部屋でソファーが置かれており、数人の黒人が床やソファーに眠っていた。部屋は換気が悪く、男たちの体臭の混じった異臭が漂っている。宿舎として使われているようだ。傍らにはＡＫ７４が置かれている。用心棒にも見えるが、早い時間から眠っているところを見ると、昼間は農場で働いているのかもしれない。

朝倉は気付かれないようにＡＫ７４を一丁ずつ肩にかけて回収し、リビングからそっと廊下に出た。人数が多いので、衝突は避けたいのだ。また、ハインズらが応援を引き連れて戻ってきた際に銃を奪って無力化しておけば、簡単に制圧できるだろう。

「ふう」

息を吐き、額に浮いた汗を手の甲で拭った。男は八人、ＡＫ７４は全部で四丁回収した。

朝倉は廊下の奥へと進みながら、途中のドアを開けては中を覗いて見る。無人のダイニングキッチンの次は物置であった。

朝倉は銃四丁のうち三丁からマガジンを取り外してタクティカルポーチに詰め込むと、物置の奥に隠した。

残りの一丁を構えながら奥に進むと、玄関ホールになっており、二人の黒人がＡＫ７４を抱えて床に座り込んだ状態で眠っている。

一人目からはＡＫ７４を簡単に抜き取ることができたが、二人目の男は銃を取り上げようとすると、逆にしっかりと摑みなおしてしまった。

――仕方がない。――

舌打ちした朝倉がマガジンだけ抜き取ろうとすると、男が目を開けた。とっさに肘打ちを男の顎に食らわす。男は白目をむいて気を失った。

「待てよ」

男たちの近くに〝チャット〟の束が落ちている。早い時間から眠りこけているのは、〝チャット〟で酩酊《めいてい》状態になっていたようだ。一階にいる男たちの心配をする必要はなかったらしい。

二人の銃を回収した朝倉は、先ほどの物置の奥に彼らの銃も隠し、玄関ホールにある階段を足音も立てずに上る。

朝倉は奥から二番目のドアを開けて中に入ると、ドア横にＡＫ７４を立てかけた。

「よう」

右手を軽く上げ、平岡に近付いた。

「だっ、誰だ？」

平岡は〝チャット〟を落として立ち上がり、よろけた。

「俺だ。朝倉だ」

朝倉は平岡の両腕を摑んで支えると、優しく座らせた。その腕は、骨ばっている。現役時代、筋肉で盛り上がっていたことを思い出すと、痛々しい。麻薬に冒されて痩せてしまったのだろう。

「朝倉？　おっ、おまえ、その顔は、俺が殴ったからか？」

　生気のない顔をしていた平岡が、突然笑い出した。サバイバル訓練で殴り合った時のことを思い出したらしい。寝台列車では朝倉を認識できなかったらしいが、顔面が腫れていることで彼の記憶が呼び覚まされたようだ。

「別のやつと殴り合ったんだ。おまえのパンチの方が、重かった」

「そっ、そうか。あれは……たしか何年も前の話だ」

　困惑した様子の平岡は、テーブルに置いてあるペットボトルの水を一気に飲んだ。意識をはっきりさせようとしているらしい。

「俺と一緒に日本へ帰らないか？」

　朝倉は声を潜めて言った。

「それはできない。日本政府は俺を裏切った。俺は戦場に負傷したまま置き去りにされたんだぞ。助けてくれたのは、森口だ。一緒にいた国連の兵士は、テロリストの夜襲で皆殺しにされた。政府は、南スーダンは紛争地じゃないと言っていたが、あれは紛れもない戦地だ。おまえは目の前で、人の頭が吹き飛ぶのを見たことがあるか？　仲間の血を浴びたことがあるか？」

　両眼に涙を浮かべた平岡は、拳を震わせながら声を絞り出すように発した。

南スーダンに派遣されて帰国した陸自の陸曹が、二〇一七年五月六日、自殺している。また、イラクやインド洋に派遣された五十六名の自衛官が、在職中に自殺したという記録もある。彼らはいずれもPTSDや鬱病を患っていた可能性が高い。紛争地や係争地での勤務がいかに苛酷か分かりそうなものだが、防衛省は関連を否定している。

「ずいぶん酷い経験をしたんだな。だが、森口は本当におまえを助けたのだろうか？」

人差し指を口元で立てながら、朝倉は尋ねた。

「どういう意味だ？」

平岡は眉間に皺を寄せて首を捻った。意味が分からないようだ。

「〝国連南スーダン派遣団〟の報告書には、森口が所属している軍事会社〝ブラック・キャノピー〟の特殊部隊の救援は記載されていないのだ。それがどういう意味か、分からないか？」

朝倉の言葉を遮るように、ドアがいきなり開いた。

「その先は言うな。朝倉」

M4カービンを構えた森口が、ドア口に立っていた。

「聞き耳を立てていたのか、森口？　行儀が悪いぞ」

両手を肩の高さまで上げた朝倉は鼻先で笑いながら、平岡を脅かさないようにドア脇に置いたAK74をちらりと見た。森口の気を逸らして取りに行くには、少々遠い。

「貴様のそういう態度が気に入らないんだ。今度、ＡＫ７４を見たら撃ち殺すぞ。なんだ、その顔は。それでも特戦群のエリートのつもりか？」

森口はＭ４カービンのストックで朝倉の鳩尾をいきなり突いてきた。胃袋まで食い込む衝撃で、息が止まり、咳き込んだ。

「……銃で脅さないと、俺を殴れないのか。臆病者の今宮と同じだな」

腹をさすりながら、朝倉は笑った。

「何！　今宮を知っているのか？」

声を上げた森口は、後ずさりした。

「俺が逮捕した。ＮＣＩＳとＦＢＩも動いている。いずれ〝ブラック・キャノピー〟の悪事も暴かれるだろう。おまえも首を洗っておいた方がいいぞ」

「くそっ！　なんてことだ！」

森口が蹴りを入れてきた。左腕でガードしたが、痛めている肋骨に衝撃が加わり、朝倉はその場に崩れた。

「これは、面白い。拳で決着をつけるか。平岡、壁際まで下がるんだ。俺が強いことを証明してやる」

森口はＭ４カービンを背中に回してかけた。

「ああ」

頷いた平岡は立ち上がると、木製の椅子を持ち上げて壁際まで下がった。

「そうこなくちゃな。ついでに俺の質問に答えろ」

朝倉は足元をふらつかせながらも立ち上がった。

「ボロボロのくせに、俺に敵うのか」

森口は首を左右に振ってみせた。

「ハンディをつけてやったんだ。かかってこい」

朝倉はわざとボクシングスタイルに構えて挑発した。

「ふざけやがって！」

森口のパンチがまともに左顎に決まった。

朝倉は一回転して壁際に倒れた。

「口ほどじゃないな。平岡のパンチの方が何倍も利いたぜ。〝国連南スーダン派遣団〟の基地を襲撃した武装集団は、おまえたちだ。違うか？」

朝倉は口から溢れる血を手の甲で拭き取りながら、唐突に尋ねた。意表を突くことで、相手の変化を見るのだ。

「なっ！」

森口は声を詰まらせ、横目で平岡を見た。

「図星だな。理由は南スーダンの紛争を激化させて、米国製の武器を売り込むためだろう。

恐らく南スーダンだけじゃなく、シリアやイラクでも同じことをしているんじゃないのか？」

派遣団の兵士が死傷すれば、国連軍は地上での平和維持を諦めてシリアのように空爆でテロリストを封じ込めようとする。シリアで有志連合の空爆が始まった際、米国のミサイルや爆弾は飛ぶように売れ、軍需産業の株価は跳ね上がった。それと同じことを企んでいるのだろう。

「……………！」

森口は何も言わずに朝倉を睨みつけている。朝倉は真相を見つけたようだ。〝ブラック・キャノピー〟の特殊部隊は、紛争地で平和維持軍を襲ってテロリストの仕業に見せかけてきたのだろう。

「本当か！　俺たちを襲ったのはおまえなのか？」

黙っていた平岡が、叫ぶように尋ねた。

「どうだっていいだろう、そんなこと」

開き直ったのか、森口は不敵に笑った。だが、否定しないということは認めたも同じだ。

「おまえを殺人罪で逮捕する」

朝倉は壁にすがるように立ち上がった。

「笑わせるな！」

森口の右パンチが空を切る。すかさず朝倉は右手で受け止め、大きく捻った。激しく抵抗したせいで、森口の右肩の関節が音を立てて外れた。

「なっ、なんて馬鹿力なんだ！」

呻き声を上げた森口は、堪らず跪《ひざまず》いた。

破裂音。

森口は頭から血飛沫を上げて項垂《うなだ》れた。

壁際に立っていた平岡が、朝倉のＡＫ７４で撃ったのだ。

「平岡！」

頭部に穴が空いた森口を突き放した朝倉は、振り返って叫んだ。

瞬間、平岡は銃を逆さまに持ち、銃口を自分の腹に突き立てて二発撃った。

平岡は跪いて前のめりに倒れた。

「なんてことを！」

朝倉は平岡を受け止めた。

「朝倉、……俺は馬鹿だった。……恐ろしさに負けたんだ」

平岡は苦しそうに言った。

「喋《しゃべ》るな。俺が街の病院に連れていく」

朝倉は平岡の背中と腰を支えた。

「止めてくれ。……頭じゃなくて、……腹を撃ったわけは、……証言を録音して欲しいからだ。生き延びるつもりはない。……スマートフォンを持っているか？」

平岡は咳き込みながら、口から血を吐き出した。胃に溢れた血が、逆流してきたのだろう。これでは、すぐに手術しても助かる見込みはない。

「分かった」

朝倉は平岡を床に寝かせると、ポケットからスマートフォンを出し、録音のアプリを立ち上げ、平岡の頭の近くに置いた。

「第一空挺団……第一普通科大隊の第一中隊の隊長、……平岡三等陸佐であります。私は南スーダンに派遣され」

録音を始めると、平岡は喘《あえ》ぎながらも話し始めた。

彼は南スーダンの基地で襲撃された様子や、森口に助けられてUH60でエチオピアに移動し、ジンマの病院で三週間も入院していたこと、その後、体力が回復するも、森口から麻薬漬けにされ、悪いと分かっていても、薬に依存したことを何度も休みながら話した。

また、日本へは、米軍の輸送機で帰国し、軍事コンサルタント会社バックギャモンの今宮の指示で、防衛装備庁の不正を暴くために、犯罪に加担したと証言した。麻薬で判断力が鈍っていた平岡は、彼らの嘘を信じていたようだ。

「私の行為は……、決して……許されるものでは……ありません。……だが……政府の無謀な海外派遣に対して異を唱えるつもりでした。愚かでした。……本当に愚かでしたが、どうか、……現場の隊員の……気持ちもお察しください」

両眼から涙を溢れさせた平岡は苦しそうに呼吸し、言葉も弱々しくなってきた。

「朝倉、俺は……自衛隊を汚してしまった。俺の遺体は、……その辺に捨ててくれ。これ以上隊に迷惑を……かけたくない」

平岡は朝倉を探すような目で言った。目が見えなくなったようだ。

「馬鹿野郎——！　何を言う。日本に一緒に帰ろう」

平岡の両肩を揺さぶった朝倉は、涙を流しながら叫んだ。

「……あっ、……ありがとう」

平岡は眠るように目を閉じた。

「おまえは立派な自衛官だった」

涙を拭き取った朝倉は立ち上がると、平岡に敬礼した。

フェーズ12：特別強行捜査班

九月一日、午後八時、虎ノ門の路地裏、居酒屋〝桜〟。

「それでは、特別強行捜査班、正式設立を祝って、乾杯をします。乾杯！」

座敷の下座に立つ国松が、グラスを掲げた。

朝倉は上座の中央に座り、右に警視庁捜査一課課長桂木、左に中央警務隊隊長後藤田が座っている。二人とも忙しい合間を縫って足を運んでくれた。他にも佐野、中村、野口の顔もある。

七月の事件を解決したことで、特別強行捜査班は九月一日付けで正式に設立されることが決定した。もっとも、当面は警視庁内の会議室を借りて運営されるが、予算も警視庁と防衛省が折半ということで認可されている。

戸田もめでたく専従となり、メンバーは五人であるが、状況によっては、警視庁と中央警務隊から応援を出すという自由な体制も検討されている。

「乾杯！」

グラスを互いに当て、誰しもが笑顔の中、朝倉は一人浮かない表情でいた。

「まだ、平岡のことを気にしているのか？」

桂木がビール瓶を持ち、朝倉のグラスに注いだ。

「すみません。彼の名誉は保たれましたが、結局、真実は闇の中です。平岡は確かに罪を犯しましたが、彼を犯罪に駆り立てたのはPTSDであり、そうなったのは政府のせいだと思うんです。事件が表に出ないことで、平岡の死が無駄になるような気がしてやるせないんですよ」

朝倉はしんみりと言った。

平岡の遺体はエチオピアから日本に運ばれ、自衛官として手厚く葬られた。朝倉も葬儀には、〝ブルー・フォックス〟のメンバーで残っている北川と田村の三人で参列している。

家族には、襲撃を受けてから記憶喪失となり、国境近くの難民キャンプで疫病に罹って死亡したと伝えられた。自衛隊の日報が隠蔽されて彼が失踪したことも公表されなかったため、世間には一切知られることなく平岡は世を去ったのだ。

また森口が起こした連続殺人事件は、被疑者死亡で捜査が終了している。ただし、事件の解明は米国で現在も進められていた。

ＮＣＩＳのハインズのチームが中心となり、軍事コンサルタント会社〝バックギャモン〟と軍事会社〝ブラック・キャノピー〟が徹底的に洗い出された。その結果、両社から大量の逮捕者が出ているのだ。

ただし、捜査の中心は、〝ブラック・キャノピー〟が引き起こした海外派兵の間での麻薬汚染で、〝国連南スーダン派遣団〟基地襲撃事件は、闇に葬られるそうだ。さすがに表沙汰になれば、軍需会社を庇護《ひご》してきた米国政府も責任を問われるからだろう。

「分かるよ。だが、君のおかげで、自衛隊の信用失墜の危機を免れたと言っても過言じゃない。そういう意味では、平岡の願いと合致していると思う。彼の遺言とも言える録音は、防衛省や防衛装備庁の幹部が聞いたそうだ。重く受け止めているはずだ。彼の死は、決して無駄にはならないだろう」

端で聞いていた後藤田は、静かな口調で言った。

座敷が静まり返った。雑談をしているようで、みんな朝倉らの会話を聞いていたらしい。

「すまない。場を白けさせるつもりはなかったんだ。みんな、楽しくやろう」

朝倉はグラスを掲げて、仲間の顔を一人一人見ていった。仲間もグラスを持ち、頷いて答える。捜査を通じて、五人の団結は間違いなく固くなっていた。

「さて、ご指名があったようで、私が一曲披露しましょう。中村、セットしろ」

国松がマイクを持って、突然立ち上がった。

座敷の床の間にカラオケセットが置いてあるのだ。

「いいぞ！」

佐野が手を叩いて、囃《はや》し立《た》てる。

「誰も指名していないぞ！」

朝倉の野次に仲間がどっと笑い出す。

「それでは、〝与作《よさく》〟を歌います」

国松は野次を気にもとめずに歌い出した。

だが、彼の美声を認めないわけにはいかない。

居合わせた全員が自然に「トントントン」と調子を合わせる。

「いいチームができたようだな」

桂木が笑顔でグラスを傾ける。

「まったくですな。警視庁と中央警務隊のハイブリッド捜査班が生まれるなんて、誰も予測できなかったんじゃないか」

後藤田が相槌を打った。二人は警視庁と警務隊を背負っている者どうし、それぞれの思惑があったはずだ。だが、今は互いを尊重しているようである。

「そう思います」

控えめに言った朝倉は、国松に手拍子を送った。

この作品はフィクションで、実在する個人、団体等とは一切関係ありません。

『殺戮の罠　オッドアイ』二〇一八年二月　中央公論新社刊

中公文庫

殺戮《さつりく》の罠《わな》
――オッドアイ

2020年1月25日　初版発行

著　者　渡辺《わたなべ》 裕之《ひろゆき》
発行者　松田 陽三
発行所　中央公論新社
〒100-8152　東京都千代田区大手町1-7-1
電話　販売 03-5299-1730　編集 03-5299-1890
URL http://www.chuko.co.jp/

DTP　ハンズ・ミケ
印　刷　三晃印刷
製　本　小泉製本

Published by CHUOKORON-SHINSHA, INC.
Printed in Japan　ISBN978-4-12-206827-8 C1193

各書目の下段の数字はISBNコードです。978－4－12が省略してあります。

中公文庫既刊より

わ-24-1
叛逆捜査 オッドアイ
渡辺裕之
捜一の刑事・朝倉は自衛官の首を切る猟奇殺人事件を捜査していた。古巣の自衛隊と米軍も絡み、国家間の隠蔽工作が事件を複雑にする。新時代の警察小説登場。
206177-4

わ-24-2
偽証 オッドアイ
渡辺裕之
サバイバル訓練中の死亡事故を調べるため、自衛隊特戦群出身の捜査官・朝倉は離島勤務から召還される。ミリタリー警察小説、第二弾。
206341-9

わ-24-3
斬死 オッドアイ
渡辺裕之
グアム米軍基地で続く海兵連続殺人事件。NCISから召還された朝倉は、異国で最凶の殺人鬼と対決する。自衛隊出身の捜査官「オッドアイ」が活躍するシリーズ第三弾。
206510-9

わ-24-4
死体島 オッドアイ
渡辺裕之
虫が島沖で発見された六つの死体。謎の孤島に単身潜入した元・自衛隊特殊部隊の警察官・朝倉に襲い掛かる影の正体は⁉「オッドアイ」シリーズ第四弾。
206684-7

あ-78-1
CAドラゴン
安東能明
刑事もテロリストも恐れる最強の男――警察庁と極秘に契約を結ぶエージェント・矢島達司が、凶悪な犯罪者どもと闘うアクションシリーズ、遂に始動！
205992-4

あ-78-2
着底す CAドラゴン2
安東能明
中国の原子力潜水艦が、津軽海峡に着底。国家の危機を救うべく、最強のエージェント・矢島達司が水面下の敵との闘いに挑む！　書き下ろし長篇アクション第二弾。
206047-0

あ-78-3
破網 CAドラゴン3
安東能明
高層マンション建設現場のタワークレーンで籠城事件が発生。公衆の面前で起きた凶行に、最強エージェント・矢島の怒りが爆発する！　シリーズ完結篇。
206099-9

か-74-1
ゆりかごで眠れ（上）
垣根涼介
南米コロンビアから来た男、リキ・コバヤシ――マフィアのボス。目的は日本警察に囚われた仲間の奪還と復讐。そして、少女の未来のため。待望の文庫化。
205130-0

か-74-2
ゆりかごで眠れ（下）
垣根涼介
安らぎを夢見つつも、憎しみと悲しみの中でもがき彷徨う男女。血と喧噪の旅路の果てに彼らを待つものは、一体何なのか？　人の心の在処を描く傑作巨篇。
205131-7

こ-40-24
新装版 触発 警視庁捜査一課・碓氷弘一1
今野敏
朝八時、霞ヶ関駅で爆弾テロが発生、死傷者三百名を超える大惨事に！　内閣危機管理対策室は、捜査本部に一人の男を送り込んだ。「碓氷弘一」シリーズ第一弾、新装改版。
206254-2

こ-40-25
新装版 アキハバラ 警視庁捜査一課・碓氷弘一2
今野敏
秋葉原を舞台にオタク、警視庁、マフィア、中近東のスパイまでが入り乱れるアクション&パニック小説。「碓氷弘一」シリーズ第二弾、待望の新装改版！
206255-9

こ-40-26
新装版 パラレル 警視庁捜査一課・碓氷弘一3
今野敏
首都圏内で非行少年が次々に殺された。いずれの犯行も瞬時に行われ、被害者は三人組で、外傷は全くないという共通項が。「碓氷弘一」シリーズ第三弾、待望の新装改版。
206256-6

こ-40-20
エチュード 警視庁捜査一課・碓氷弘一4
今野敏
連続通り魔殺人事件で誤認逮捕が繰り返され、捜査は大混乱。ベテラン警部補・碓氷と美人心理調査官・藤森のコンビが真相に挑む。「碓氷弘一」シリーズ第四弾。
205884-2

こ-40-21
ペトロ 警視庁捜査一課・碓氷弘一5
今野敏
考古学教授の妻と弟子が殺され、現場には謎めいた古代文字が残されていた。碓氷警部補は外国人研究者を相棒に真相を追う。「碓氷弘一」シリーズ第五弾。
206061-6

こ-40-33
マインド 警視庁捜査一課・碓氷弘一6
今野敏
殺人、自殺、性犯罪……。ゴールデンウィーク最後の夜に起こった七件の事件を繋ぐ意外な糸とは？　藤森紗英も再登場！　大人気シリーズ第六弾。
206581-9

さ-65-7
クランⅢ 警視庁公安部・区界浩の深謀　沢村鐵
渋谷駅を襲った謎のテロ事件。クランのメンバーは「神」と呼ばれる主犯を追うが、そこに再び異常事件が――書き下ろしシリーズ第三弾。
206253-5

さ-65-8
クランⅣ 警視庁機動分析課・上郷奈津実の執心　沢村鐵
包囲された劇場から姿を消した「神」。その正体を暴く鍵は意外な人物が握っていた。警察に潜む悪との戦いは佳境へ！　書き下ろしシリーズ第四弾。
206326-6

さ-65-9
クランⅤ 警視庁渋谷南署巡査・足ヶ瀬直助の覚醒　沢村鐵
警察閥の大量検挙に成功した「クラン」。だが「神」の魔手は密盟のトップ・千徳に襲いかかり――。迫り来るクライマックス、書き下ろしシリーズ第五弾。
206426-3

さ-65-10
クランⅥ 警視庁内密命組織・最後の任務　沢村鐵
非常事態宣言発令より、警察の指揮権は首相へと移った。「神」と「クラン」。最後の決戦の行方は――。シリーズ最終巻、かつてないクライマックス！
206511-6

し-48-1
カクメイ　新野剛志
視聴率が一定を超えたら人を殺す。国民的人気お笑い番組に届いた脅迫状が、バブル期の日本を揺さぶる！　この謎の事件の背後に秘められた哀しい純愛とは？〈解説〉瀧井朝世
206291-7

す-29-1
警視庁組対特捜K　鈴峯紅也
本庁所轄の垣根を取り払うべく警視庁組対部特別捜査隊となった東堂絆を、闇社会の陰謀が襲う。人との絆で事件を解決せよ！　渾身の文庫書き下ろし。
206285-6

す-29-2
サンパギータ 警視庁組対特捜K　鈴峯紅也
非合法ドラッグ「ティアドロップ」を巡り加熱する闇社会の争い。牙を剝く黒幕の魔の手が、絆の彼女・尚美に忍び寄る⁉　大人気警察小説、待望の第二弾！
206328-0

す-29-3
キルワーカー 警視庁組対特捜K　鈴峯紅也
「ティアドロップ」を捜索する東堂絆の周辺に次々と闇社会の刺客が迫る。全ての者の悲しみをまとい、絆が悪の正体に立ち向かう！　大人気警察小説、第三弾！
206390-7

各書目の下段の数字はISBNコードです。978－4－12が省略してあります。

す-29-4 **バグズハート** 警視庁組対特捜K　鈴峯紅也

ティアドロップを巡る一連の事件は、片桐、金田ら多くの犠牲の末に、ようやく終結した。片桐の墓の前で死を悼む絆の前に、謎の男が現れるが――。

206550-5

す-29-5 **ゴーストライダー** 警視庁組対特捜K　鈴峯紅也

日本最大の暴力団〈竜神会〉首領・五条源太郎が死んだ。次なる覇権を狙って、悪い奴らが再び蠢き出す――。大人気警察小説シリーズ第五弾。文庫書き下ろし。

206710-3

と-25-15 **蝕罪** 警視庁失踪課・高城賢吾　堂場瞬一

警視庁に新設された失踪事案を専門に取り扱う部署・失踪課。実態はお荷物署員を集めた窓際部署だった。そこにアル中の刑事が配属される。〈解説〉香山二三郎

205116-4

と-25-16 **相剋** 警視庁失踪課・高城賢吾　堂場瞬一

「友人が消えた」と中学生から捜索願が出される。親族以外からの訴えは受理できない。その真剣な様子にただならぬものを感じた高城は、捜査に乗り出す。

205138-6

と-25-17 **邂逅** 警視庁失踪課・高城賢吾　堂場瞬一

大学職員の失踪事件が起きる。心臓に爆弾を抱えながら鬼気迫る働きを見せる法月。その身を案じつつも捜査を続ける高城たちだった。シリーズ第三弾。

205188-1

と-25-19 **漂泊** 警視庁失踪課・高城賢吾　堂場瞬一

ビル火災に巻き込まれ負傷した明神。鎮火後の現場からは身元不明の二遺体が出た。傷ついた仲間のため、高城は被害者の身元を洗う決意をする。第四弾。

205278-9

と-25-20 **裂壊** 警視庁失踪課・高城賢吾　堂場瞬一

課長査察直前に姿を消した阿比留室長。荒らされた部屋を残して消えた女子大生。時間がない中、二つの失踪事件を追う高城たちは事件の意外な接点を知る。

205325-0

と-25-22 **波紋** 警視庁失踪課・高城賢吾　堂場瞬一

異動した法月に託されたのは、五年前に事故現場から失踪した男の事件だった。調べ始めた直後、男の勤めていた会社で爆発物を用いた業務妨害が起こる。

205435-6

と-25-24
遮断 警視庁失踪課・高城賢吾 堂場瞬一
六条舞の父親が失踪。事件性はないと思われたが、身代金要求により誘拐と判明、高城達は仲間の危機に立ち上がる。外国人技術者の案件も持ちこまれ……。
205543-8

と-25-28
牽制 警視庁失踪課・高城賢吾 堂場瞬一
娘・綾奈を捜し出すと決意した高城とサポートする仲間たち。そこに若手警察官の失踪と入寮を控えた高校球児の失踪が立て続けに起こる。
205729-6

と-25-29
闇《あん》夜《や》 警視庁失踪課・高城賢吾 堂場瞬一
葬儀の後、酒浸りの生活に戻った高城は、幼い少女の失踪事件の現場に引き戻される。被害者の両親をかつての自分に重ねあわせ、事件と向き合おうとするが……。
205766-1

と-25-30
献心 警視庁失踪課・高城賢吾 堂場瞬一
娘の死の真相を知る――決意した高城に、長野が新たな目撃証言をもたらす。しかし聴取後、目撃者が高城たちに抗議してきて……。人気シリーズついに完結。
205801-9

と-25-32
ルーキー 刑事の挑戦・一之瀬拓真 堂場瞬一
千代田署刑事課に配属された新人・一之瀬。起きる事件は盗難ばかりというビジネス街で、初日から若い男性が被害者の殺人事件に直面する。書き下ろし。
205916-0

と-25-33
見えざる貌 刑事の挑戦・一之瀬拓真 堂場瞬一
千代田署刑事課そろそろ二年目、一之瀬拓真。管内で女性ランナー襲撃事件が発生し、捜査に加わるが、なぜか女性タレントのジョギングを警護することに⁉
206004-3

と-25-35
誘爆 刑事の挑戦・一之瀬拓真 堂場瞬一
オフィス街で爆破事件発生。事情聴取を行った一之瀬は、企業脅迫だと直感する。昇進前の功名心から担当を名乗り出るが……。〈巻末エッセイ〉若竹七海
206112-5

と-25-37
特捜本部 刑事の挑戦・一之瀬拓真 堂場瞬一
公園のゴミ箱から、切断された女性の腕が発見される。その指には一之瀬も見覚えのあるリングが……。捜査一課での日々が始まる、シリーズ第四弾。
206262-7

各書目の下段の数字はISBNコードです。978－4－12が省略してあります。

と-25-40
奪還の日 刑事の挑戦・一之瀬拓真 堂場瞬一
都内で発生した強盗殺人事件の指名手配犯を福島県警から引き取り、駅へ護送中の一之瀬ら捜査一課の刑事たちが襲撃された！ 書き下ろし警察小説シリーズ。
206393-8

と-25-42
零れた明日 刑事の挑戦・一之瀬拓真 堂場瞬一
一世を風靡したバンドのボーカルが社長を務める、芸能事務所の社員が殺された。ストーカー絡みの犯行、という線で捜査を進めていた特捜本部だったが……。
206568-0

と-25-23
断絶 堂場瞬一
汐灘の海岸で発見された女性の変死体。県警は自殺と結論づけたが、刑事・石神は独自に捜査を継続、地元政界の権力闘争との接点が浮上する。〈解説〉池上冬樹
205505-6

と-25-41
誤断 堂場瞬一
製薬会社に勤める槙田は、副社長直々にある業務を任される。社会正義と企業利益の間で揺れ動く男たちの物語。警察小説の旗手が挑む、社会派サスペンス！
206484-3

と-26-9
SRO Ⅰ 警視庁広域捜査専任特別調査室 富樫倫太郎
七名の小所帯に、警視長以下キャリアが五名。管轄を越えた花形部署のはずが――。警察組織の盲点を衝く、連続殺人犯を追え！ 新時代警察小説の登場。
205393-9

と-26-10
SRO Ⅱ 死の天使 富樫倫太郎
死を願ったのち亡くなる患者たち、解雇された看護師、病院内でささやかれる『死の天使』の噂。SRO対連続殺人犯の行方は。待望のシリーズ第二弾！ 書き下ろし長篇。
205427-1

と-26-11
SRO Ⅲ キラークィーン 富樫倫太郎
SRO対〝最凶の連続殺人犯〟、因縁の対決再び‼ 東京地検へ向かう道中、近藤房子を乗せた護送車は裏道へ誘導され――。大好評シリーズ第三弾、書き下ろし長篇。
205453-0

と-26-12
SRO Ⅳ 黒い羊 富樫倫太郎
SROに初めての協力要請が届く。自らの家族四人を殺害して医療少年院に収容され、六年後に退院した少年が行方不明になったというのだが――書き下ろし長篇。
205573-5

各書目の下段の数字はISBNコードです。978－4－12が省略してあります。

ほ-17-4
国境事変　誉田哲也
在日朝鮮人殺人事件の捜査で対立する公安部と捜査一課の男たち。警察官の矜持と信念を胸に、銃声轟く国境の島・対馬へ向かう。〈解説〉香山二三郎
205326-7

ほ-17-5
ハング　誉田哲也
捜査一課「堀田班」は殺人事件の再捜査で容疑者を逮捕。だが公判で自白強要の証言があり、班員が首を吊った姿で見つかる。そしてさらに死の連鎖が……誉田史上、最もハードな警察小説。
205693-0

ほ-17-7
歌舞伎町セブン　誉田哲也
『ジウ』の歌舞伎町封鎖事件から六年。再び迫る脅威から街を守るため、密かに立ち上がる者たちがいた。戦慄のダークヒーロー小説！〈解説〉安東能明
205838-5

ほ-17-12
ノワール 硝子の太陽　誉田哲也
沖縄の活動家死亡事故を機に反米軍基地デモが全国で激化。その最中、この国を深い闇へと誘う動きを、東警部補は察知する……。〈解説〉友清　哲
206676-2

や-53-9
リンクス　矢月秀作
最強の男が、ここにもいた！　動き出す、湾岸の守護神——。大ヒット「もぐら」シリーズの著者が放つ、高速ハード・アクション第一弾。文庫書き下ろし。
205998-6

や-53-10
リンクスⅡ Revive　矢月秀作
レインボーテレビの爆破事故に巻き込まれ世を去った、巡査部長の日向太一と科学者の嶺藤亮。だが、二人は新たな特命を帯びて、再びこの世に戻って来た……⁉
206102-6

や-53-11
リンクスⅢ Crimson　矢月秀作
レインボーテレビに監禁された嶺藤を救出するため駆けつけた日向の前に立ちはだかる、最凶の敵・クリムゾン。その巨大な陰謀とは⁉　「リンクス」三部作、堂々完結！
206186-6

や-53-12
リターン　矢月秀作
高校時代、地元で出会った奴らが帰ってきた。「あの日」に復讐するために……。「もぐら」「リンクス」の著者が放つ、傑作バイオレンス・アクション長篇。
206277-1